Klaus Stickelbroeck
Kickstart

Vom Autor bisher bei KBV erschienen:

Fieses Foul
Kalte Blicke
Fischfutter
Auf die harte Tour
Schnell erledigt
Schrott
Blindgänger
Haken dran!
Blondes Gift
Fesseltrick
Machste nix dran

Klaus Stickelbroeck wurde 1963 in Anrath geboren. Er lebt in Kerken am Niederrhein und arbeitet als Polizeibeamter in Düsseldorf. Seinen ersten Kurzkrimi veröffentlichte er im Jahr 2000. Sein erster Kriminalroman *Fieses Foul* erschien 2007. Sein Kriminalroman *Fischfutter* (2010) wurde für den Friedrich-Glauser-Preis als bester Kriminalroman des Jahres nominiert.

Kickstart ist sein neunter Kriminalroman mit dem smarten Privatdetektiv Hartmann (alle KBV).

Neben seinen Kriminalromanen schreibt er witzig-turbulente Kurzkrimis, die in mehreren Sammelbänden zusammengefasst wurden, zuletzt in *Machste nix dran* (2022).

Stickelbroeck ist einer der fünf »Krimi-Cops«, deren sieben Kriminalromane, zuletzt *Böse Falle* (2021), ebenfalls im KBV-Verlag erschienen sind.

www.klausstickelbroeck.de · www.krimi-cops.de

Klaus Stickelbroeck

Kickstart

Originalausgabe
© 2023 KBV Verlags- und Mediengesellschaft mbH, Hillesheim
www.kbv-verlag.de
E-Mail: info@kbv-verlag.de
Telefon: 0 65 93 - 998 96-0
Umschlaggestaltung: Ralf Kramp unter Verwendung von
© Jag_cz - stock.adobe.com
Lektorat: Volker Maria Neumann, Köln
Druck: CPI books, Ebner & Spiegel GmbH, Ulm
Printed in Germany
ISBN 978-3-95441-649-3

für Angie

Die Möwen folgen dem Fischkutter,
weil sie denken,
dass die Sardinen ins Meer geworfen werden.
Eric Cantona

»Du bist pissweich, Hartmann!«
Silke

1. Tag

Hartmanns Vater hatte ihn jedes Wochenende mit auf die Fußballplätze der Region geschleppt. Bei Wind und Wetter, bei Regen und Sonnenschein. Wenn die Sonne mal schien, hatte es mehr Spaß gemacht. Sparta Bilk, SC Unterbach, Garather SV, Sportring Eller. Anhand des Geschmacks der Asche hätte Hartmann jeden Sportplatz erkannt. Also, mindestens neun von zehn. Mehr Flinger Broich, weniger Sesamstraße. Gerd Zewe statt Franz Beckenbauer. Hartmann hatte auf rotbraunem Grund das Laufen gelernt. Fortunabrötchen, aufgeschlagene Knie und Bratwurst mit Senf waren maßgebliche Elemente seiner kindheitlichen Sozialisation. Sein erstes Wort war nicht Mama oder Papa gewesen, sondern: Abseits!

Heute, Jahre danach, wusste Hartmann ein saftiges Steak, eine leckere Frikadelle oder eine würzig-scharfe Currywurst immer noch zu schätzen. Gegen solch frühkindliche Prägungen war in der Folge kein noch so gesundes Kraut gewachsen. Wenn es allerdings frisches Gemüse oder Obst sein sollte, dann war Rachids gut sortierter Lebensmittelladen auf der Eller-Ecke Linienstraße in Oberbilk die allererste Wahl. Ein fabelhaftes Stück Nador mitten in Düsseldorf.

Und das lag nicht nur am erlesenen, exklusiven Sortiment, nein, auch der sympathische, 1,80 Meter große Marokkaner hinter der Ladentheke, mit seinen tiefbraunen Augen und den wilden, vom Kopf stehenden Haaren, wusste mit seiner kompetenten, eloquenten und stets kundenorientierten Art zu überzeugen.

Gerade im Moment beobachtete Hartmann, wie sich ein typisches Verkaufsgespräch anbahnte.

»Wo kommen diese Melonen her?«, fragte ein Mann, Mitte zwanzig, interessiert. Er trug eine dreiviertellange Hipsterhose, einen frisch getrimmten Hipsterbart und eine bunte Hipstertätowierung an der Wade. In seinen Händen hielt er eine der in Rede stehenden Südfrüchte.

Rachid musterte zuerst ihn, dann die Melone und nickte schließlich in einen der hinteren Gänge des Geschäfts. »Das ist eine von da hinten aus der großen Kiste.«

»Ja, aber wo kommt die ursprünglich her?«

»Vom Großmarkt.«

Der Hipster rümpfte seine Hipsternase. »Ich meine natürlich, aus welchem Land stammt die Melone?«

»Willst du die Melone essen oder dich mit ihr unterhalten?«

Hartmann lehnte sich entspannt an eins der Regale und hörte genauer hin, das schien interessant zu werden.

»Ich frage wegen der Nachhaltigkeit.«

»Die sind extrem nachhaltig«, wusste der Kürbisfachmann.

»Und, ähm, wegen des hohen Preises.«

»Wegen des hohen Preises?«, fragte Rachid, seine dunkelbraunen Augen changierten ins Schwarze. »Was soll das denn heißen?«

»Die Wassermelone soll drei Euro kosten.«

»Pass mal auf, du Clown«, grunzte Rachid, der Hipster zog den akkurat rasierten Kopf ein. »Das ist nicht irgendeine Kacke aus'm Discounter.«

»Nein, nein.«

»Das ist frische Ware.«

»Ja, ja.«

»Sind dir drei Euro für ein qualitativ hochwertiges Produkt zu viel?«, fragte Rachid schneidig.

»Nein, nein. Ich frag ja nur …«

»Wallah, dann frag nicht, sondern kauf das Ding!«

»Äh, mache ich ja, ich nehme die Melone.«

»Nur eine? Ich gebe dir vier für zwölf Euro. Quasi ein Sonderangebot.«

»Äh …«

»Ist dir die gute Ware doch zu teuer?«

»Nein. Aber ich wohne alleine, ich brauch eigentlich nur …«

»Alter, lade Freunde ein. Oder hast du keine?«

»Doch, sicher habe ich Freunde.«

»Na also!«

Rachid schaufelbaggerte seinen massigen Körper durch die engen Gänge seines Ladens, der Hipster folgte ihm. Im Vorbeigehen fischte Rachid eine große Papiertragetasche aus dem Nichts und belud sie an der Melonenkiste mit drei weiteren Tropenfrüchten aus derselben Baureihe. Dem Hipster nahm er die Wassermelone weg und machte sie mit den anderen Exemplaren bekannt.

»So. Vier Melonen. Gute Wahl. Zwölf Euro. Hast du es bar? Und passend?«

»J-Ja«, stammelte der Hipster bleich, sein Bart zitterte.

»Sehr gut. Die Tragetasche geht aufs Haus. Kunde ist König. Dein Bart ist übrigens kulturelle Aneignung, nur mal nebenbei. Haben wir bei uns in Marokko schon vor hundert Jahren so getragen. Aber ich sag immer: Deutschland ist ein freies Land, Alter.«

Der Hipster zahlte und flüchtete aus dem Laden.

Hartmann räusperte sich. »Mit Kunden kannst du umgehen.«

»Hallo, Hartmann, du Hurensohn. Kunden kriegen ist einfach, aber Kunden halten, das ist die Kunst. Der Dienst am Käufer ist heutzutage das A und O.«

Hartmann streckte ihm eine Gurke entgegen. »Ich nehme die hier. Und keine blöden Sprüche.«

»Ich wundere mich bei dir über sowieso gar nichts. Wallah, kauf vier und du kriegst eine umsonst.«

»Vergiss es!«

Ein Mitarbeiter stemmte eine Kiste Karotten an ihnen vorbei.

»Valid, warte mal!«

Rachid fischte ein grün-orangefarbenes Bündel heraus. »Hier, Hartmann, ist für dich, geht aufs Haus. Karotten, Bruder, kann man saugut von gucken.«

Hartmann zahlte und gab einen Euro Trinkgeld, um die Götter dies- und jenseits des Mittelmeeres gnädig zu stimmen. »Ich küsse dein Auge, Habibi!«

»Ja, du mich auch, Hartmann!«

Hartmann verließ lächelnd den Laden. Das frühe Sommersonnenlicht blendete ihn. Er klemmte sich die Gurke unter den linken Arm, ruckelte ungelenk eine Sonnenbrille aus seinem Hemd und porkelte sie auf die Nase.

»Besser«, fand Hartmann.

Vergangenes Wochenende hatte die große Düsseldorfer Rheinkirmes angefangen. Hartmann hatte es noch nicht auf die Rheinwiesen geschafft, aber das stand definitiv auf seiner Liste. Pink Monday war gestern, aber vielleicht übermorgen, wenn der Fitsos im Uerige-Zelt auflegte. Eine gute Dröhnung Funk und Disco mochte ihm wohl gefallen.

Mit der Welt im Reinen summte Hartmann, sich in unbeschwerten Gedanken verlierend, einen italienischen Discoknaller von Tullio De Piscopo vor sich hin, der ihn seinerzeit im Checker's regelmäßig mit Macht auf die Tanzfläche gerissen hatte.

»*E allora uhe, oh, lievete a sotto.*«

Aus dem Nichts knallte plötzlich direkt vor ihm ein schwarzer Van mit dunkel getönten Scheiben den Gehweg hoch, Gummi quietschte. Hartmann trat erschrocken einen Schritt zurück. Fahrer- und Beifahrertür flogen auf. Zwei Männer sprangen vorne aus dem Van, nahmen Hartmann blitzschnell in die Mitte.

»Da möchte dich jemand sprechen«, knurrte einer der beiden.

Hartmann schätze das Biest auf etwa zwei mal zwei Meter. In der Hauptsache bestand der viereckige Kerl aus einem weiten, bunten Sommerhemd mit Muskeln darunter und einem tiefschwarzen Tattoo. Am Hals trug er eine goldene Ankerkette, mit der man im Düsseldorfer Yachthafen kleinere Rennboote hätte festmachen können. Der Hüne deutete ins Fahrzeuginnere.

»Ich steige da ganz sicher nicht ein«, sagte Hartmann und drückte sein Kreuz durch.

»Ich sag, da möchte dich jemand sprechen.«

»Dringend«, fügte ein zweiter hinzu.

Der zweite Mann war schlanker, athletisch. Schwarze Haare, zum Zopf gebunden. Er trug über seinem eng anliegenden T-Shirt eine abgewetzte Jeansjacke, die er nun wie beiläufig zur Seite schob, um Hartmann die exklusive Gelegenheit zu geben, einen kurzen Blick auf eine silberfarbene Pistole zu werfen, die im Gürtel seiner schwarzen Lederhose steckte. Die Knarre sah verdammt echt und nach großen Löchern aus.

Hartmann schluckte.

Er musste schnell sein.

Den linken Arm abgewinkelt, die Gurke stürzte gen Boden. Bevor sie aufschlug, fing er sie auf, fester Griff. Ehe der Knarrenmann seinen Totmacher ziehen konnte, schepperte Hartmann ihm die Gurke mit Schmackes über den Schädel. Das Grünzeug zerplatzte matschig in mehrere kleine Stücke. Gleichzeitig schnellte Hartmann einen Schritt nach vorn, riss seine rechte Hand hoch und stach dem tätowierten Quadrat eine der Karotten direkt ins linke Auge.

Äh.

Nein, tat er nicht.

Stattdessen zuckte er mit den Schultern. »Nun, wenn man mich so höflich bittet.«

Das Quadrat trat an die Schiebetür des Vans und zog sie schwungvoll auf. Hartmann stieg vorsichtig ein. Hinter ihm wurde die Tür zugeschlagen.

»Setz dich, Hartmann!«, forderte ihn der Mann auf, der auf einer der beiden sich gegenüberliegenden Sitzbänke in Fahrtrichtung saß.

Hartmanns Herzschlag setzte aus. Das war Matze Kusch, der Rocker-Präsident der Black Mambas. Mächtiger Brustkorb, breite Schultern, im Sportstudio gestählte Muskeln, Glatze, brutal nach vorne fliehendes Kinn. Eine Schlange der namensgebenden Sorte schlängelte sich aus einem weit geöffneten Hemd als tiefschwarzes Tattoo mit grün funkelnden, stechenden Sehschlitzen den Hals hoch. Ein beinharter Haudegen, wie zum Vorstopper geboren. Kein Mensch, kein Tier, die Nummer vier.

Matze Kusch war nicht unbedingt der junge Mann, den man sich zum Schwiegersohn wünschte. Alles in Hartmanns Kopf schrie nach Alarm. Oder Flucht.

»Kindersicherung ist drauf«, schien der Rockerchef seine Gedanken lesen zu können. »Setz dich!«

Behutsam tat Hartmann nun genau das. In Gedanken brachte er sich ihrer beider Verhältnis vors geistige Auge. Genau genommen hatte er gar keines zu Matze Kusch. Er schluckte trocken. Aber vor ein paar Jahren, bei einem seiner früheren Fälle, hatten er und Matzes Lebensgefährtin Silke sich besser kennengelernt als erlaubt. Ihre sporadischen Treffen konnte man kaum als Affäre bezeichnen, aber für den mit seinem Eigentum pingeligen Rocker-Boss waren sicher selbst ihre nur gelegentlichen, amourösen Treffen Grund genug, ihn ohne zu zögern zu killen und portioniert im Rhein zu versenken.

Mist.

Die beiden Kraftpakete waren vorne eingestiegen, der Van wurde rückwärts vom Gehweg gesetzt. Für alle Fälle ruckelte Hartmann die Gurke tatsächlich in einen guten Griff.

»Ich habe einen Job für dich«, knurrte Matze Kusch.

»Einen Job?«, flüsterte Hartmann und spürte eine Schweißwelle der Erleichterung auf seinem Rücken. Wie es schien, hatte die Aktion gerade augenscheinlich nichts mit Silke und ihm zu tun.

»Ja, einen Job, einen Auftrag. Du bist Privatdetektiv, ich habe ein Problem. Du wirst es lösen.«

»Aha«, sagte Hartmann, lockerte sich und schob eine feucht angeschwitzte, blonde Strähne hinters Ohr. »Üblicherweise nötigt man mich nicht, in einen Van mit getönten Scheiben zu steigen, sondern sucht mich in meinem Büro auf.«

»Ich möchte nicht mit dir gesehen werden.«

Hartmann beugte sich nach vorne. »Was sicherlich mit diesem Job zu tun hat.«

Kusch schnaufte. »Erstens. Und zweitens damit, dass ich dich miese Schmeißfliege nicht leiden kann.«

Die miese Schmeißfliege ließ Hartmann erst mal unkommentiert. Gegebenenfalls würde er sie aufs Honorar schlagen.

»Man hat mir vergangene Nacht mein Motorrad geklaut. Finde es!« Kusch reichte Hartmann ein Foto, auf dem ein mattschwarz lackiertes Motorrad zu sehen war.

»Das ist eher Sache der Polizei«, bemerkte Hartmann vorsichtig, der einer Zusammenarbeit mit Matze Kusch nichts Positives abgewinnen konnte.

»Willst du mich verarschen? Ich kann doch nicht zu den Bullen gehen. Dem Kusch wird der Hobel geklaut? Da kommen die doch drei Tage nicht aus dem Lachen raus. Und außerdem, ehe die ihre fetten Beamtenärsche hochkriegen, ist das Ding längst in alle Einzelteile zerlegt, über die Grenze und wird in Polen schon wieder zusammengesetzt. Ich brauche jetzt jemanden, der schnell reagieren kann.«

»Da ehrt es mich, dass du an mich denkst.«

»Quatsch keine Scheiße! Du bist der einzige Privatdetektiv, den ich kenne. Du bist ein Arschloch, aber du hast damals einen fast brauchbaren Eindruck gemacht. Ich will, dass du das Motorrad suchst und findest.«

»Das ist nicht unbedingt mein Kernaufgabengebiet«, gab Hartmann zu bedenken.

»Es ist auch das allererste Mal, dass mir jemand meine Kiste klaut, also auch für mich eine Art Premiere. Dann passt das ja.« Matze Kusch schnaubte, die Muskelpakete in den Oberarmen zitterten. »Und wenn wir ihn erwischen, wird dieser Mistkerl es auch kein zweites Mal versuchen. Versuchen können.«

»Möchtest du, dass ich ihn gleich erschieße?«

Kuschs Augen funkelten. »Du nimmst mich nicht ernst, Hartmann. Das ist keine einfache Sache, das ist nicht irgendein Motorrad. Es ist *mein* Motorrad, das Motorrad des Präsidenten der Black Mambas. Das klaut man nicht. Da steht die Todesstrafe drauf.«

»Wann genau ist das Krad gestohlen worden? Und wie?«

»Ich hab an der Shell-Tankstelle am Südring getankt, die in der Nähe der Kopernikusstraße.«

»Schlüssel abgezogen?«

»Ab Werk wird die Maschine mit Funkfernbedienung geliefert. Diesem Funk-Schnickschnack traue ich nicht. Hab extra einen Old-School-Schlosssatz in die Karre einbauen lassen. Und selbstverständlich hab ich den Schlüssel dann abgezogen. Die Maschine kostet vollgetankt um die 50.000 Schleifen. Ich gehe rein, um zu bezahlen, steh an der Theke, da höre ich, wie draußen die Karre gestartet wird. Ich renne raus und sehe den Kerl nur noch um die Ecke fliegen.«

»Es war ein Mann?«

»Hatte eine normale Figur. Jeanshose, weiße Bikerjacke mit Aufnähern, schwarzer Helm. Kann ich nicht näher beschreiben.«

»Also ein geübter Fahrer?«

»Was weiß ich!«

»Du sagtest, um die Ecke fliegen. Lag er gut in der Kurve?«

Kusch strich nachdenklich über seinen kahl rasierten Schädel. »Ja, ich würde sagen, das war ein geübter Fahrer.«

Der Van wurde hart gebremst. Hupen. Schimpfen. Drohen mit dem Tod. Hurensohn. Hupen.

»Wie spät war das?«

»Heute Nacht. Ziemlich genau ein Uhr. Ich hab auf die Uhr geguckt.«

»Tankst du immer an dieser Tankstelle?«

»Ich tanke, wenn der Tank leer ist, du Honk.«

Hartmann verdrehte die Augen.

»Ach so, ich verstehe die Frage«, ruderte Kusch zurück. »Ja, ich tanke regelmäßig da, ich wohne ja in der Nähe.«

Wo Matze Kusch wohnte, äh, das wusste Hartmann. Er kannte auch Ozzy, Matzes gigantischen Rottweilermix, und er wusste, dass Kusch einen flauschigen, kanariengelben Bademantel sein Eigen nannte. Und noch vieles mehr, aber, äh, das war ein völlig anderes Thema.

»Finde die Kiste! Honorar spielt keine Rolle.«

»Das ist schön zu hören«, fand Hartmann. »Wer weiß, dass dir die Karre geklaut wurde?«

»Keiner! Was denkst du denn? Hab ich keinem erzählt! Wenn das rauskommt, lachen sich die ganzen

Trottel kaputt. Und du hältst auch die Klappe, verstanden? *Top Secret!*«

»Verstehe. Natürlich.«

Kusch nickte über Hartmanns Schulter nach vorne ins Führerhaus. »Nur Tacho und Krüger wissen Bescheid. Auf die kann ich mich verlassen, sind meine besten Männer. Die haben die ganze Nacht alles abgesucht, sind die einschlägigen Schrauberklitschen abgefahren, haben Fragen gestellt.«

In Hartmanns Kopf hatten erste Ermittlungsansätze inzwischen benzintriefende Gestalt angenommen. Er musterte das Bild. »Eine Harley Davidson?«

»Selbstverständlich.«

»Sieht gar nicht aus wie eine Harley Davidson.«

»Du hast schon mitbekommen, dass Peter Fonda tot ist? Seitdem haben die beim Design ein bisschen was geändert. Das ist eine 114er Breakout FXBRS, ein Cruiser. Sechs Gänge, 305 Kilo Lebendgewicht, 95 PS. Das Teil hat einen ordentlichen Punch, die Maschine brüllt richtig gut. Riesiges 21-Zoll-Vorderrad, hinten eine fette 240er Walze, lässt sich trotzdem griffig um die Kurven wuchten. Ein bisschen störrisch, aber so haben wir es ja gerne.«

»Wenn du das sagst, Matze.«

»Mattschwarz, ein paar Extras, ein bisschen Zubehör, aber knackig *stripped down*. Kennzeichen und Rahmennummer stehen auf der Rückseite des Fotos.«

»50.000, sagst du?«

»Hartmann, es geht nicht um den finanziellen Wert der Maschine, das Teil ist natürlich versichert.« Matze Kusch beugte sich ganz langsam nach vorn, sein Blick war Winter '62. »Das Teil ist quasi unbezahlbar, denn es ist *meine* Maschine. Das ist was Persönliches, da bin ich pingelig. Wenn es um mein Eigentum geht.«

Hartmann schluckte. »Okay, ich übernehme den Fall. Wenn ich die Maschine finde, bringe ich sie dir zurück.«

Matze Kusch schüttelte heftig sein haarloses Haupt. »Rund ums Haus lungern die Bullen. Wenn meine Kiste auf einem Hänger durch die Gegend gefahren wird, kommen die nutzlosen Säcke bloß auf krumme Gedanken.«

»Wenn ich die Maschine bei mir unten vor die Haustür stelle, wird sie ein paar Minuten später wieder geklaut sein.« Das musste selbst Matze einleuchten. Hartmann wohnte am Konrad-Adenauer-Platz, direkt gegenüber des Hauptbahnhofs. Nicht gerade Kö.

»Okay, du Klugscheißer. Lass dir für die Bullen 'ne brauchbare Erklärung einfallen. Bring die Maschine bei mir vorbei, aber ruf vorher an!«

»So weit sind wir ja noch nicht«, bremste Hartmann die kurzfristige Erwartungshaltung.

Kusch krachte eine Faust zweimal mit Karacho gegen die Fahrzeugdecke. »Dann voran, dann solltest du jetzt keine Zeit mehr verlieren.«

Der Wagen wurde an den rechten Fahrbahnrand gefahren. Hartmann versuchte die Schiebetür zu öffnen, was nicht ging.

»Immer noch Kindersicherung«, grinste der Boss der Black Mambas.

»Du hast gar keine Kinder.«

»Dann denk über die Kindersicherung noch mal nach«, flüsterte Kusch, die grünäugige Schlange am Hals grinste verschlagen.

Der Wagen schaukelte, denn das Quadrat verließ das Führerhaus und riss von draußen schwungvoll die Schiebetür auf.

Hartmann verabschiedete sich mit einem Nicken, stieg aus und wedelte dem Giganten das Bündel Karotten unter die Nase. »Glück gehabt, Alter! Das hätte ins Augen gehen können.«

Der Hüne zuckte verständnislos mit den Schultern, warf die Schiebetür in den Rahmen und stieg zurück ins Fahrzeug. Sein Partner hinterm Steuer gab Gas und radierte Gummi auf den Asphalt.

Hartmann sah dem Van beinahe gleichgültig hinterher und ahnte nicht einmal ansatzweise, in welch üblen, gefährlichen Schlamassel er gerade hineingeraten war. Stattdessen blickte er sich um – und wunderte sich, denn er befand sich wieder auf der Ellerstraße. Der Kerl mit dem Zopf hatte den Van also nur ein paarmal durch den Block gefahren. Ungewöhnlich, dass noch alle Radkappen am Fahrzeug dran waren.

»Alter, was machst du denn wieder hier?«, wunderte sich Rachid, der vor seinem Gemüseladen die Auslage ordnete. »Brauchst du Honigmelonen, du Hurensohn? Frisch gepflückt. Und im Angebot. Vier Kilo zum Preis von vier Kilo, mein Freund.«

* * *

Eine gestohlene Harley Davidson, eine Breakout. Hm, Motorräder waren nicht Hartmanns Thema. Zwei Räder waren ihm schlicht zu wenig. Selbst mit vier Rädern hatte er seine Schwierigkeiten. Nach einem unglücklichen Alkohol- und Polizeizwischenfall würde er erst in einigen Monaten seinen Führerschein aus Flensburg zurückbekommen. Aber zum Themenbereich »Gestohlen« konnte er auf einen versierten Sachverständigen zurückgreifen.

Zwar hatte sein Einbrecherkumpel Angie seit einiger Zeit eine feste Bleibe mit Bad, Küche, Balkon und allem, gleichwohl konnte man ihn um die Mittagszeit regelmäßig auf dem Carlsplatz antreffen. Dort tauschte sich sein den illegalen Drogen nahestehender Kumpel mit Gleichgesinnten beim späten Frühstück aus.

Und tatsächlich lehnte Angie am Rande einer zwielichtigen Menschentraube an einem klebrigen Stromkasten und drehte sich eine Zigarette. Er trug wie immer seine schwarze, an den Seiten geschnürte Lederhose und dazu ein schwarzes T-Shirt mit der weißen Aufschrift *Auf die Fresse ist umsonst*. Der letzte Besuch beim Friseur war nicht lange her, und frisch geduscht war Angie auch. Das war erfreulich, denn Hartmann hatte seinen Kumpel häufig in deutlich schlechterer Verfassung erleben müssen. Fast wirkte sein Freund im Kreise seiner Gefährten ein wenig deplatziert.

Als Angie ihn sah, spuckte er aus.

Okay, passte schon.

»Hallo, Angie, mein Freund, was geht ab?«

Angie gab seiner Zigarette Feuer. »Du mir zum Beispiel überhaupt nicht.«

Hartmann lehnte sich neben ihn an den Stromkasten. »Das ist schön zu hören.«

Hartmann streckte sein Gesicht in die Sonne. Das tat gut. Man sollte viel häufiger an einen Stromkasten gelehnt stehen, das urbane Umfeld genießen und Vitamin D tanken. An einem Stehtisch direkt neben ihnen diskutierten fünf junge Männer lautstark. Wahrscheinlich Studenten, denn sie waren für diese Uhrzeit erstaunlich randvoll. BWL, tippte Hartmann und lauschte.

»Was mich wirklich umtreibt«, erklärte einer von ihnen mit schwerer, getragener Stimme. »Das ist das mit den Zehen.«

»Was ist mit den Zehen?«, fragte ein Zweiter mit bärentiefer Stimme.

»Die sind wichtig«, warf ein Dritter ein. »Ohne Zehen würdest du ständig umfallen.«

»Tu ich auch gleich!«

»Ja, Zehen«, brachte sie der erste aus der Runde wieder aufs Thema zurück. »Ich meine, heißen Zehen Zehen, weil es zehn sind. Oder ist zehn zehn, weil man zehn Zehen hat?«

Schweigen.

»Das ist eine interessante Frage.«

Der mit der tiefen Stimme räusperte sich. »Ich hab nur neun Zehen.«

»Rasenmäher?«

»Von Geburt an.«

»Das ist wie mit dem Huhn und dem Ei«, erklärte ein Vierter. »Was war zuerst da? Kann man nicht sagen.«

Vielleicht doch ein Philosophie-Kurs, überlegte Hartmann.

»Wenn die Menschen acht Zehen hätten, würden die Zehen Achten heißen.«

Schweigen.

»Ich glaube, die Zahl zehn war zuerst da«, erklärte der mit den neun Zehen. »Da war das schon geklärt, wie die Zahl vor elf heißt. Das liegt nämlich daran, dass der Mensch vom Fisch abstammt.«

»Er stammt vom Affen ab!«

»Du vielleicht. Aber erst war der Mensch ein Fisch. Alles war vorher Fisch.«

»Du stinkst immer noch so!«

»Nee, echt. Alles Leben kommt aus dem Wasser. Menschen, Tiere, Bier, alles. Und der Mensch war vorher ein Fisch. Fische haben keine Zehen, aber den Zahlenrahmen bis zehn, den gab es damals schon.«

Schweigen.

»Das klingt logisch. Erst mal, aber bedenke, mein Freund, nicht alle Fische sprechen deutsch.«

»Fische sprechen gar nicht!«, meinte ein etwas lebensälterer Typ mit erhobenem Finger, der sich bisher noch gar nicht in die Diskussion eingebracht hatte.

Hartmann meinte einen ehemaligen Mitschüler zu erkennen, der später Medizin studiert hatte, war sich aber nicht sicher.

»Also, der Mensch als solcher war ja einer aus Erkrath …«

»Was?«, begehrten die anderen vier Kumpel entsetzt und gleichzeitig auf.

»Aus'm Neandertal. Und das Neandertal gehört zu Erkrath. Und ja irgendwie zu Deutschland. Und zur Nordsee. Und wenn du jetzt noch die ganzen Inseln bedenkst, also Borkum, Norderney, Helgaland, dann kommt in der Nordsee eine Menge Wasser mit Fische drin zusammen, da wo Deutsch gesprochen werden würde.«

»Und der Atlantik ist ja quasi auch Nordsee.«

»Richtig. Der Indische Ozean kam ja erst später dazu, als der Marco Polo den entdeckt hat.«

Hartmann blickte Angie an. »Wie hältst du das hier jeden Tag aus?«

»Ist doch eine interessante Fragestellung«, summte Angie und nahm einen tiefen Zug auf Lunge. »Stimmt die Achter-Theorie, dann gäbe es den Satz: Du musst beim Rasenmähen auf deine acht Achten achten.«

»Alle Achtung!«

Angie schniefte. »Was willst du, Hartmann? Du bist doch nicht hier, um das philosophische Ambiente zu genießen?«

»Allerdings. Ich habe einen Job und brauche deine Hilfe.«

»Keine Chance, Hartmann!«

»Ist nur eine Kleinigkeit!«

Angie senkte die Tonlage. »Rede ich Chinesisch?«

»Weiß ich doch nicht.«

»Ich habe eine feste Bleibe. Ich habe meinen Drogenkonsum unter Kontrolle. Ich überlege ernsthaft, es noch mal mit 'nem Entzug zu versuchen, ich nehm sowieso kaum noch hartes Zeug. Meine Werte sind so gut, ich darf in der Uni sogar wieder Blut spenden.«

»Das ist super!«

»Und das werde ich nicht aufs Spiel setzen, indem ich mich von dir für irgendwas belabern lasse. Nur damit man wieder auf mich schießt oder auf mich einsticht oder sonst was. Ich bin da raus, Hartmann, ernsthaft. Ich bin dabei, mein verschisseltes Leben in ordentliche Bahnen zu bringen. Und diese Gelegenheit werde ich nutzen. Komm mir nicht mit irgendeinem Job.«

»Es ist ja auch gar kein richtiger Job.«

Angie schenkte Hartmann einen Blick mit Potenzial zum Fauststoß.

»Einem Bekannten von mir hat man das Motorrad geklaut. Ich soll es finden. Und da dachte ich, weil du … du … du auch gelegentlich in Sachen Eigentum unterwegs bist, dass du mir weiterhelfen kannst, wo ich das Ding finde.«

»Dem wurde das Motorrad geklaut? Mensch, Hartmann, Motorradklauen? Motorradklauen ist eine ganz andere Baustelle. Ich bin Einbrecher.«

»Ich dachte, das ist dieselbe Branche.«

»Da liegst du vollkommen falsch. Wenn du die Wand gestrichen haben möchtest, bestellst du ja auch keinen Elektriker. Arbeiten beide auf'm Bau, aber das sind doch vollkommen unterschiedliche Gewerke. Ich bin Einbrecher und kein mieser Motorraddieb.«

Hartmann erkannte eine gewisse Logik. Und Standesdünkel. »Aber du kennst doch sicher Motorraddiebe?«

»Nicht viele. Und nur flüchtig.«

»Ich möchte ja nur, dass du dich mal umhörst.«

»So fängt das mit dir immer an. Und dann wird auf mich geschossen.«

»Einmal.«

Angies Körper spannte sich an. Mit Schusswunden schien er eigen zu sein. Dabei war das damals nur ein kompletter Durchschuss gewesen, also noch nicht mal ein richtiger Treffer.

Hartmann lenkte dennoch ein. Und ab. »Du siehst gut aus. Nur die dunklen Ringe unter deinen Augen stören ein wenig den erfreulichen Gesamteindruck.«

Angie schnaufte. »Die hab ich wegen Harry.«

»Wer ist Harry?«

»Mein Untermieter. Kennste nicht, eine Art Geschäftspartner. Der muss für 'ne Woche unterkommen. Ist ein netter Kerl, aber wenn der schnarcht, dann denkst du, neben dir wird eine Boeing gestartet. Der schnarcht nicht, der röhrt Löcher ins Universum. Ich überlege ernsthaft, mir die Ohren verlöten zu lassen.«

Hartmann musste sich entscheiden. Und abwägen. Er griff zum Äußersten. »Wenn du dich für mich umhörst, kannst du für die Woche bei mir einziehen. Aber dann brauche ich heute schon ein Ergebnis.«

»Hast du ein Kennzeichen?«

Hartmann zuppelte das Foto aus dem Hemd und reichte es Angie, der beeindruckt mit der Zunge schnalzte. »Ne Breakout von Harley Davidson, cooles Biest. Wem wurde das Schmuckstück geklaut?«

»Einem Bekannten.«

»Black Mambas?«

»So ist es.«

Angie lächelte, irgendwie hinterlistig. »Okay, wir haben einen Deal. Ich höre mich um, aber Black Mambas gibt Gefahrenzulage. Nicht ich, sondern mein Freund Harry wird für eine Woche bei dir einziehen. Und ich schwöre dir, das ist das allerletzte Mal, dass ich mich in deinen Kack reinziehen lasse.«

Neben ihnen fasste der mit der bärentiefen Stimme die Diskussion zusammen. »Zehen werden überbewertet.«

Hartmann drehte sich zur Gruppe und grätschte dazwischen. »Außer in Neuzehland.«

* * *

Eine Stunde später schob Hartmann zufrieden das Geschirr in den Spüler. Lecker. Es war Dienstag, und er hatte sich eine köstliche Portion Tortellini gegönnt. Frisch gestärkt machte er sich ans Werk. Er zupfte entschlossen den dünnen, schwarzen Blouson vom Haken. Für ohne Jacke war es noch nicht warm genug, der Sommer schwächelte und musste sich erst noch richtig heißlaufen.

Er hatte Angie auf die Spur gesetzt, wollte allerdings selbst nicht untätig bleiben. Es war wahrscheinlich eine gute Idee, sich den Tatort an der Shell-Tanke anzusehen und mit dem Angestellten zu sprechen, vielleicht ergab sich ein weiterer, sinnvoller Ermittlungsansatz. Im günstigsten Fall existierte eine Videokamera, die den Diebstahl aufgezeichnet hatte.

Hartmann öffnete die Wohnungstür und stieß mit Nicole zusammen.

»Huch!«, schreckten beide zurück.

Nicole trug einen hellblauen Überwurf oder wie immer man das nannte. Das Kleidungsstück hatte sich im vorderen Bereich allerdings etwas ungeordnet von alleine entfaltet, kein wirklich unangenehmer Anblick. Ihre Füße steckten farblich abgestimmt in hellblauen, halboffenen Fransenschlüffchen mit Bommel.

»Was stehst du denn hier im Flur rum?«, fragte Hartmann.

»Ich steh hier nicht rum, ich will zu dir. Wir ... wir haben einen Besucher, um den du dich kümmern musst.«

»Aha«, sagte Hartmann.

Zusammen mit ihrer schwarzhaarigen Kollegin Petra bot die wasserstoffblonde Nicole in der Wohnung unter der seinen erotische Entspannungsmassagen an. Ein bisschen Massage, sehr viel Entspannung. Einige der meist männlichen Besucher zickten aus den unterschiedlichsten Gründen beim finanziellen Teil der Gesundheitspflege. Nicole und Petra waren nicht zimperlich, konnten anpacken, aber gelegentlich halfen auch Elektroschocker und Schlagwerkzeuge unterschiedlichster Art nicht weiter. Vor, während und nach der Massage. Dann griffen sie ab und an auf Hartmanns männliche Überzeugungskräfte zurück.

»Er muss raus, ich flehe dich an!«

»Ist ja gut, ich komme«, beeilte sich Hartmann, das schien ja ein besonders unangenehmer Zeitgenosse zu sein.

Schnell eilten sie die Stufen runter und betraten die Wohnung. Petra erwartete sie mit vor der Brust verschränkten Armen im Flur. Sie trug Berufskleidung. Also lediglich einen roten, fast durchsichtigen Slip, der kein Geheimnis für sich behalten wollte.

»Hallo, Petra!«

Sie taumelte einen hilflosen Schritt zur Seite und deutete auf die lediglich einen kleinen Minispalt geöffnete Tür zum Arbeitszimmer.

Hartmann pumpte Luft in seinen Brustkorb, spannte seine Muskeln an und stupste die Tür entschlossen auf. Mighty Moschus kitzelte seine etwas zu groß geratene

Nase, rot gedimmtes Licht. Sein Blick scannte das Zimmer. Anrichte, Handtücher, eine brennende Kerze, ein Stuhl, eine Bank, eine brennende Kerze, eine leere Massageliege, ein Poster von Blondie, ein schmuckes Herz aus Glas, eine brennende Kerze, ein kleines Tischlein, ein Stuhl, ein roter Motorradhelm und eine brennende Kerze.

»Wo ist er?«, fragte Hartmann.

Nicole flüsterte: »Da unter der Decke. Töte ihn!«

»Was?«

Nicoles Blick war kalt, ihre Stimme entschlossen, klar und fest. »Los. Töte ihn!«

Hartmann deutete auf den dunklen Fleck an der Wand. »Die Spinne?«

»Das ist keine Spinne. Das ist ein Mega Ekel Spider.«

»Nicole, ich hab gedacht, ihr habt Ärger mit einem Typen«, monierte Hartmann, nicht ohne Vorwurf in der Stimme.

»Mit Typen werden wir alleine fertig. Das, das ist das Grauen!«

»Das ist eine ganz normale Hausspinne.«

»Bist du jetzt auch Spinnenfachmann?«

»Nee, aber das ist nicht die erste Spinne, die ich in meinem Leben zu sehen kriege. Das Tier ist vollkommen harmlos.«

»Spinnen sind nie harmlos«, behauptete Nicole und raffte ihren hellblauen Überwurf mit entschlossenem Griff vorne enger, die Bommel an ihren Füßchen bommelten. »Ohne Vorwarnung springen sie dich urplötzlich an und beißen dir Löcher in den Körper.«

Das zugegebenermaßen recht große, schwarze, wuschelige Tierchen an der Wand rührte sich nicht.

Hartmann seufzte laut. »Sie springen dich nicht an. Abends kühlt es sich draußen ab, die Fenster stehen offen oder auf Kipp. Da verschlägt es die haarigen Burschen schon mal nach drinnen ins Warme.«

»Laber nicht, mach das Tier platt!«, brüllte Petra, die hinter Hartmann und Nicole die Tür bis auf einen schmalen Spaltbreit zugezogen hatte und durch ebendiesen das weitere Geschehen mit weit aufgerissenen Augen beobachtete.

Hartmann blinzelte. »Die tun nichts, wenn ...«

»Vielleicht ist das Vieh sogar giftig.«

»Richtig giftige Spinnen gibt es nur in Australien.«

»Wir leben in einer globalen Welt, Hartmann. Vielleicht kommt der Mega Spider ja aus Australien.«

»In Australien sind alle Tiere tödlich!«, jaulte Petra. »Spinnen, Schlangen, Fische, Koalas. Alle tödlich!«

»Wenn du das Monster jetzt nicht plattmachst, mach ich es«, krächzte Nicole mit kippender Stimme und ergriff, zum Äußersten entschlossen, den roten Motorradhelm.

Ihre Freundin im Flur würgte.

Hartmann seufzte. »Petra, bring mir ein Wasserglas. Und irgendwas zum Unterschieben, 'ne Postkarte oder so was.«

»Was hast du vor?«

»Ich fang das Tier ein ...«

»Oh Gott«, würgte Petra.

Nicole kniff ihre Augen zusammen, in den schmalen Schlitzen blitzte es gefährlich. »Hartmann, wenn dir das Ding entwischt und wir es aus den Augen verlieren, mach ich dich fertig.«

Hartmann senkte beruhigend die Stimme. »Ich bin ein super Spinnenfänger.«

Petra wagte sich zögerlich ins Zimmer und reichte Hartmann mit langem Arm ein Wasserglas und eine Postkarte. »Spinnenfänger ... Du fängst dir eine, wenn das schiefgeht.«

Hartmann warf einen Blick auf die Karte. Auf der Vorderseite befand sich ein Schiff. Er überflog die Rückseite. »*Liebe Nicole, liebe Petra. All inklusive ist super. Wir sind jeden Tag voll. Eure Heidi.* Eine Postkarte von Heidi?«

»Sie macht mit ihrer Freundin eine Kreuzfahrt durch die Südsee.«

»Sie ist über achtzig!«

»Na und? Sie muss ja nicht rudern.«

»Wieso schickt sie euch eine Karte und mir nicht?«, maulte Hartmann.

»Du bist nicht so der Kartentyp. Mach jetzt hin!«

»Sie kann mir ruhig eine Karte schicken. Ich hab letztens, als sie mit ihrer Freundin Gerda in Urlaub gefahren ist, auf deren Papagei aufgepasst.«

»Vielleicht kriegst du ja deshalb keine Postkarte«, nölte Petra und zog sich wieder in den Flur zurück. »Ist ja seinerzeit nicht soooo glücklich gelaufen.«

Hm, das konnte natürlich sein. Er hatte auf Alfred aufgepasst, aber jemand hatte im Zuge eines ausgesprochen turbulenten Falles den hellroten Ara von der Vogelstange geschossen. Querschläger. Tragisch. Ein Spurenbild wie Kissenschlacht.

»Mach jetzt hin!«, zischte Nicole.

Hartmann sammelte sich und fixierte das Tier. Meine Güte, das hatte aber auch ein Fell. Schwarz und wuschelig. Wie damals die behaarte Rettungsschwimmerbrust von David Hasselhoff. Aber regen tat sich das Ding nicht.

Töten? Er tötete keine Tiere. Vorsichtig stülpte er das Glas über die Spinne. Das Tier zuckte zusammen.

»Iiiiiiiih«, schrie Nicole.

Petra schrie im Flur mit.

Fast wäre das Glas Hartmann aus den Fingern gerutscht. Behutsam schob er nun die Postkarte zwischen Tapete und Wasserglas. Die Spinne ließ sich zögerlich auf die Postkarte ruckeln. Den Pappkarton jetzt ganz drunter geschoben, Glas von der Wand. Prima!

»Guck mal, das Tierchen ist doch niedlich«, behauptete Hartmann und streckte Petra das Glas entgegen.

Die schreckte zurück. »Ich knall dir gleich eine!«

Hartmann grinste und öffnete das Wohnzimmerfenster zum Bahnhofsvorplatz hin. Sein Blick fiel auf die Zeiger am Uhrenturm im historischen Teil des Düsseldorfer Bahnhofgebäudes direkt gegenüber. Gleich halb neun, es dunkelte bereits. Vorsichtig kippte er das Glas und beobachtete, wie der schwarze Brummer sich hastig über den Glasrand in die Tiefe stürzte und auf dem Vordach der ersten Etage landete. Blitzschnell drückte sich das schwarze Tier in die nächstbeste Mauerspalte und war quasi sofort unsichtbar.

»Mach's gut, Hasi«, rief Hartmann ihm hinterher und schloss das Fenster.

Nicole schob sich neben ihn und tippte sich an den Kopf, den roten Motorradhelm immer noch fest umklammert. »Mach's gut, Hasi? Ganz richtig im Kopp bist du nicht.«

Petra trat ins Zimmer. »Beim nächsten Mal fragen wir Morten um Hilfe, den Softie aus der ersten Etage.«

»Der eiert wenigstens nicht so pupsig rum.«

»Im Vergleich zu dir, Hartmann, ist das ein richtiger Kerl.«

Hartmann schob sich an den beiden vorbei in den Flur, Undank war erstens der Welten Lohn, und außerdem hatte er es zweitens sowieso eilig. Genervt öffnete er die Wohnungstür, trat hinaus, hielt dann aber doch noch mal kurz inne und drehte sich um. »Übrigens, hab ich sofort gesehen, die Spinne war definitiv weiblich. Vielleicht hat sie Eier gelegt. Ihr könnt ja mal drauf achten, ob demnächst haariger Nachwuchs durch eure Wohnung krabbelt. Dann wendet ihr euch am besten an Morten.«

Schnell warf er die Haustür hinter sich zu und setzte an, die Stufen nach unten zu flüchten, als es in seiner Jacke surrte. Sein Mobiltelefon. »Hallo! Privatdetektiv Hartmann, Ermittlungen aller Art, was kann ich für Sie tun?«

»Ich bin's. Wir treffen uns um zehn in der Altstadt, im Auberge.«

»Angie! Hast du das Krad gefunden?«

»Weiteres persönlich.«

Hartmann verdrehte die Augen. Angie und seine hirnverbrannte, paranoide Am-Telefon-darf-man-nichts-sagen-Phobie. »Antworte wenigstens mit Ja oder Nein, Mann.«

»Gleich. Dann sind wir ungestört.«

»Ungestört?«

Angie schnalzte am anderen Ende mit der Zunge und unkte unheilvoll. »Ungestört ist vielleicht besser.«

* * *

Gelb und rot leuchtend lockte die Tankstelle am Südring Kunden an die Zapfsäulen. Hartmann war früh dran und ließ sich direkt gegenüber im Subway einen großen Becher Kaffee bauen. Durch eines der bodentiefen Fenster beobachtete er, wie der junge Mann vom Nachtdienst seine Kollegin vom Tagesdienst ablöste.

Hartmann gönnte sich einen zweiten Becher. Er gab dem Tankstellenmann Zeit, sich einzurichten und die Kasse zu übernehmen. Kein Stress. Er brauchte einen Gesprächspartner, der gut drauf, zeitlich belastbar und entgegenkommend war.

Als wenige Minuten später gerade niemand tankte, leerte Hartmann den Becher. Er entsorgte seinen Müll, schnappte sich einen Werbeflyer aus der Auslage und ging rüber auf das Tankstellengelände, wo ihn unter dem Vordach diese einzigartige Mischung aus Abgas, Benzin und abgestandener Luft erwartete. So einen Duft konnte man sich nicht ausdenken. Müsste er ihm eine Farbe zuordnen, wäre es ein schleimig-feuchtes, giftiges Grünbraun mit einem Hauch Bronze.

»Guten Abend«, grüßte Hartmann dann im Foyer der Tankstelle den Angestellten, der gerade dabei war, Zeitschriften und Zeitungen zu ordnen.

Der junge Mann war vielleicht Mitte zwanzig. Er war schlank, groß und trug seine schwarzen Haare lang und lockig. Der rote Arbeitskittel verlieh ihm die Autorität, die sein jugendliches Gesicht noch nicht ausstrahlen wollte. Kleine Pickelchen zerpixelten sein Gesicht, aber der Blick war wach und aufgeweckt. Ein Student, der sich das Studium finanzierte, tippte Hartmann.

»Einen Moment, bitte«, grüßte er zurück, mit einem ausländischen Akzent, der Hartmann bekannt vorkam.

»Keinen Stress. Ich habe nur ein paar kurze Fragen und bin gleich wieder weg.«

»Fragen?« Der junge Mann hob interessiert die Augenbrauen, legte die Zeitschriften ab und trat hinter den Tresen. »Worum geht's denn?«

»Mein Name ist Lindner, Christian Lindner. Ich bin Polizist und habe noch ein paar Fragen zum Motorraddiebstahl diese Nacht.«

»Ach?«, zeigte sich der junge Mann überrascht. »War das doch ein Diebstahl? Der Halter hat sich erst aufgeregt, dann aber gemeint, dass sich ein Bekannter einen Scherz erlaubt hat.«

Guck an, dachte Hartmann beeindruckt, da hatte der olle Matze blitzschnell geschaltet. Keine Polizei, also darf man die auch nicht anrufen, aber für den Zeugen musste er sich fix eine Erklärung einfallen lassen. Respekt, sehr flexibel. Man durfte die Haarlosen nicht unterschätzen.

»Leider eine fatale Fehleinschätzung des Vorkommnisses«, konstatierte Hartmann mit Vorwurf in der Stimme. »Was die Arbeit für uns im Übrigen deutlich erschwert.«

»Das kann ich mir vorstellen.«

»Aus diesem Grund haben wir jetzt natürlich noch einige Fragen.«

»Da fragen Sie am besten meinen Chef, ich bin ja nur ...«

»In meinen Unterlagen steht«, setzte Hartmann an und raschelte mit dem Werbeprospekt von Subway. »Da steht, dass Sie in jener Nacht im Dienst waren, Herr ...«

»Radu. Ich habe dem Halter des Motorrads ja schon gesagt, dass ich nichts mitbekommen habe.«

»Ich weiß, Herr Radu, das hat der Geschädigte, Herr ...«, knapper Blick ins Prospekt. »Herr Kusch meinen Kollegen von der hiesigen Kriminalpolizei gegenüber schon angegeben, aber ich arbeite in einer anderen Abteilung, beim Landeskriminalamt, bei der Ermittlungskommission *TankKrim*. Von der haben Sie sicher schon gehört.«

»Kann sein ...«

»Wir richten einen genaueren, tiefer ins Detail gehenden Blick auf die Kriminalität in und rund um Tankstellen. Man wundert sich wirklich, was da an Kriminalität zusammenkommt, erschreckend. Aber wem sage ich das.«

»Haben Sie einen Dienstausweis?«

»Natürlich«, antwortete Hartmann. »Mir geht es in erster Linie um das Opfer selbst. Der männliche Geschädigte, der Herr ..., äh, Herr Kusch, kam also zu Ihnen in den Tankstellenbereich, um die Rechnung zu begleichen?«

»Ja, genau.«

»War er in Begleitung?«

»Nein.«

»War sonst noch jemand hier im Laden?«

»Wir beide waren allein, es war mitten in der Nacht. Er stand dort, wo Sie jetzt stehen.«

»Und dann bemerkt er den Diebstahl des Motorrads?«

»Man konnte hier drinnen hören, wie draußen an der Säule fünf der Motor gestartet wurde. Wir gucken und sehen, wie der Mann das Motorrad wegfährt. Rechts vom Gelände runter auf den Südring, Fahrrichtung Neuss oder Autobahn.«

»Sie sind sicher, dass es ein Mann war? Keine Frau?«

»Sah der Statur nach so aus. Er trug eine weiße Motorradjacke von Helston. Das Modell habe ich schon häufiger gesehen, ich interessiere mich für Motorräder. Das Modell tragen eigentlich immer nur Männer.«

»Und er fuhr zügig weg?«

»Ja. Ein geübter Fahrer, würde ich sagen. Aber das kann man auf dem Video der Überwachungskamera gut erkennen. Ich hab mir das mal angeguckt.«

»Verstehe.«

»Darf ich Ihren Dienstausweis mal sehen?«

»Natürlich dürfen Sie das. Ich würde mir gerne die Aufzeichnung am liebsten jetzt direkt mal ansehen, um keinen weiteren Zeitverzug zu haben.«

»Hm, das ist schlecht. Da muss man an die Videoanlage, da kenne ich mich nicht mit aus, da darf nur der Chef dran.«

»Ich weiß, das ist ja auch richtig so, aber ich brauche gar keine Kopie, sondern müsste mir die Aufnahme nur ansehen. Sie bleibt doch eine Woche gespeichert?«

»72 Stunden.«

»Eben, da wird es eng, Herr Radu.« Hartmann legte einen Finger nachdenklich an die Nase. »Radu, Radu. Das ist ein rumänischer Name, oder.«

»Meine Eltern kommen aus Craiova.«

Hartmann lachte. »Das ist ja ein Zufall. Meine Mitarbeiterin, die für die Sichtung und Sicherung von technischen Aufzeichneanlagen zuständig ist, kommt aus Bukarest. Eine sehr angenehme Kollegin.«

»Aha.«

Hartmann nickte in die Richtung eines Werbeständers mit in Klarsichtfolie eingeschweißten Tittenheften und knipste verschwörerisch, so ganz unter Männern, ein Auge. »Wenn Sie wissen, was ich meine, haha.«

Unter den kleinen, bunten Pickelchen wurde der Angestellte rot, er sagte aber nichts.

Hartmann fuhr fort. »Ich werde die Kollegin informieren, auf das sie morgen in ihrer Schicht vorbeischaut. Sie kann sich die Anlage ja direkt anschauen, sie hat da gewisse Kenntnisse.«

Des jungen Mannes Augen flackerten zu den Tittenheftchen, dann drückte er allerdings sein aufrechtes Tankstellenkreuz durch. »Das müsste aber mit meinem Chef abgeklärt werden.«

»Eben nicht«, zischte Hartmann verschwörerisch. »Eben nicht, Herr Radu. Unsere laufenden Spezialermittlungen machen es zwingend erforderlich, dass diese Videosichtung unbedingt verdeckt und unter uns dreien bleibt. Also, Sie, ich und meine sympathische Kollegin.«

»Soll mein Chef in irgendwas verwickelt sein?«

»Überhaupt nicht. Es geht um andere, viel größere Zusammenhänge, aber da darf ich wirklich nichts zu sagen. Was Sie mir aber jetzt noch sagen können, ist, ob Herr Kusch sein Motorrad auch wirklich abgeschlossen hatte.«

»Da bin ich sicher. Ich interessiere mich, wie gesagt, für Motorräder und habe ihn und das Krad schon beim Tanken beobachtet. Definitiv hatte er sein Motorrad ordnungsgemäß gesichert. Das war eine Harley, eine Breakout, die Maschine ist richtig, richtig teuer.«

Hartmann nickte. »Und weil dieser Diebstahl leider kein Einzelfall ist, gibt es die Ermittlungsgruppe *Tank-Krim*. Ich bedanke mich sehr für Ihr Verständnis. Kein Wort zu niemanden, meine Kollegin wird morgen um diese Zeit erscheinen.«

»Äh. Gut.«

Hartmann reichte seine Hand, schüttelte die des vermeintlichen Studenten und verließ das Tankstellengebäude. Moment. Er rupfte, schon in der Tür stehend, den Mitgliedsausweis seines Fitnessstudios aus dem Portemonnaie, der vom Angestellten auf diese Entfernung nun wirklich nicht als solcher erkannt werden konnte, und rief mit der Karte wedelnd: »Ach ja, meinen Dienstausweis, den wollten Sie ja sehen. Richtig, immer vorsichtig bleiben!«

Hartmann verließ die Tankstelle und musterte noch einmal die Videoanlage über seinem Kopf, die an der Unterseite der Tankstellenüberdachung befestigt war. Konnte gut sein, dass da was Interessantes drauf war. Das Gesicht des Diebes wäre gut.

Hartmann zückte sein Mobiltelefon. Zeit, die rumänische Kollegin mit den SuperSonderTechnikSpezial-Kenntnissen ins Bild zu setzen. Der Ruf ging durch.

»Hallo?«, meldete sich seine Teilzeitmitarbeiterin Alina Petrescu.

* * *

Das Auberge auf der Bolkerstraße war eine coole, urige Altstadtkneipe, von seinen Stammgästen liebevoll »das Wohnzimmer« genannt. Eine Top-Adresse, wenn man zum frischen Altbier auf nicht abgenudelte Rockmusik jenseits von Guns N' Roses oder Nickelback stand. Im rustikalen Ambiente krachten unverwüstlichen Genre-Perlen aus den Siebzigern und aktuelle, britische Rock-Reißer aus den Boxen unter der Decke.

Hartmann quetschte sich durch zahlreiche Gäste, die unter blau-weißen Schirmen an den Biertischen der Außenterrasse ihr leckeres Frankenheimer genossen, und wechselte nach drinnen in die Kneipe. Blink 182 kümmerten sich um die kleinen Dinge und hießen Hartmann gitarrenkrachend willkommen.

Angie saß links des Eingangs. Hinter sich ein Spielautomat, der aussah, als würde er noch Groschen futtern.

»Cooler Treffpunkt«, grüßte Hartmann und rutschte auf einen Barhocker Angie gegenüber.

»Ich dachte, hier ist gut, hier kennt uns keiner«, brummte Angie. »Ist vielleicht besser.«

»Hallo, Hartmann!«, grüßte James, der englische Wirt, von hinter der Theke.

Angie schloss die Augen.

»Eine Cola und ein Alt«, grüßte Hartmann zurück, drehte sich wieder zu Angie und fragte: »Was hast du?«

»Eine Adresse«, antwortete Angie.

»So schnell?«

»Ich sag ja, ich kenne da jemanden, der mit gebrauchten Teilen arbeitet.«

Angie war cool. Angie kannte immer jemanden.

»Schieß los!«

»Der Deal mit Harry steht?«, fragte Angie, denn neben sehr cool war Angie auch sehr misstrauisch.

»Das schallisolierte Bettchen für Dirty Harry ist quasi schon gemacht«, erklärte Hartmann aufgeräumt, stand wieder auf, holte die Getränke von der Theke und drückte seinem Kumpel ein frisches Frankenheimer in die Finger.

Angie nippte am Bier, griff in seine Jackentasche, holte einen Zettel heraus und schob ihn über die Tischplatte.

Hartmann setzte sich wieder, faltete die Notiz auseinander und las. »*Kesselstraße, rechte Seite, vierte Garage, grünes Holztor.*«

»Mein Bekannter ist sicher, dass er die Maschine heute Nachmittag dort gesehen hat.«

»Heute Nachmittag, das ist super.«

»Das ist eine kleine Schrauberklitsche. Harley Davidson ist für die Typen im Grunde eine Nummer zu groß. Roller sind eher deren Liga. Außerdem arbeiten sie viel mit Farbe.«

Kesselstraße? Hartmann musste einen Moment überlegen, aber genau, über die Stromstraße musste man in den Hafen rein, rechts die drei torkelnden Gehry-Bauten, durch den Medienhafen, auf der Ecke das UCI-Kino, dann weiter in Richtung Frachthafen. Die Kesselstraße war dann eine der kleineren Abzweige. Teilweise asphaltiert, teilweise bloßer Schotter, direkt neben einem der Hafenbecken, am Ende ein Wendehammer. Etwas abgelegen, da kam man ohne Anlass und Ziel nicht mal so dran vorbei.

»Grob kenne ich die Gegend«, erklärte Hartmann.

»Umso besser. Dann wünsche ich dir viel Erfolg.«

Hartmann riss die Augen auf. »Viel Erfolg? Du begleitest mich doch, oder?«

»Auf keinen Fall.«

»Du musst mir helfen.«

»Einen Scheiß muss ich, Hartmann. Wir haben eine Abmachung.«

»Natürlich haben wir die«, beeilte sich Hartmann und winkte dem englischen James, schnell ein neues Altbier für Angie fertig zu machen. Ja, ruhig ein großes.

»Gut.«

»Gut wäre es, wenn du mir hilfst, in diese Klitsche reinzukommen. Kesselstraße ist im Hafen, abgelegene Ecke, dunkel. Da gibt es mit Sicherheit eine Alarmanlage. Vielleicht einen Wachdienst. Vielleicht beides.«

»Da musst du definitiv mit rechnen.«

»Allein schaffe ich das nicht«, flehte Hartmann und schob Angie den Nachschub in die Finger.

»Das ist wahrscheinlich. Du bist nicht sehr geschickt und stellst dich meistens recht dumm an.«

Ein Mann mit Kutte und Kuli stellte sich zu ihnen an den Tisch. Er roch ein bisschen nach Auswärtsspiel gegen Holstein Kiel. »Tag, Hartmann, krieg ich ein Autogramm?«

»Klar«, sagte Hartmann, nahm den ihm gereichten Kugelschreiber und unterschrieb einen Pappdeckel.

»Schreibst du drauf: für Keule. Fortuna Olé. Du musst unbedingt mal was bei Fortuna machen, Kerl. Die brauchen da noch so einen wie dich, damit der Aufstieg ganz sicher klargeht. Noch ein Jahr zweite Liga schaffe ich nicht.«

Hartmann grinste. »Ich auch nicht.«

Der Kuttenmann schob sich den Bierdeckel unterhalb des verwegenen Bauarbeiter-Dekolletees hinten in die Jeans, tippte sich an die Stirn und verschwand.

Angie schüttelte den Kopf. »Du gehst doch so gut wie nie in die Altstadt, wieso kennen dich hier in dem Laden alle?«

»Hier treffen sich an den Wochenenden Fortuna-Fans. Also, so richtige. Alte Hools. Große Hände, rot-weißes Herz, *old school*. Mit denen kannste im Busch Holzhacken gehen.«

»Ich ahne, was du meinst.«

Hartmann beugte sich über den Tisch. »Ich habe noch einen Deal für dich, mein Freund. Wenn du mir bei dieser Geschichte noch einmal hilfst, verspreche ich dir, dass ich dich zukünftig komplett in Ruhe lasse.«

»Noch lieber wäre mir, du würdest mit was Ordentlichem dein Geld verdienen.«

Hartmann blinzelte, weil das aus dem Mund eines hauptberuflichen Einbrechers ein wenig schräg klang.

»Okay, Hartmann. Deal. Das letzte Mal. Und du guckst zu, dass du einen geregelten Job findest. So was Normales. Mit Steuerkarte und dafür ohne Schießen und Stechen und so.«

»Ich kann dir gar nicht sagen, wie …«

Angie schnitt ihm mit einer knappen Handbewegung das Wort ab. »Das Ding muss heute Nacht steigen. Morgen ist das Motorrad vielleicht schon nicht mehr da. Für die Schüssel brauchen wir einen ausreichend großen Transporter.«

»Den besorge ich«, erklärte Hartmann. Und log: »Das wird kein Problem.«

»Die Breakout wiegt ein paar Stiefel, da brauchen wir eine Auffahrhilfe, eine Rampe. Die besorge ich.«

»Kann man so was leihen?«

»So was kann man nicht leihen. Ich sag doch, ich … besorge … die. Wir telefonieren, Hartmann. Bestell mir noch ein Alt und kümmere dich um den Transporter.«

The Jam sangen *Thick as Thieves*.

Was konnte da jetzt noch schiefgehen?

* * *

Rachid und sein Angestellter Valid wuchteten Bananenkisten ins oberste Regal. Der Marokkaner schnaufte. »Wozu brauchst du den Sprinter?«

»Ein Kumpel von mir zieht um. Er hat eine große, sperrige Ledercouch, einen Tisch und vier Stühle. Keine große Sache.«

»Für wann?«

Hartmann machte eine entschuldigende Geste. »Wohl schon für heute Abend.«

Eine weitere Kiste verschwand schwungvoll im Regal. Es roch nach frischer Minze, Kümmel und frisch gepresstem Olivenöl. »Mache ich nicht so gerne.«

»Bleibt 'ne einmalige Sache. Mein Kumpel hatte alles organisiert, aber dann hat der Typ mit dem Transporter abgesagt, ist quasi eine Art Notfall.«

»Wallah, du bist auch ein Notfall«, grunzte Rachid.

Valid lächelte amüsiert und wuchtete einen weiteren Karton mit Granatäpfeln ins Regal.

»Na gut, ausnahmsweise. Ich brauche den Sprinter aber Donnerstag frühmorgens zurück, allerspätestens um halb acht. Vollgetankt und sauber. Dann bringe ich die Kinder in die Schule.«

»Im Gemüsetransporter?«, fragte Hartmann.

In Rachids dunklen Augen funkelte es beschwingt. »Das macht denen immer riesig Spaß.«

»Ist das nicht gefährlich? Beim Bremsen? Die können sich hinten drin doch gar nicht anschnallen.«

»Ich heiz ja nicht mit hundert Sachen durch die Stadt. Wallah, das sind Kinder, die sind jung, aber nicht blöd. Die können sich festhalten.«

»Das ist verboten.«

»Ihr Deutschen seid so spießig. Abstellen kannst du die Karre hinterm Laden auf der Linienstraße. Da ist 'ne große Sperrfläche. Ja, das ist auch verboten, Adolf, aber ich hab da was mit den Jungs vom Ordnungsamt klargemacht, das passt schon. Schmeiß mir den Fahrzeugschlüssel einfach in den Briefkasten.«

Eine letzte Bananenkiste fand den Weg nach ganz oben ins Regal. Valid musste sich strecken. Rachids Angestellter war kein Basketballspieler. Mehr Kickerautomat, aber kräftig. Valid bestand in der Hauptsache aus Oberarmmuskulatur. Hartmann hatte den kleinen Libanesen schon Kisten stemmen gesehen, für die man eigentlich drei Männer in Normalgröße gebraucht hätte.

Sein Chef wuschelte sich durchs dunkle Haupthaar und erklärte: »Der Fahrzeugschein für den Sprinter steckt unter der Sonnenblende. Der Scheibenwischer links klemmt.«

»Aber der rechte tut es?«

»Nein«, antwortete Rachid. »Der rechte fehlt ganz. In den Armaturen leuchtet ein rotes Licht. Einfach ignorieren, das leuchtet schon ewig, der Wagen fährt immer noch.«

»Okay.«

»Wenn der Motor sich mal verschluckt und laut hustet: nicht erschrecken. Der ruckt dann zwei oder drei Mal, bleibt aber meistens in der Spur. Hinter dir qualmt es rußig, aber dann läuft der wieder wie 'ne Drei minus.«

»Aber alle vier Reifen hat er noch?«

»Alter, willst du mich verarschen oder den Sprinter leihen?«

»Ich hätte ihn auch mit drei Reifen genommen«, beeilte sich Hartmann, der dem Gemüsedealer und seinem Gehilfen in einen anderen Teil des Ladens gefolgt war, wo die nächsten Obstkartons auf einen Ortswechsel warteten.

Bei Rachid wurde immer irgendetwas gestapelt.

Hartmann schlug dem Obst- und Gemüsefachmann zum Abschied auf die Schulter. »Super, mein Freund, du hast einen gut bei mir.«

Mit der gelassenen Ruhe des nördlichen Afrikas drehte der Marokkaner sich Hartmann zu, seine dunklen Augen glänzten, diesmal eine Spur finsterer und sehr, sehr verbindlich. »Da komme ich drauf zurück.«

Valid lächelte.

Das, genau das hatte Hartmann befürchtet.

* * *

01:34 Uhr wackelkontaktete der Wecker im Armaturenbrett. Hartmann ging sportlich in die scharfe Rechtskurve. Die Stoßdämpfer ächzten, der Fahrersitz quietschte, die Leuchte vor ihm leuchtete rot. Hinten im Laderaum schepperte Metall, und Hartmann war nicht sicher, ob sich in der Kurve am Fahrzeug hinten links ein Karosserieteil verabschiedet hatte.

Die Knöchel von Angies rechter Hand, stramm in der Halteschlaufe, schimmerten weißlich. »Hast du eigentlich deinen Führerschein zurück?«

»Demnächst.«

»Das Auto stinkt nach Kohl. Mir tränen die Augen! Ich bin allergisch.«

»Gegen Kohl?«

»Gemüse allgemein. Fahr langsamer, du musst gleich rechts rein, dann sind wir da.«

Hartmann stieg vom Pedal, denn tatsächlich ging auf der rechten Seite von der Holzstraße ein schmaler Weg ab, teilweise geschottert, teilweise festgefahrener Sandboden.

»Bieg jetzt rechts ab, dann langsam geradeaus. Links musst du aufpassen, da geht's sofort ein paar Meter steil runter ins Hafenbecken. Da wollen wir nicht rein. Am Ende der Kesselstraße ist ein Wendehammer, da parken wir die Kiste und gehen zu Fuß zurück. Wir öffnen die Garage, finden das Motorrad, dann holst du den Transporter. Fahr rückwärts an, dann müssen wir mit dem Motorrad hinten drin nicht zurück durch die tiefen Schlaglöcher. Wir schieben das Krad über die Rampe zügig in die Ladefläche und hauen nach vorne wieder ab.«

Hartmann huggelte Rachids Sprinter vorsichtig durch die enge Straße. Pfützen schimmerten ölig, Schlaglöcher lockten. Von links und rechts buschten Sträucher in die Fahrbahn. Keine Straßenbeleuchtung, nur von der anderen Seite des Frachthafens spendierten ein paar Bogenlampen milchiges Licht. Rechts reihte sich eine Garage an die nächste. Ab und an stand eine offen, vor einer parkte ein ausgeschlachteter Opel Corsa.

Sie erreichten den Wendehammer, der gepflastert war.

»Dahinter ist gut«, deutete Angie auf den schrumpeligen Holzrumpf eines trockengelegten Segelboots. »Fahrzeugschnauze nach vorne, falls es schnell gehen muss.«

»Ich bin kein Anfänger«, murmelte Hartmann.

»Bist du doch. Und noch dazu einer ohne Fleppe. Gut, dass das definitiv unsere letzte gemeinsame Nummer ist.«

»Ja, du wirst im Alter nörgelig«, meckerte Hartmann.

Sie sprangen aus dem Fahrzeug. Angie schulterte einen großen, olivgrünen Seesack, ging voran und zählte die Garagen längs des Weges.

Hartmann konzentrierte sich auf die Umgebung. Vor einiger Zeit hatte er hier im Düsseldorfer Hafen einen turbulenten Fall mit jeder Menge Fischfutter gelöst. War am Ende ganz gut gelaufen. Er wertete das als gutes Omen.

Angie stoppte plötzlich. »Das hier ist die richtige Garage.«

»Sicher?«

Angie schenkte ihm einen Blödmannblick und zog den Sack vom Rücken. »Rechte Seite, vierte Garage. Den Zahlenrahmen bis Zehn habe ich drauf, Hartmann.«

»Ein Bügelschloss. Kein vernünftiges Sicherheitsschloss?«, fragte Hartmann überrascht.

»Ein teures Schloss würde hier auffallen. Nur sehr wertvolle Sachen werden hier besonders gesichert. Da haben meine Kollegen ein Auge für. Deshalb: je ungesicherterer, desto unauffälliger. Und jetzt halte bitte die Klappe, Hartmann, lass mich machen.«

Angie löste den Schnürverschluss des Seesacks und zog einen Bolzenschneider heraus.

»Einen Bolzenschneider? Du hast doch so ein modernes Rappeldings zum Öffnen.«

»Hartmann, lass mich einfach meine Arbeit machen!«

»Ich frag doch nur.«

»Du machst mich bekloppt. Wenn ich mit meinem Rappeldings arbeite, hinterlasse ich kein übliches Spurenbild. Dann könnten der ein und der andere darauf kommen, dass ich dahinterstecke. Wir bieten das Spurenbild, das man gewöhnlich hier im Hafen erwartet, also was Kaputtes, was dumpf Zerstörtes, was mit Bolzenschneider.«

Okay, das klang wie ein vernünftiger Ansatz.

Irgendwo weit entfernt zischte es heftig, ein Zug huhute. Von der Hammer Eisenbahnbrücke dröhnte das monotone Rattern eines Güterzuges zu ihnen herüber. Mit einem kräftigen Knacken brach der Schließhaken.

Prima, dachte Hartmann und griff zum rostigen Eisenschieber, der dem Tor als Schließknauf diente.

»Moment, warte doch mal, Mensch«, fiel Angie ihm sofort in die Bewegung.

Er griff ein weiteres Mal tief in den Seesack und fischte zwei Motorradhauben heraus. Schwarz. Mit Sehschlitz.

Eine der beiden streifte er sich über den Kopf. »Falls da drinnen Kameras installiert sind.«

Hartmann tat es ihm nach und musste einräumen, dass sein Kumpel von ihnen beiden tatsächlich der Fachmann war.

Puh, roch das Stoffding muffig. So eine verschwitzte, klammtrockene Note, die er sonst nur Wäschekörben aus Korb mit Stoffverschluss zuordnete. Großtante Wilma hatte so ein nasenzerfetzendes Mörderding im Schlafzimmer gehabt, gruselig. Okay, da musste er jetzt durch. Und zwar mit dem Kopf. Die Sehschlitze in die richtige Position gezuppelt, und ab dafür.

Nicht weit entfernt prügelten sich lautstark zwei Ratten.

Die große, grüne Holztür ließ sich problemlos aufziehen. Drinnen war es zappenduster. Öl, Benzin, Staub, Schimmel, Farbe, Lack, Mäuse, abgestandene Luft. Hartmanns empfindliche Nase stand kurz vor der Ohnmacht.

Angie zog eine Stabtaschenlampe aus dem Rucksack, legte eine Hand übers Glas und schaltete das Ding an. Ein Lichtkegel funzelte trüb durch die Garage, die deutlich größer war, als sie von außen schien. Links standen mehrere Metallschränke in Grünblaumetallic. Davor ruhte eine halb zerlegte Vespa. Hartmann fuhr erschreckt zusammen. Geradeaus gähnte sie der Kühler eines Ford Mustang an. Der Grill sah aus wie ein Monster mit silbern glänzenden, fletschenden Zähnen. Daneben wartete eine mobile Lackierstation auf den nächsten Einsatz. Den Farbflecken auf dem Betonboden nach schienen Pink und Schwarz derzeit die beliebtesten Farben zu sein. Die rechte Seite des Raums füllte eine Werkbank aus. Davor stapelten sich Ersatzteile.

Hartmann schluckte. Hoffentlich hatten die Kerle Kuschs Motorrad noch nicht zerlegt.

Angie deutete nach vorn.

Hartmann frohlockte, denn dort parkten mehrere Motorräder. Wie aufgereiht zum Abtransport. Schnell schritt er drauf zu.

Sein Kumpel hielt ihn zurück. »Vorsicht, hier drinnen könnte eine Alarmanlage mit Bewegungsmelder sein, die von draußen nicht zu sehen ist. Bleib hinter mir.«

Der Schein der Funzel huschte über die Maschinen. An den Motorrädern befanden sich keine Kennzeichen mehr.

»Hast du die Fahrzeugrahmennummer zum Krad?«

»Steht auf der Rückseite des Fotos«, erklärte Hartmann und jubelte plötzlich, kein Zweifel. »Die mattschwarze ganz rechts außen, die ist es.«

»Bingo. Krasses Teil. Fahr den Transporter vor, ich mach die Maschine klar. Nimm die Sturmhaube ab, wenn du draußen bist.«

»Gerne«, nickte Hartmann und ging zur Tür.

Ein Blick links, ein Blick rechts. Eine fette Kanalratte querte den Weg, einen monströsen Schatten über das ruhige Wasser im Hafenbecken werfend. Hartmann verfiel in einen leichten Trab. Er war froh, wenn das hier vorbei war. Hafen war ihm schlicht zu viel Wasser.

Tür auf, rein in die Fahrerkabine und dann rückwärts.

Puh, das Auto war breiter als nötig. Die rote Leuchte leuchtete wieder grell, und die Kupplung machte im Grunde, was sie wollte. Nur nicht ins Hafenbecken fallen, flehte Hartmann die Hafengötter an. Gegenlenken, einmal vor und zurück. Schließlich erreichte er das

Garagentor, Schlüssel drehen. Der Sprinter furzte eine Rußfahne über die Kesselstraße. Der Motor röchelte und starb.

Angie erwartete ihn bereits, öffnete hinten am Fahrzeug die zweiflügelige Tür und arretierte eine lange, metallene Schiene, die Rampe.

Das lief ja wie am Schnürchen.

Angie winkte ihn hinter sich her in die Garage. »Das Teil ist schwer. Wird nicht einfach, die Maschine die Rampe hoch in die Ladefläche zu schieben. Zieh die Sturmhaube wieder auf!«

Sie erreichten Kuschs Karre.

»Ach guck, der Fahrzeugschlüssel steckt«, freute sich Hartmann. »Zur Not fahren wir die Maschine die Rampe hoch.«

»Aber nur zur Not«, knurrte Angie. »Wenn du die Kiste anwirfst, fallen die Fische aus dem Flussbett.«

Ein Klacken.

Hartmann sah Angie an. »Was war das für ein Geräusch?«

Hektisch wischte Angie den Lichtkegel der Stablampe über die Decke des Raumes, leuchtete jeden Winkel ab und blieb an einer gläsernen Kuppel hängen.

»Scheiße«, murmelte Angie in einer alarmierenden Tonlage. »Eine Kamera. Und das Klacken bedeutet wahrscheinlich, dass jemand sie aufgeschaltet und auf uns gerichtet hat.«

»Sollen wir abbrechen?«, zischte Hartmann.

Ohne eine Antwort zu geben, schwang Angie sich auf die Harley, löste das Lenkradschloss und bockte die Maschine ab. »Gas jetzt!«

Gemeinsam schoben und ruckelten sie die Maschine nach draußen an die Rampe. Mit Schwung rammten sie das Motorrad die Ladefläche hoch. Kerl, das Ding war schwer.

War das ein Motor, der sich heulend näherte?

Angie sprang auf die Ladefläche des Sprinters und warf eine Haltekette ums Lenkrad, das musste reichen. Dann zog er scheppernd die Rampe ins Fahrzeug.

Hartmann riss die Sturmhaube vom Kopf und stürzte ins Führerhaus. Bevor er den Motor startete, war mindestens ein anderes, sich näherndes Fahrzeug deutlich zu hören.

Angie entledigte sich ebenfalls der Haube, stopfte sie in den Seesack und warf den dann hinten auf die Ladefläche. Mit Schwung krachte er die Heckklappe zu und sprang auf den Beifahrersitz. »Sie kommen über die Holzstraße. Ab durch den Wendehammer!«

Keine Zeit für Gurte. Hartmann rammte das Pedal in die Benzinwanne. Der Auspuff knallte, der Sprinter schoss nach vorne. Auf der Ladefläche kratzte Metall.

»Scheiße!«, fluchte Angie, denn hinter ihnen bog ein Paar Scheinwerfer in die Kesselstraße. »Licht aus!«

Hartmann schlug den Lichtschalter nach unten, kurbelte sich halbblind durchs Pflaster, erreichte den asphaltierten Wendehammer und schleuderte den Sprinter nach rechts in einen Parallelweg, der wieder zur Holzstraße führen würde. Noch hatten sie einige Hundert Meter Vorsprung, aber hinter ihnen heulte der Motor ihrer Verfolger auf. Sekundenbruchteile später wurde der Wagen im Rückspiegel sichtbar. Er schien über die Schlaglöcher zu hüpfen und verringerte zügig den Abstand.

»Schneller!«, keifte Angie.

Hartmann kniff die Augen zusammen. Ohne Licht war Scheiße. Er rammte das Gaspedal in den Motorblock, widerwillig brachte der Sprinter unter der Haube seine Pferdchen an den Start.

Die Holzstraße. Links der Fahrbahn die Mauer zum hochgelegenen Bahndamm, rechts Mauern und Eisenzäune. Rechts war frei. Aber von links näherte sich ein zweiter Sprinter. Sekundenbruchteile überlegte Hartmann zu bremsen, um Vorfahrt zu geben. Dann gab er Vollgas. Aus den Augenwinkeln sah er, dass Angie die Augen schloss.

»Alles gut, ist meine Seite«, murmelte Hartmann und bog in die Holzstraße.

Reifen quietschten, der weiße, fremde Sprinter hinter ihnen geriet ins Schliddern. Dessen Lichthupe schlug Hartmann Flecken in den Rückspiegel. Hartmann trat das Pedal durch.

Gas!

Entschlossene Note im Auspuff. Hartmanns Nerven flatterten. Seine Finger quetschten Riefen ins Lenkrad, die Reifen quietschten, das Gaspedal bis in den Motorblock durchgetreten, die Nadel des Drehzahlmessers wütend im roten Bereich.

Der Motor jaulte.

Angie hatte die Augen wieder geöffnet. »Jetzt biegen sie auf die Holzstraße, sie sind hinter uns!«

Hartmann blinzelte und riss das Lenkrad nach links.

»Was machst du?«, schrie Angie und schraubte sich entsetzt im Sitz hoch.

Der Bahndamm! Vor Jahrzehnten gemauerte, kantige Rheinsteine, härter als Beton. Erst dann sah Angie den Torbogen.

»Kuhtor«, murmelte Hartmann und schleuderte den Sprinter, ohne vom Gas zu gehen, durch die Öffnung im Bahndamm, zwischen Kotflügel rechts und Torbogen hätte kein Blatt Zeitungspapier gepasst.

Hartmann rammte das Bremspedal durchs Bodenblech. Knirschend krallte sich der Sprinter in den Stand. Angie warf es nach vorne gegen die Windschutzscheibe. Hartmann prügelte den Rückwärtsgang rein, das Getriebe brüllte schmerzerfüllt.

»Was hast du vor? Die holen uns ein!«

Hartmann setzte rückwärts hinter den Torbogen. Erster Gang rein, Licht blieb aus. »Wenn die durch den Torbogen kommen, kick ich sie von der Straße.«

»Bist du bescheuert?«

»Schnall dich an!«

Angie zitterte den Gurt in die Halteschlaufe. Hartmann blickte nach links. Der weiße Sprinter, dem er vorhin die Vorfahrt genommen hatte, rauschte auf der Holzstraße weiter geradeaus Richtung Containerhafen. Gleich würden ihre Verfolger zu ihnen einbiegen. Hartmann spielte mit dem Gaspedal. Er hatte nur einen Versuch. Er musste seinen Verfolger volley nehmen.

Kickstart! Die Verfolger! Eine weiße Limousine bog jetzt in ihre Straße. Hartmann biss sich auf die Unterlippe.

Nein!

Die weiße Limousine folgte dem anderen weißen Lieferwagen. Nur als weißer Streifen war ihr Verfolger für Sekundenbruchteile zu sehen gewesen.

»Die verfolgen den falschen Sprinter!«, schrie Angie hysterisch.

Hartmann kloppte das Licht an und trat das Gaspedal bis in den Asphalt.

Nach rechts Richtung Kappes Hamm. An den Gemüsefeldern vorbei, dann nach links. Keine Menschenseele zu sehen. Eine gigantische Sprinkleranlage spuckte ihnen auf die Windschutzscheibe. Der Sprinter stemmte sich durch knietiefe Schlaglöcher, hustete Ruß. Den Kappesköpfen auf den Äckern war es egal.

»Gibt's hier im Hafen eigentlich auch normale Straßen?«, knurrte Angie und hielt sich den Kopf.

Hartmann wich einer streunenden Katze aus, hinten auf der Ladefläche schepperte es. Links ab, über einen Bahnübergang und endlich wieder Asphalt unterm Reifen.

Angie wischte sich fahrig über die Stirn. Kein Blut, 'ne kleine Beule vielleicht. »Du hast sie abgehängt, Hammer!«

»Abwarten«, brummte Hartmann.

Noch waren sie keineswegs in Sicherheit. Die Verfolger würden ihren Irrtum bald bemerken und dann die Abbiegemöglichkeit durchs Kuhtor entdecken. Dann wären sie ihnen wieder auf den Fersen. Gewonnen war noch gar nichts, also zügig Meter machen, kein Grund, vom Gas zu gehen.

Blaulicht! Wenige Meter hinter ihnen flackerte am Fahrbahnrand urplötzlich ein Blaulicht auf.

»Bullen«, donnerte Angie.

»Mist«, fluchte Hartmann, dem sofort siedend heiß der Führerschein einfiel, den er ja nicht hatte.

Für einen Fahrerwechsel waren die Bullen schon zu dicht dran, das würden sie mitbekommen.

»Du warst möglicherweise ein klein bisschen zu schnell«, murmelte Angie, mit leichtem Vorwurf in der Stimme.

* * *

Hartmann fuhr rechts an den Fahrbahnrand und schaltete die Warnblinkanlage an. Der Streifenwagen parkte hinter ihnen. Zwei Polizisten stiegen aus. Hartmann drückte möglichst unauffällig die achtlos abgestreifte, schwarze Motorradhaube unter den Fahrersitz und blickte Angie an, der den letzten Rest Farbe im Gesicht verloren hatte. »Ganz locker bleiben.«

Angie schnaufte, Hartmann kurbelte die Scheibe runter.

»Morgen«, grüßte ihn einer der beiden Polizisten.

Drei silberne Sterne auf der Schulterklappe verliehen ihm glänzend sichtbare Kompetenz. Durch die geöffnete Scheibe stiegen der ätzende Gestank verbrannten Reifengummis und der metallene Geruch verkohlter Bremsscheibe ins Auto. Der Motor knisterte leise.

Der Polizist schnalzte mit der Zunge. »Bisschen schnell unterwegs, oder?«

»Ganz bestimmt, Herr Kommissar«, räumte Hartmann ein. »Wir haben einer Bekannten beim Umzug geholfen, war ein verdammt langer Tag. Ich freu mich aufs Bett.«

Angie auf dem Beifahrersitz blieb blass und stumm. Polizisten waren von Berufs wegen nicht sein Ding.

Der andere Cop befand sich inzwischen auf Angies Seite und leuchtete das Innere des Sprinters mit seiner Taschenlampe ab. Das lange, schwarze Gerät hatte reichlich Power. Die gemeine Funzel strahlte heller als der helllichte Tag. Vermutlich reichte der Lichtkegel bis auf die andere Rheinseite nach Neuss. Schließlich führte der Cop den grellen Lichtkegel auch über Angies blasses Gesicht. Der hob mit den Augen blinzelnd schützend eine Hand. Der Cop schaltete die steile Fackel aus, befestigte sie in einer Halteschlaufe am Gürtel und ging zurück an seinen Wagen.

Hartmanns Polizist räusperte sich. »Führerschein und Fahrzeugschein, bitte.«

Hartmann zupfte einen zerfledderten Fahrzeugschein unter der Sonnenblende hervor. »Den Führerschein habe ich zu Hause gelassen. Hatte Sorge, dass der bei der Umzugsschlepperei verloren geht.«

»Umzüge sind Scheiße. Haben Sie Alkohol getrunken?«, fragte der Cop und schob seinen Zinken schnüffelnd ins Fahrzeuginnere. »Oder Drogen genommen?«

Aus den Augenwinkeln sah Hartmann, dass Angie der Schweiß ausbrach. Wahrscheinlich hätte sein Kumpel beides bejahen können, aber der wurde ja nicht gefragt. So ein veritabler Schweißausbruch war andererseits auch verständlich. Zwar lag Matzes Breakout hinten auf der Ladefläche nicht als geklaut im Computer ein, denn die Maschine war ja offiziell gar nicht gestohlen, aber sicher sorgte sich sein Freund wegen des Inhalts des großen, olivgrünen Seesacks, der genau neben dem Motorrad lag.

»Keinen Alkohol, keine Drogen. Soll ich aussteigen? Wir können gerne einen Test machen«, schlug Hartmann vor.

»Gute Idee«, sagte der Cop und trat zur Seite.

Erst jetzt fiel Hartmann auf, dass der Polizist keine normale Uniform trug. Hartmann blickte nach hinten. Hinter dem Sprinter stand auch kein weiß-blauer Bullenbus, sondern ein dunkelgrauer Van. Merkwürdig. War der Typ überhaupt ein Cop? Der Mann trug etwas Khakifarbenes. Tiefe Taschen an den Seiten, eine schusssichere Weste über einem dunkelblauen T-Shirt. Beide Arme waren bis zu den Händen schwarz tätowiert.

Eine Falle?

Er spannte sich an, wollte gerade fragen, was für ein Polizist er wäre, da beantwortete dessen Kollege die Frage, indem er einen Hund aus dem Dienstwagen springen ließ. Einen kräftigen, muskulösen Schäferhund, die beeindruckende Schnauze steckte in einem abgewetzten, braunen Ledermaulkorb.

»Na, komm, Otis«, brachte der Cop den Polizeihund in dienstliche Wallung.

»Ich bleib sitzen«, flüsterte Angie.

Hartmanns Polizist fischte derweil ein Gerät aus den Tiefen einer seiner zahlreichen Taschen und setzte ein Mundstück aufs Gerät. Dann zog er eine Plastikfolie ab.

Hartmann leckte sich nervös die Lippen und glitt aus der Fahrerkabine nach draußen. Der Test würde negativ ausfallen. Vielleicht verzichtete der Cop dann darauf, seine Fahrerlaubnis zu überprüfen.

»Wie ein Luftballon. Tief reinblasen, dann piept es. Das ist gut. Wenn es aufhört zu piepen, aufhören zu blasen, ich sag dann auch Stopp.«

Er hielt Hartmann das Mundstück hin. Reinpusten, okay, gerne. Auch wenn die Knie ein wenig zitterten, aber Lunge hatte Hartmann ja reichlich.

»Ho, Otis, ho«, versuchte der Cop unterdessen, seinen Hund zu zügeln.

Den Diensthund zog es heftig in ihre Richtung. Dabei jaulte das Tier wie geck. Überrascht stellte Hartmann fest, dass das Verhalten des Hundes seinen Polizisten mehr zu interessieren schien als das ausstehende Testergebnis.

»Was ist denn los?«, warf der Cop seinem Kollegen eine Frage zu.

Der andere Polizist am Ende der Hundeleine trat zu ihnen, blickte ernst und fragte Hartmann. »Was haben Sie im Auto?«

»Ein Motorrad.«

Der Hundeführer hob eine Augenbraue. »Vom Umzug?«

»Die Maschine ist nicht fahrbereit. Und abgemeldet. Ist gar kein Kennzeichen dran. Sie im Sprinter zu transportieren, hielten wir für eine gute Idee.«

»Der Alkoholtest ist negativ. Wegen des Führerscheins: Wo und wann haben Sie den Führerschein gemacht?«

Scheiße, dachte Hartmann, das nahm keinen guten Gang.

Zu ihren Füßen hielt Otis in den Maulkorb sabbernd die Hundeleine auf Spannung, sein Herrchen fragte: »Darf ich mal kurz in den Sprinter reingucken?«

Hartmann wägte ab. Ins Fahrzeug reingucken war doof. Die Bitte abzulehnen, würde wahrscheinlich nichts bringen und die beiden Cops in Sachen Führerschein nur noch misstrauischer machen. Ohne seine Antwort abzuwarten, hatten Cop und Hund sich schon in Richtung Heckklappe in Bewegung gesetzt. Verdammt, das wurde jetzt eng.

Hartmann setzte gerade zum Antworten an, da dröhnte der Funk.

»Düssel 20/45 für Düssel, wo steht ihr?«

Hartmanns Cop betätigte einen Piker, den er an seiner Schutzweste befestigt hatte. »Wir stehen Plockstraße, haben gerade ein Auto angehalten.«

Der Funk knarzte. »Fahrt mit Null Richtung Neuss, in Grevenbroich gab's eine Geldautomatensprengung. Drei Täter sind in ein Waldstück flüchtig.«

Der Cop drückte Hartmann die Fahrzeugpapiere in die Hand, an seinen Kollegen gewandt rief er: »Wir müssen los, Automatensprengung, Täter flüchtig.«

Der Polizist mit der Leine verzog sein Gesicht. »Ich würde gerne noch schnell in den Sprinter gucken.«

»Keine Zeit«, kommandierte sein Kollege. »Komm jetzt, mit Null.«

Hartmann wusste nicht, was Null bedeutete, aber es machte die Sache wohl dringend.

Otis jaulte hektisch. Sein Herrchen beugte sich den Notwendigkeiten.

Widerwillig, keine Frage. »Ihr beide wartet hier, ich bin mit euch noch nicht fertig, wir kommen zurück. Verstanden? Ich merke mir das Kennzeichen.«

»Okay«, sagte Hartmann. »Kein Problem, wir warten.«

»Komm jetzt!«, rief der Kollege, der inzwischen wieder im Dienstwagen saß und schon das Blaulicht am Fahrzeug kreisen ließ.

Der zweite Cop zerrte seinen Diensthund ans Fahrzeugheck und öffnete den Van. Otis ging scharf in die

Leine, sichtlich mit der Entwicklung unzufrieden, sprang aber schließlich zurück ins Fahrzeugheck. Der Polizist schloss die Fahrzeugklappe, warf Hartmann und Angie einen letzten, warnenden Blick zu und kletterte auf den Beifahrersitz. Mit quietschenden Reifen fuhr der dunkle Polizei-Van los.

Angie stieg aus und schüttelte sich buchstäblich die Anspannung aus den Gliedern. »Was war das denn?«

»Keine Ahnung«, zuckte Hartmann mit den Schultern. »Die haben wohl einen dringenden Einsatz und mussten nach Grevenbroich. Der Hund hat gejault wie blöd. Daraufhin wollte einer der Hundeführer sich die Ladefläche ansehen. Nun denn, wir sollen hier warten, die kommen zurück.«

Angie verzog das Gesicht. »Mit Sicherheit werden wir nicht warten. Wir hauen sofort ab!«

»Auf keinen Fall«, widersprach Hartmann. »Der Polizist hat sich das Kennzeichen gemerkt, ich möchte keinen Ärger mit Rachid.«

Angie schnappte nach Luft. »Kerl, das ist ein Rauschgifthund gewesen. Und der hat angeschlagen, weil irgendwo hinten in der Ladefläche Drogen versteckt sind.«

»Bei dir im Seesack?«

»Ich bring doch keine Drogen mit zur Arbeit. Entweder im Auto, aber ich schätze: im Motorrad.«

»Ähm ...«

»Und sowieso können wir hier nicht warten, weil die Typen mit der weißen Limousine hier jeden Moment auftauchen können, die suchen uns sicher. Und wenn sich die Drogen tatsächlich im Krad befinden, werden sie sehr energisch und gründlich suchen, Hartmann.

Wir müssen hier weg!«, kommandierte Angie und stieg zurück in den Sprinter.

Das klang irgendwie richtig. Außerdem schwelte da ja auch noch die vakante Führerscheinsache.

Hartmann folgte Angie ins Auto. »Dann bringen wir das Motorrad jetzt zum Kusch!«

Angie legte eine Hand auf Hartmanns Arm. »Denk doch mal nach, Mann. Von Drogen hat Kusch dir nichts gesagt.«

»Genau, der Idiot. Das nehme ich dem übel.«

»Quatsch, er hat dir nichts vom Stoff erzählt, weil er nichts von irgendwelchen Drogen weiß. Er hat dir gesagt, dass dauernd Polizisten um sein Haus rumkriechen. Dann lässt der sich doch kein Motorrad bringen, wo Drogen drin sind. Auf so einen Volltreffer, Kuschs Harley mit Drogen drin, warten die Bullen doch. Nee, da können wir unmöglich hin.«

»Zurückbringen geht auch nicht«, nörgelte Hartmann. »Witzig.«

»Mit in meine Wohnung nehme ich die Schüssel auch nicht. Ich krieg das Teil ja nicht die Treppen hoch. Hast du eine andere Idee?«

Angie kniff die Augen zusammen, zögerte einen Moment und seufzte ergeben. »Hab ich. Fahr los!«

* * *

Zehn Minuten später steuerte Hartmann den Sprinter rappelnd und knirschend in eine enge Straße.

Flingern-Süd. Das ehemalige Arbeiterviertel südlich der Krupp- und Werdener Straße hatte sich in den letzten Jahren richtig gut entwickelt. Die Wohnungen mit den hohen Decken in den mehrstöckigen, trutzigen Zweckbauten waren begehrt, die Mieten gerade noch erschwinglich. Der alteingesessene Flingeraner war stolz, einer zu sein!

Hartmann stellte gleichwohl fest, dass diese positive Entwicklung die kurze, etwas abgelegene Straße Im Liefeld noch nicht erreicht hatte. Zwischen verlassenen, dunkelrotbraun geklinkerten Werkshallen mit Fenstern ohne Scheiben und Hinterhöfen voller Sperrmüll waren nur wenige Mietshäuser bewohnt. Links und rechts des schmalen Wegs standen mehrere Kühlschränke Spalier, Autos ohne Kennzeichen rosteten schweigend. Aus den etwa zwei Dutzend Küchenzeilen am Straßenrand hätte man zwei brauchbare zusammenschrauben können.

Hartmann wählte einen Gang, mit dem der Sprinter sich wohlzufühlen schien.

Angie musterte mit zusammengekniffenen Augen die Garagentore auf der linken Seite, rechts befand sich eine hohe Mauer, die durch fransige Werbeplakate und Graffitis zusammengehalten wurde. Eines der Plakate pries den Eurovision Song Contest 2011 an. Hartmann räumte Lena Meyer-Landrut gute Chancen ein.

»Ich bin nicht sicher, welche Garage es ist«, brummte Angie. »Fahr bis hinten durch, dann laufen wir zurück und rappeln an den Toren.«

Hartmann kurvte um einen himmelblauen VW Variant aus den Siebzigerjahren, der rechts am Fahrbahnrand auf seine Beerdigung wartete und die Straße zusätzlich verengte. Glassplitter knirschten unter den Reifen. Eine Katze flüchtete vor ihnen rechts über die

Mauer. Knappe hundert Meter weiter schlug der Weg einen Bogen. Hartmann parkte den Sprinter, dessen Motor augenblicklich erleichtert schwieg.

Mit vielsagendem Blick auf seinen Beifahrer parkte Hartmann mit der Schnauze nach vorne, den Schlüssel ließ er im Schloss stecken. »Falls es schnell gehen muss.«

»Nerv mich nicht«, knurrte Angie, stieg aus, öffnete hinten die Tür zur Ladefläche und schulterte wieder seinen olivfarbenen Seesack.

Kuschs Breakout hing schräg, aber stabil in den Spanngurten.

Schweigend marschierten sie los, sorgsam darauf achtend, Tretminen aller Art und Konsistenz auszuweichen. Die ersten beiden Garagentore waren nicht die richtigen, das erkannte Angie sofort. Das dritte Tor konnte er problemlos aufziehen. Der üble Gestank, der ihnen entgegenschlug, war nicht von dieser Welt.

Hartmann drückte sich die Nase zu. »Meine Fresse.« Möglicherweise wurden in dieser Garage Leichenteile aufbewahrt. Roch zumindest so.

Angie schüttelte den Kopf. »Nee, hier sind wir nicht richtig.«

»Da bin ich froh. Hier kannst du ja auch kein Motorrad unterstellen. Den Gestank kriegst du ja nie mehr ausm Leder raus.«

Vorsichtig schloss Angie das Tor.

»Guten Abend«, grüßte eine tiefe Stimme unmittelbar hinter ihnen.

Die beiden fuhren herum. Den Mann hatten sie gar nicht gehört. Den Hund an der Leine zu seinen Füßen auch nicht. Es war schon wieder ein Schäferhund. Diesmal einer mit pechschwarzer Schnauze und ohne Maulkorb. Er wirkte interessiert und hing stramm in seiner Leine.

»Guten Abend«, grüßte Hartmann betont freundlich-fröhlich zurück, nachdem sich sein Puls wieder in einen zählbaren Bereich geklopft hatte.

Angie sagte nicht. Er fixierte den Hund.

Der Hund sagte auch nichts. Er fixierte Angie.

Hartmann schätzte den Mann auf achtzig Jahre, mindestens. Er trug eine beigefarbene Strickjacke, zugeknöpft, und auf dem Kopf eine zerdötschte Schlägerkappe aus Leder.

»Darf ich fragen, was Sie hier machen?«

»Darf ich fragen, ob der Hund beißt?«, fragte Hartmann, dem Hunde nie ganz geheuer waren.

»Dürfen Sie. Der Hund tut nichts«, beruhigte sie der Rentner. »Er beißt nur Einbrecher.«

Angie schluckte.

Hartmann lächelte erleichtert. »Na, dann. Wir sind genau genommen das komplette Gegenteil, wir wollen nichts klauen, wir bringen was. In einer der Garagen wollen wir ein Motorrad unterstellen, wir wissen aber nicht mehr genau, welche es ist. Wir suchen noch.«

»Aha«, sagte der Mann und beugte sich runter zum Hund. »Was, Blümchen, die wollen gar nichts klauen.«

»Der Hund heißt Blümchen?«, fragte Hartmann amüsiert.

Der Mann seufzte. »Den hat meine Frau damals so getauft. Ist ein ganz Lieber, eine treue Seele. Der passt auf mich auf. Den darf man nur nicht reizen, dann geht er direkt an die Kehle. Aber ich finde, ihn Blümchen zu nennen, war nicht die allerbeste Idee.«

»Och?«

»Kann man sowieso nix dran machen. Meine Frau ist vor vier Jahren gestorben, ich will den Namen jetzt nicht mehr ändern.«

Hartmann beugte sich runter zum Vierbeiner und frubbelte dessen Fell, was dem Burschen offensichtlich sehr gut gefiel. »Blümchen passt doch. So ein hübscher Name.«

Der Mann lächelte. »Der Hund mag Sie.«

»Mich oder meinen Arm?«, fragte Hartmann.

»Alle Hunde mögen Hartmann«, kommentierte Angie.

»Trotzdem interessant. Normalerweise ist Blümchen nicht so zutraulich. Meistens beißt er den Leuten sofort die Hand ab.«

Hartmann hielt inne.

Der Mann grinste breit. »Kleiner Scherz. Ich schlaf nachts nicht durch und drehe immer ein paar Runden durchs Viertel. Treibt sich viel lichtscheues Gesindel hier herum. Schadet nicht, wenn Blümchen und ich ein wachsames Auge auf die Gegend werfen.«

»Ganz sicher nicht«, sagte Hartmann.

Angie nickte.

Blümchen fixierte Angie. Den Kopf zur Seite geneigt, irgendwie misstrauisch.

Herrchen zog sein Blümchen sacht zur Seite. »Nun denn, dann ziehen wir mal wieder weiter.«

»Tschüss, Blümchen«, verabschiedete sich Hartmann.

Blümchen wedelte zum Abschied mit dem Schwanz. Genauso geräuschlos, wie die beiden aufgetaucht waren, entfernten sie sich wieder.

»Ich mag keine Hunde«, murmelte Angie ihnen hinterher.

»Du bist mehr ein Katzentyp?«

»Nein. Ich mag nur keine Hunde.«

Das folgende Tor stand offen, gehörte aber auch nicht zur richtigen Garage. Das nächste Tor war aus Metall, grau gestrichen, und hatte eine in der Mitte eingelassene Tür. Angie deutete auf einen schwarzen Aufkleber mit weißer Schrift, oben rechts. FCK TH PLC. »Hier sind wir richtig.«

Die im Garagentor eingelassene Tür hatte gar kein Schloss, die Schließschlaufe war leer. Konnte der Bolzenschneider also im Seesack bleiben. Angie zog die Tür einen Spaltbreit auf, Eisen schabte über den Betonboden.

Ein Mann stand ihnen gegenüber und drückte Angie einen Pistolenlauf gegen die Stirn.

Angies Seesack plumpste zu Boden. Die Tür wurde schwungvoll weit aufgestoßen. Hartmann wich zurück. Hinter ihm wurden die Seitentüren des himmelblauen VW Variant, der die Fahrbahn verengt hatte, aufgerissen. Zwei Männer stürzten raus. Der Lichtkegel einer prallen Taschenlampe boxte Hartmann blind.

»Keine Bewegung!«, zischte der Typ vor ihnen, seine Knarre immer noch gegen Angies Stirn gedrückt.

Die beiden Männer aus dem rostigen Kombi zischten ebenfalls etwas, aber in einer Sprache, die Hartmann nicht verstand. Er tippte auf Osteuropa.

»Wir wollten nur …«, setzte Hartmann an.

Der Typ vor ihnen schwenkte mit seiner Knarre von Angies Stirn auf die seine. »Halt die Klappe! Reinkommen!«

Hartmann und Angie stolperten voran, die beiden Kerle aus dem Variant im Rücken. In der Garage roch es streng und beißend nach verbranntem Metall. Einer der beiden Männer hinter ihnen schloss hörbar die Tür, der andere schaltete die Deckenbeleuchtung an. Eine blanke Birne funzelte Licht.

Hartmann wollte sich im Inneren der Garage gar nicht umsehen. Je weniger er mitbekam, desto besser wahrscheinlich. Gleichwohl entdeckte er mitten im Raum eine riesige Schweißbank. Darauf eine große Eisenzange, viel Metall. Die gegenüberliegende Wand war mit einem breiten Papier beklebt, eine Art technische Zeichnung, ein Plan. Hartmann sah nicht genauer hin. Instinktiv nahm er an, dass genau dieses Detail ihn gar nichts angehen sollte. In der kompletten linken Hälfte des Raumes verdeckten große, weiße Laken ein Ding oder mehrere Dinge. Die Konturen waren nicht zu deuten.

Der Kerl mit der Knarre fluchte leise. Hartmann verstand kein Wort, aber es klang ... unangenehm, angsteinflößend. Der Typ hatte auf jeden Fall das Sagen. Er war vielleicht Mitte fünfzig, seine Bewegungen waren verhalten, kontrolliert und auf eine jugendliche Art geschmeidig. Drahtig wie ein Leichtathlet, kurze, schwarze Haare. Seine rechte Gesichtshälfte entstellte eine großflächige Brandnarbe, die Hartmann von nun an unter Tausenden wiedererkennen würde. Ihn beschlich das mulmige Gefühl, dass genau das zu einem Problem werden könnte.

In der rechten Hand die Knarre starr auf Hartmann gerichtet, hielt Brandgesicht plötzlich eine Taschenlampe in seiner linken. Er schaltete sie ein und fluchte. »Mach das Licht aus, du Idiot!«

Hinter ihnen reagierte einer der beiden Männer sofort. Sekundenbruchteile später tanzte das Licht dreier Taschenlampen durch den Raum.

Brandgesicht blickte Hartmann an. Und bei dem zog sich alles zusammen. In den bodenlos tiefen, kalten Augen fand sich keine Emotion wieder. Kalt wie Kältefass. Hartmann fürchtete, im Blick zu erfrieren.

Im gleichen Moment wurde draußen röhrend und dröhnend ein Motor gestartet. Brandgesicht hob kaum merklich die Augenbraue, er hatte nur eine. Gleichzeitig schnellte Angie nach vorn. Brandgesicht fuhr herum, aber Angie war schneller. Kraftvoll stieß er ihn vor die Brust, Brandgesicht taumelte nach hinten, die Taschenlampe entglitt seinen Fingern. Angie setzte nach und schlug Brandgesicht die Knarre aus der Hand, die krachend zu Boden fiel. Brandgesicht strauchelte zu Boden. Hartmann sprang zur Schweißbank und bekam die Metallzange zu fassen. Sie zu greifen, herumzuwirbeln und mit dem Greifer schwungvoll auszuholen, war eine Bewegung.

Einer der beiden Männer, der immer noch neben dem Garagentor am Lichtschalter gestanden hatte, griff unter seine Jacke, um was auch immer herauszuziehen.

Hartmann zögerte keinen Moment. Mehr als ein sinnvolles Ziel. Mit aller Kraft schleuderte er die Eisenzange in seine Richtung. Sie traf den Kerl mitten in der Bewegung volle Suppe am Kopf, wie in Zeitlupe sackte der Typ in sich zusammen.

Aber auch für die Zeitlupe hatte Hartmann keine Zeit. Denn im Licht seiner zu Boden stürzenden Taschenlampe erkannte Hartmann, dass sein Partner, drei Meter rechts von ihm, ein Klappmesser aus seiner Hosentasche riss und eine lange, spitz zulaufende Klinge aufspringen ließ.

Hartmann schoss nach vorne, boxte mit der Linken den Lichtschalter ein. Gleichzeitig zog er mit der Rechten hinten aus seinem Gürtel eine Knarre heraus und richtete sie auf den Messerkerl. »Keine Bewegung!«, brüllte er, bereit, sofort abzudrücken.

Alle anderen drei Männer im Raum fuhren zusammen, als sie im Licht der Deckenfunzel die Puste in Hartmanns Fingern entdeckten.

»Keine Bewegung, ich schieße sofort! Messer fallen lassen. Messer. Fallen. Lassen«, knurrte Hartmann und meinte es ernst.

Klirrend ließ der Messerkerl die Stichwaffe zu Boden fallen. Angie angelte Brandgesichts Taschenlampe vom Boden und sammelte dessen Ballermann ein. Hartmann dirigierte die beiden Männer, mit der Bleispritze wedelnd, vor das weiße Deckenensemble. Der Kerl zu seinen Füßen rührte sich nicht, der durfte liegen bleiben.

»Wir gehen jetzt wieder«, murmelte Hartmann.

Brandgesicht blickte unbeeindruckt, in seinem Gesicht zuckte kein Muskel. Aber Hartmann konnte sich nur zu gut vorstellen, wie es hinter der Stirn arbeitete. Da wurde ein Plan B vorbereitet. Auf dessen Umsetzung wollte Hartmann allerdings nicht warten. Auf eine Schießerei hatte er keinen Bock. Auch weil, äh, sich zwar ein Magazin in seiner Waffe befand, aber ob seine Knarre schussbereit durchgeladen war, wusste er nicht so ganz genau.

Angie trat an die Tür im Garagentor und öffnete sie behutsam. Brandgesichts Knarre in seiner Hand, blickte er sich draußen vorsichtig um. Genau, dachte Hartmann, es konnte ja sein, dass noch mehr aus Brandgesichts Bande dort rumhingen. War aber augenscheinlich nicht der Fall.

»Die Luft ist rein«, brummte Angie und grapschte den Seesack vom Boden.

Die beiden Männer sagten nichts. Der am Boden liegende schon mal gar nicht. Hartmann hatte sowieso nur Augen für Brandgesicht. Dessen eiskalte Augen zogen ihn wie magisch an. In seinem Gesicht zuckte kein Muskel. Hartmann war sicher, dass es nicht die erste Pistolenmündung war, in die der Kerl blickte. Sein Magen zog sich wieder zusammen.

»Leichtes Versehen unsererseits«, knurrte Hartmann. »Nichts für ungut. Was ihr hier treibt, interessiert uns nicht. Wir haben gerade unsere eigenen Probleme. Ich schlage vor, wir vergessen dieses unglückliche Aufeinandertreffen.«

Der Messertyp blickte seinen Boss an, aber der verzog nach wie vor keine Miene. Zusätzlich zum krampfenden Magen kroch eine veritable Gänsehaut Hartmanns Rücken runter.

»Vielleicht solltest du sie umlegen?«, schlug Angie.

»Vielleicht«, sagte Hartmann leise, Brandgesicht eisern im Blick. »Aber vielleicht werden sich unsere Wege jetzt einfach trennen, und wir hören nie, nie wieder etwas voneinander.«

»Wie du meinst«, knurrte Angie. »Ich wäre für Umlegen, aber wie du meinst.«

Angie ging vor, den Ballermann fest im Griff. Hartmann lief rückwärts, hielt die beiden Kerle in Schach. Keiner bewegte eine Gräte. An den zu seinen Füßen liegenden Kameraden verschwendeten weder er noch dessen beide Gefährten einen Funken Aufmerksamkeit. Langsam verließ er die Garage, bloß nicht stolpern. Zwei Schritte noch. Seine Linke ertastete den Lichtschalter. Noch ein Schritt, vorsichtig. Schalter gedrückt. Dunkelheit. Hartmann schlug die Tür zu.

»Schnell weg jetzt!«, bellte Hartmann.

Es konnte immer noch gut sein, dass die Gangster in der Garage noch weitere Schusswaffen gebunkert hatten, vielleicht irgendwo unter den weißen Laken.

Sie rannten los, brachten so schnell es ging Abstand zwischen sich und die Garage, erreichten das Ende der Garagenzeile, wo die Straße einen Bogen schlug und ...

»Verdammt!«, fluchte Angie laut, fassungslos.

Dann sah Hartmann es auch, also, er sah nichts. Insbesondere keinen weißen Sprinter.

»Wo ist diese Scheißdreckskarre?«, maulte Angie.

Der aufheulende Motor von vorhin, kombinierte Hartmann. Da hatte jemand den Wagen geklaut, als sie sich in der Garage befanden. Samt Motorrad.

Hartmann fuhr herum, er hatte ein Geräusch gehört. Keine Sekunde zu früh. Er sah den Messermann, der seinen Kopf in ihre Richtung drehte und den Arm hochriss. Und ja, sie hatten noch irgendwo in der Garage eine Bleispritze gebunkert.

Hartmann zog den Kopf ein und stürzte sich und Angie nach links hinter den Mauervorsprung der letzten Garage. Ein Knall. Ein Schuss! Neben ihnen schlug eine

Pistolenkugel Mauerwerk aus der Fassade. Verdammt, was waren das für Typen?

Hundegebell! Tumult. Knurren. Ein Schmerzensschrei!

»Was ist hier los?«, rief jemand.

Der alte Nichtdurchschläfer!

Hartmann hielt inne.

»Weiter!«, rief Angie. »Du willst dir mit denen doch keine Schießerei leisten?«

»Das ist der Alte mit dem Hund!«

»Die werden dem nichts tun!«

Im gleichen Moment gellte ein Martinshorn. Dann noch eines. Cops, die sich von zwei Seiten näherten.

»Lass die sich mit denen herumschlagen! Weg hier!«, brüllte Angie und zog Hartmann hinter sich her.

Die Straße entlang, vielleicht zwanzig Meter Asphalt, dann Schotter. Ein Einkaufswagen von LIDL, Autoreifen, mehrere Röhrenfernseher. Auf der rechten Seite üppige Sträucher. Hinter ihnen röhrte ein Motor im roten Bereich um die Garagenecke, quasi auf sie zu.

»In die Büsche«, kommandierte Hartmann.

Angie und Hartmann stürzten in die Sträucher. Zweige und Äste peitschten ihre Körper. Angie hob den Seesack schützend vors Gesicht. Hartmann stolperte und landete zwischen mehreren, wild entsorgten Farbeimern im Dreck. Ein Lichtkegel strich über sie hinweg. Wie in einem Kriegsfilm, wenn die dicken, fetten Strahler nach Feinden fingerten. Der Wagen: Es war der himmelblaue VW Variant, der auf maximal drei Zylindern auf sie zu dröhnte.

Und vorbeifuhr. Glück.

Nein! Der Fahrer trat ins Eisen, die Bremsen jaulten jämmerlich. Der Oldtimer stoppte nur knapp ein Dutzend Meter vor ihnen.

»Die haben uns gesehen«, schniefte Angie und brachte Brandgesichts Knarre in Anschlag.

Fahrzeugtüren wurden geöffnet.

»Scheiße«, murmelte Hartmann.

Martinshörner jaulten. Blaulicht flackerte aus der anderen Richtung, aus Richtung Ronsdorfer Straße auf sie zu. Fluchen. Türen wurden zugeschlagen. Der Variant grölte wütend auf und setzte sich in Bewegung.

Angie ließ die Knarre sinken.

Hartmann kniff die Augen zusammen, aber beim besten Willen konnte er das Kennzeichen des Variant nicht ablesen.

»Was jetzt?«, knurrte Angie. »Die werden die Garagen checken, aber dann wird es hier von Scheißbullen wimmeln.«

»So scheiße fand ich die Bullen jetzt gerade nicht«, zischte Hartmann und zog den Kopf ein, weil der Streifenwagen, der Brandgesichts Bande vertrieben hatte, jetzt mit Karacho und Blaulicht und Horn an ihnen vorbeidonnerte.

»Die ordern Hubschrauber! Und Hunde. Was jetzt?«

»Bleib locker«, versuchte Hartmann seinen Kumpel zu beruhigen. »Zur Not können wir alles erklären, wir haben nichts angestellt.«

»Du hast keinen Führerschein. Und wenn da in der Garage irgendwas aufgeschweißt worden ist, dann werden die Bullen sich für mich schon was Passendes basteln.«

Hartmann sah sich um. Auf der anderen Seite der Sträucher ging es zunächst ein paar Meter schräg abwärts, dann führte eine Straße tiefer rein ins Industriegebiet. Auf den Seitenstreifen parkten Lastwagen, teilweise mit Stoffverdeck. »Erst mal versuchen wir, da hinten die geparkten LKW zu erreichen. Vielleicht können wir uns auf 'ner Ladefläche ablegen und verstecken. Bis der Hubschrauber kreist und Diensthunde rangeschafft sind, haben wir ein bisschen Zeit. Und dann lassen wir uns so schnell wie möglich abholen.«

»Abholen?«

»Mit 'nem Taxi«, knirschte Hartmann und wählte Jonny Mensahs Telefonnummer.

* * *

Ein Streifenwagen mit eingeschalteter Fackel jaulte ihnen entgegen, auf dem Rücksitz zogen Angie und Hartmann ihre Köpfe ein.

»Was war das denn für eine ultrakranke Scheiße, Alter?«, stöhnte Angie und ruckelte sich im Sitz wieder aufrecht.

Hartmann sah im Rückspiegel, dass Jonny sich Angies Frage anschloss, denn ihr Fahrer zog interessiert eine Augenbraue hoch.

Jonny Mensah war Hartmanns Nachbar aus der fünften Etage, direkt unterm Dach. Ihn als kräftig gebaut, seinen Brustkorb als gigantisch, seine Muskelberge als enorm zu beschreiben, wären die Untertreibungen des Jahres gewesen. Aus Jonny konntest du drei machen. Jonny kam aus Ghana, hatte mehrere Jahre in einer militärischen Spezialeinheit gedient und studierte seit einiger Zeit an der Uni in Düsseldorf Medizin.

Nachts fuhr Jonny Taxi.

Hartmann verscheuchte eine Fliege, die auf seiner Wange gelandet war. Das war ein verfluchter Scherbenhaufen, den er da jetzt wegzukehren hatte. Matzes Motorrad verschwunden. Rachids Sprinter weg. Da durfte er gar nicht dran denken.

»Immerhin haben sie uns nicht gekriegt.«

Jonny warf Hartmann durch den Rückspiegel einen Blick zu.

Angie übersetzte den Blick in Worte. »Überleg mal, was wir an Spuren hinterlassen haben. Wenn uns jetzt jemand finden will, dann tut er das. Wer uns alles wiedererkennen kann, unfassbar. Wie Anfänger.«

Hartmann war schon einen Schritt weiter. »Ich frage mich, wer den gammeligen, alten Sprinter geklaut hat. Ähm, könntest du dich vielleicht noch einmal …«

Angies Kopf flog herum.

Hartmann wischte die nervige Fliege zur Seite, die ihm jetzt die Nase kitzelte. »Ist ja gut, war doch nur ein Ansatz. Ich meine, wenn du schon einmal …«

»Ich glaub, es hackt! Was verstehst du nicht an der Formulierung: ein allerletztes Mal? Mach mich nicht sauer, Hartmann!«

»Sauer wird Rachid sein. Kerl, der wird mich mit Kokosnüssen steinigen.«

Ein weiterer Streifenwagen kam ihnen entgegen. Die Kavallerie war unterwegs zum Liefeld. Wahrscheinlich hatte Blümchens Herrchen die 110 angerufen, bevor er vor deren Eintreffen doch noch persönlich nach dem

Rechten gesehen hatte. Wenn das mal kein grober Fehler gewesen war. Hoffentlich kam niemand zu Schaden.

Hartmann stieß Angie in die Seite. »Aber in der Garage, gib es zu, waren wir ein verdammt gutes Team.«

Jonnys Augenrollen war von vorne bis auf den Rücksitz zu hören. Und sah außerdem nicht gut aus, die nervige Fliege stürzte tot von der Fahrzeugdecke.

Angie fauchte. »Fick dich, Hartmann!«

Der beugte sich zwischen den Sitzen nach vorne. »Wie auch immer. Jonny, du kannst mich drüben am Worringer Platz rauslassen, dann laufe ich den Rest. Ein paar Schritte an der frischen Luft werden mir guttun.«

Jonny setzte schweigend den Blinker und fuhr rechts in eine Busspur.

»Danke, Angie«, sagte Hartmann beim Aussteigen. Hups, stieg auch die nervige Fliege mit aus, die war gar nicht tot, schlaues Ding!

Angie fixierte ihn. »Das war das allerletzte Mal, Hartmann, ich schwöre.«

»Ich ruf dich morgen an«, verabschiedete sich Hartmann und blickte dem Taxi hinterher. Fast ein wenig wehmütig.

Fast ein wenig Übles ahnend.

2. Tag

Aufgewacht. Hartmann strich sich durchs Gesicht. Ein wenig fehlte ihm noch die Orientierung.

Erst einmal fehlte sie ihm örtlich. Er lag auf seiner orangefarbenen Cordcouch im Wohnzimmerbüro. Wieso? Ah ja, seine ... Freundin, Sekretärin, Computerspezialspezialistin, er runzelte die Stirn, was auch immer sie alles war, nun, Alina hatte nebenan in seinem Bett gelegen. Das tat die attraktive Rumänin in letzter Zeit häufiger, weil es in ihrer kleinen Hucke auf der Siemensstraße in Oberbilk keine Klimaanlage und kein Fenster zum Öffnen gab.

Das war Hartmann recht. Sehr recht. So sehr recht, dass er es vorzog, im Fall der Fälle auf die Wohnzimmercouch auszuweichen. Gerade wenn es warm wurde, schlief Alina nämlich nicht im dicken Rollkragenpullover. Und derartig ungerollkragenpullovert entwickelte sie mit ihren schulterlangen, zurzeit hellblauen Haaren einen sehr, sehr hohen Aufforderungscharakter.

Orientierung zeitlich? Hm, Hartmann reckte seinen Hals und las die Uhrzeit am Turm des Düsseldorfer Hauptbahnhofs direkt gegenüber ab. »Neun Uhr«, murmelte er, kratzte sich am Bauch und erfuhr dann, was ihn in dieser Herrgottsfrühe mutmaßlich geweckt hatte, denn es klingelte an der Wohnungstür, möglicherweise erneut.

Hartmann schwang sich in den Stand, bewertete seine Boxershorts und das Fortuna-Trikot für tageslicht- und besuchertauglich, wankte durch den Flur und öffnete die Wohnungstür.

»Guten Morgen«, grüßte Kriminalhauptkommissar Jürgen Dircks. Hinter ihm deutete sein Kollege Granny ein Nicken an. Beide Polizisten arbeiteten beim Düsseldorfer Dezernat für Todesermittlungen, was Hartmann ansatzlos ein dumpfes Gefühl in den Bauch befahl. »Können wir kurz reinkommen?«, fragte Dircks.

»Können könnt ihr sicher, aber ich weiß nicht, ob ich das ...«

Granny stöhnte gelangweilt auf, schob seinen massigen, athletischen Zehnkämpfer-Körper an Hartmann vorbei nach drinnen. Können und dürfen war ihm scheinbar eins.

»Ja, genau, was soll's? Kommt rein«, murmelte Hartmann.

Dircks steckte wie immer in smarten Designer-Klamotten. Zur teuren Markenjeans trug er überm schlichten, hellblauen Hemd von Napapijri mit Button-Down-Kragen ein dunkelgraues Sommerjackett, das ebenfalls nicht bei Karstadt auf der Stange zur Welt gekommen war. Seine Füße steckten in eleganten, schwarzen Schnürklassikern von Lloyd. Er blieb mitten im Wohnzimmerbüro stehen. Sein Kollege Granny lehnte sich lässig an den Schreibtisch und war kleidungstechnisch das Gegenteil. Die Jeanshose hatte bessere Zeiten gesehen. Das gelbe Sweatshirt war neulich bei C&A im Sonderangebot gewesen, das Prospekt hatte Hartmann auch im Briefkasten gehabt. Wie immer steckten seine Füße in weißen Turnschuhen.

Jedes Mal fiel Hartmann auf, dass sein eigener Kleidungsstil exakt eine Mischung aus beiden war.

»Hartmann, warst du gestern mit Angie unterwegs?«, eröffnete Dircks das Gespräch.

Hartmann schnappte überrumpelt nach Luft. Wo kam denn jetzt diese Frage her? Ihm fiel auf, dass Granny ihn ganz genau musterte. Lügen war keine Option. »Ich war den ganzen Abend zu Hause und habe Fernsehen geguckt.«

»Lüg uns nicht an!«, knurrte Granny mit allertiefstem Bass.

Auf der Couch rollte sich eingeschüchtert die Schlafdecke auf.

»Ich lüge euch nie an.«

»Doch«, widersprach Granny.

»Eigentlich immer«, pflichtete Dircks seinem Kollegen bei. »Wir müssen wissen, wo ihr beide gewesen seid.«

Hartmann holte Luft.

»Worum geht es überhaupt?«, meldete sich Alina, die in diesem Moment zu ihnen ins Zimmer trat. Wie gesagt, es war sehr warm. Sie trug keinen Rollkragenpullover, sondern etwas zur Temperatur Passendes. In Schwarz. Und davon sehr wenig.

»Antworte einfach, Hartmann!«, kollerte Granny.

Alina fauchte. »Ohne Anwalt sagt er gar nichts.«

Dircks räusperte sich, ergeben. »Okay. Wir versuchen, die gestrige Nacht zu rekonstruieren. Angie ist tot.«

* * *

Hartmann war einfach umgekippt. Zack, ohnmächtig. Schneller als eine Dosis *Propofol* ihn ins schwarze Nichts hätte schubsen können. Granny und Dircks hatten ihn auf die Couch gelegt, Füße hoch. Alina träufelte ihm vorsichtig Wasser in den Mund und redete beruhigend auf ihn ein. Langsam hatte Hartmann sein Betriebssystem wieder hochfahren können.

Halbwegs zu Bewusstsein gekommen, war Hartmann aber erst im Vernehmungszimmer des Düsseldorfer Polizeipräsidiums. Unter einer Glocke, mit brennenden Augen, den Kopf leer. Worte wie durch Watte, Gesichter durch einen nebeligen Schleier.

Der Bürostuhl war unbequem. Und wackelte.

Weil Hartmann zitterte.

Dircks sprach leise. »Ihr wolltet also gestern Nacht auf der Kesselstraße ein gestohlenes Motorrad abholen?«

Hartmann versuchte sich zu konzentrieren, sich zu sammeln, eine akzeptable Antwort hinzubekommen. Die Cops brauchten dringend Antworten, vernünftige Antworten. »Nicht abholen. In dem Sinne. Zurückklauen.«

»Angie und du?«

Hartmann versuchte dumpf, eine geeignete Version der Ereignisse abzuliefern. »Meinem Klienten wurde ein hochwertiges Motorrad entwendet, ich sollte es wieder ranschaffen. Angie hatte sich bei alten Kumpels umgehört und den Hinweis auf eine Werkstatt in der Kesselstraße gekriegt. Ich habe mir bei einem anderen Bekannten einen Sprinter geliehen. Wir sind dann dahin, das Garagentor stand offen. Das Motorrad meines Klienten haben wir gefunden und eingeladen. Plötzlich schaltete sich unter der Decke eine Überwachungskamera ein. Wir hauten zügig ab. Tatsächlich tauchte plötzlich aus dem Nichts ein Auto auf und hat uns eine Zeit lang verfolgt. Aber Angie ist ein ganz guter Fahrer, er hat sie abgehängt.«

»Vollgas?«, fragte Granny, einen Schreibblock in den Fingern.

»Er hat den Sprinter am Fahrbahnrand mit Licht aus verdeckt eingeparkt und ist später in die Gegenrichtung abgehauen.«

»Kennzeichen und Typ des anderen Fahrzeugs?«

»Hab ich nicht. Es war eine helle Limousine, ich schätze weiß. Angie wollte das Motorrad in einer Garage im Liefeld unterstellen. Wir fahren also dorthin. Den Sprinter stellten wir ein Stück weiter in einer Kurve ab.«

»Was genau war das für ein Sprinter?«

Anstelle einer Antwort diktierte Hartmann Rachids Adresse in Grannys Schreibblock.

»Und dann?«

»Die Garage hatte ein graues Tor, da drin eingelassen war eine Tür. Dass es die richtige Garage war, hat Angie an einem Aufkleber erkannt, der rechts der Tür angebracht war. FCK TH PLC. Angie öffnete die Tür. Sofort drückte ihm ein Mann eine Pistole an die Stirn.«

»Eine Pistole?«

»Jepp. Zwei weitere Männer haben draußen in einem Autowrack Schmiere gestanden, die kamen jetzt dazu.«

»Insgesamt also drei Personen?«, hinterfragte Granny.

Hartmann zögerte, schloss seine Augen und versuchte, sich zu sammeln. Er spürte eine unsägliche Wut, die dringend darauf wartete, sich schreiend Bahn zu brechen. Ein massiver, schüttelnder Groll auf alles, auch auf sich selbst.

Er war nicht ganz auf der Höhe. Dennoch war ihm aufgefallen, dass sowohl Granny als auch Dircks mehrmals und ohne für ihn nachvollziehbaren Anlass in den

Spiegel geschaut hatten, der einen großen Teil der linken Seite des Raumes bedeckte. Mit Sicherheit war das ein Einweg-Spiegel. Wer stand auf der anderen Seite? Und warum stand dort jemand, der ihnen zuhörte und zusah?

»Drei, genau«, antwortete er leise.

Achtung! Vorsicht drängte Wut zur Seite.

Er fuhr fort. »Keine Ahnung, was die in der Garage angestellt haben. Plötzlich wurde draußen der Sprinter gestartet. Das war der Moment, wo er geklaut wurde. Die drei Typen waren abgelenkt, es entstand ein Handgemenge. Angie und ich überwältigten sie und nahmen dem einen die Pistole ab.«

»Wo ist die Knarre jetzt?«, fragte Granny, kurzer Blick Richtung Spiegel.

»Hat Angie«, flüsterte Hartmann.

»Kannst du die Männer beschreiben?«, fragte Dircks.

Er klang müde. Hartmanns Stimme dagegen plötzlich wieder nach Adrenalin. Wut schärfte seine Erinnerung, zerrte den dumpfen Schleier zur Seite. »Auf jeden Fall, Mann. Ich glaube, mindestens zwei der Männer waren Osteuropäer. Mindestens einer war Deutscher, denn mehrmals wurde kurz deutsch gesprochen, ansonsten irgendetwas Osteuropäisches. Einer war der Boss.«

»Beschreibe den zuerst!«

»Circa Mitte fünfzig, muskulös, aber auf eine sportliche, durchtrainierte Art, kein Bodybuilder. 1,80 groß, kurze, dunkle Haare, fast Glatze. Aber das Markanteste war eine großflächige Brandnarbe, die sein Gesicht entstellt hat. Die rechte Seite. Den Typen würde ich hundertprozentig wiedererkennen.«

»Die anderen zwei?«

»Einer der beiden war ebenfalls 1,80. Breit gebaut, auch muskulös, aber nicht so drahtig. Ich hab ihm eine Eisenzange an den Kopf geworfen. Er müsste eine fette Beule haben. Jedenfalls war er ohnmächtig und lag auf dem Boden. Deshalb kann ich ihn nicht weiter beschreiben.«

»Was für eine Eisenzange?«

»In der Mitte der Garage stand eine Schweißbank. Da lag die Zange drauf.«

»Und der dritte?«

»Kleiner, schmaler, flinker. Er hatte etwas vom Wiesel. Kennst du den Schauspieler Robert Carlyle? Ganz oder gar nicht? Trainspotting? So ähnlich sah der aus. Etwas längere, schwarze Haare. Strähnig, nachlässig. Er hatte ein Messer dabei. Keine weiteren Auffälligkeiten. Ach ja, er war es, der später hinter uns her geschossen hat. Habt ihr am Tatort eine Hülse gefunden, die euch weiterbringt?«

»Kein Kommentar«, schnaubte Granny. »Weil euer Sprinter geklaut worden war, seid ihr zu Fuß weg?«

Hartmann nickte.

»In deiner Geschichte wird eine Menge geklaut«, meckerte Granny säuerlich.

»Es ist eine schlechte Welt da draußen«, konterte Hartmann. »Geh raus und mach sie besser!«

Granny schnaufte, der Raum erzitterte. Granny besaß einen Brustkorb wie ein Ölfass. Wenn er schnaufte, hielten die Gefangenen zwei Etagen tiefer im Polizeigewahrsam die Luft an. »Klingt alles recht merkwürdig.«

»Angie und ich haben ein Taxi angehalten, das zufällig vorbeikam. Ich bin am Worringer Platz ausgestiegen. Angie ist mit dem Taxi weitergefahren.« Hartmann schluckte schwer. »Wir wollten heute telefonieren.«

Granny klatschte in die Hände. »Ich checke die Taxizentrale und setze mich mit dem Halter des Sprinters in Verbindung. Wahrscheinlich weiß der noch gar nicht, dass sein Transporter gestohlen wurde. Und was ist mit dem Motorrad? Kennzeichen, Typ?«

Hartmann spürte, dass Leben in seinen Körper zurückgekehrt war. Zorn und aufgebrachte Stresshormone stärkten ihm den Rücken. »Der Halter möchte nicht, dass die Polizei in die Sache reingezogen wird.«

Granny schnaufte, Dircks beugte sich nach vorne. »Du solltest nichts für dich behalten! Vielleicht hat es irgendeine Bewandtnis mit dem Motorrad, von der du nichts weißt.«

Hartmann blieb stumm. Denn ihm spukte genau dieser Ansatz ebenfalls im Kopf herum. Irgendwas stimmt mit seinem Auftrag nicht. Ein heftig pochender Kopfschmerz und die breiige, klebrige Masse, die jemand über sein Gehirn gekippt hatte, verscheuchten immer wieder die Ergebnisse zum Ansatz.

Granny war hinausgegangen und hatte sie beide im Vernehmungszimmer zurückgelassen. Dircks und ihn, dachte Hartmann, und die unbekannte Anzahl von Ermittlern auf der anderen Seite des Venezianischen Spiegels.

»Ich mache jetzt und hier keine Angaben zum Klienten und daher auch nicht zum Motorrad«, erklärte Hartmann und fügte fast flehentlich hinzu: »Bitte keine Diskussion darüber jetzt.«

Dircks wich seinem Blick aus. »Für den Moment soll das okay sein. Aber ich sag es dir ganz klar, je mehr Informationen wir haben, desto schneller kriegen wir das Schwein.«

»Was genau ist passiert? Mit Angie?«

Dircks sah Hartmann wieder nicht an. »Ich kann dir erst mal nur eine kurze Version bieten. Um ziemlich genau drei Uhr hören Nachbarn einen Schuss und rufen die Polizei. Die Kollegen öffnen Angies Wohnungstür und finden ihn in seinem Bett. Jemand hat ihn mit einer Pumpgun erschossen.«

»Kann ich ihn sehen?«, würgte Hartmann.

»Das ist keine gute Idee. Man hat ihm ins Gesicht geschossen.«

Hartmanns Magen krampfte, ein zweites Mal drohte Ohnmacht ihn umzuknicken. Wahrscheinlich wurde er blass, mit Sicherheit schwankte er im Stuhl. Die grenzenlose Absurdität des schrecklichen Ganzen war womöglich das Einzige, was ihn bei Bewusstsein und diesseits des Irrsinns hielt.

»Seid ihr sicher, dass es Angie war?«

Dircks öffnete eine Schreibtischschublade und drückte ihm eine Flasche Wasser in die Finger. »Sind wir.«

Hartmann leerte die kleine Plastikflasche in einem Zug. Das Wasser schmeckte abgestanden und bitter. Wahrscheinlich war es beides. Dircks und er schwiegen. Dircks hatte keine Fragen mehr, Hartmann keine Antworten.

Schließlich stand Dircks auf. »Zeig uns jetzt zuerst die Garage in der Kesselstraße.«

* * *

»Komplett leer geräumt«, empfing sie Schröder. Er empfing sie schon vor der Garage auf der Kesselstraße. Schröder war einer der Spurensicherer. Hartmann hatte schon mehrmals mit ihm zu tun gehabt. Der Kriminalist trug einen weißen Spurensicherungsanzug, aus dem man mehrere Großraumzelte hätte fertigen können, denn Schröder war sehr dick, musste man so sagen. Der Anzug saß trotzdem spack. Sein Träger hatte die weiße Montur durchgeschwitzt.

»Können wir jetzt rein?«, fragte Granny ungeduldig, denn sie hatten bereits über eine halbe Stunde gewartet, in der die Spurensicherer ihre Arbeit erledigt hatten.

»Nur gucken, nichts anfassen!«, schnaufte Schröder und wischte mit einem Stofftuch Schweiß von der Stirn.

Granny, Dircks und Hartmann betraten nacheinander die Garage. Der Sonne war es noch nicht gelungen, den Raum aufzuheizen. Es roch muffig, war aber auch ohne entsprechende Isolierung angenehm kühl. Hartmann erkannte die Schränke in Grünblaumetallic an der linken Wand des Raumes wieder. Die Türen standen offen, die Fächer waren restlos leer geräumt. Rechts befand sich die Werkbank, ebenfalls wie leer gefegt.

»Vor den Schränken lag gestern eine zerlegte Vespa. Überhaupt: Überall lagen Fahrzeugteile herum. An der Wand hing ein Kühlergrill. Es fehlt eine mobile Lackierstation. Und außer unserer Maschine haben da noch mehrere andere Motorräder gestanden, vier oder fünf.«

»Wo befand sich die Überwachungskamera?«

Hartmann deutete müde nach oben an die Decke, wo jetzt nur noch vier Löcher erzählten, dass dort einst ein Gegenstand angeschraubt gewesen war.

»Die haben gründlich hinter sich sauber gemacht«, knurrte Granny.

»Fehlt sonst noch was?«, fragte Dircks.

Hartmann schüttelte vorsichtig den Kopf, ihm fiel nichts ein. Außer Angie.

Sie traten zurück nach draußen, wo einer von Schröders Mitarbeitern eine Reifenspur fotografisch sicherte.

»Kann gut sein, dass das eine Spur vom Sprinter ist«, erklärte Hartmann. »Ungefähr dort hat unser Wagen gestanden, als wir das Motorrad über eine Rampe in die Ladefläche geschoben haben.«

Hartmanns Blick taubte rot, wässrig und verschwommen über das Hafenbecken vor ihnen. Das sei das allerletzte Mal, dass er sich in Hartmanns Kack reinziehen lasse, hatte Angie gestern geschworen. Mit dem kreischenden Geräusch eines hochdrehenden Bohrers hämmerte neuer Schmerz in Hartmanns Kopf. Seine Schläfen drohten zu platzen, seine Augäpfel zu explodieren. Was für eine verfluchte Kacke!

Hinter ihm klärten Granny und Dircks mit den Spurensicherern dies und das, stellten Fragen, regten an und forderten ein. Hartmann hörte nicht hin. Das allerletzte Mal! Es schnürte ihm die Kehle zu, es zerquetschte sein Herz.

»Geht es einigermaßen?«, riss Dircks ihn aus seinen Gedanken

»Nein«, sagte Hartmann.

»Verstehe. Wir fahren nach Flingern ins Liefeld.«

* * *

Hartmann deutete auf das graue, metallene Garagentor mit der darin eingelassenen Tür. »Es war diese Garage hier, mit dem Buchstaben-Aufkleber drauf.«

FCK TH PLC.

»Ich geh vor«, bestimmte Schröder.

Granny zückte seine Dienstwaffe. »Sicherheitshalber.«

Schröder drückte die Klinke runter. Und schubste die Tür vorsichtig auf. »Nicht abgeschlossen.«

»Der Lichtschalter ist auf der linken Seite«, erinnerte sich Hartmann, sie traten ein.

Wenig überraschend. Auch diese Garage war wie leer gefegt. Keine Schweißbank in der Mitte des Raums. Auf der linken Seite stand nichts mehr, was durch weiße Laken verhüllt werden musste. Selbst die Laken waren nicht mehr da.

»Mist«, fluchte Granny.

»Hm.« Hartmann war was eingefallen, als er auf die nackte Wand genau gegenüber sah. »Da hing ein Plakat.«

»Was für ein Plakat?«

»Eine Zeichnung. Eher ein Druck. Oder ein Ausdruck. Das könnte ein Stadtplan gewesen sein, eine Straßenzeile. Oder ein Schaltplan, so was technisch Gezeichnetes.«

»Geht's genauer?«, fragte Granny.

»Das könnte extrem wichtig sein«, fügte Dircks hinzu.

Hartmann schüttelte behutsam den Kopf. Okay, seine Knie waren wie Gummi, der Bohrer bohrte, aber er stellte fast erfreut fest, dass Leben in seinen Körper zurückkehrte. Es gab nur eine Option. Er musste sich zusammenreißen! Mit der ganzen, verfickten Situation käme er am ehesten klar, wenn er sich konstruktiv einbrachte. Kein Blick zurück, kein Hadern, nach vorne musste es gehen!

Gejammert wird am Ende des Monats.

»Das Ding an der Wand, ich habe absichtlich nicht hingeguckt. Je weniger ich sehe, desto besser, hab ich gedacht.«

Die bittere Wahrheit war allerdings offensichtlich, dass sie da schon zu viel mitbekommen hatten. Deshalb hatte Angie sterben müssen. Kein Blick zurück!

»Kann ich mit der Spurensicherung anfangen?«, fragte Schröder. »Wenn es hier einen Kampf mit Messer und Zange und Leuten gegeben hat, die zu Boden gestürzt sind, dann gibt es hier wahrscheinlich DNA-Material zu sichern.«

»Klar«, antwortete Dircks, fahrig und augenscheinlich nicht ganz beim Hier und in der Sache.

»Gehen wir nach draußen«, kommandierte Granny.

Sie verließen die Garage, und Dircks fragte: »Wo stand der Messertyp, als er euch hinterhergeschossen hat?«

Hartmann schilderte den beiden den genauen Ablauf. Richtig, vielleicht gab es eine Kugel, eine Patrone, was auch immer. Er versuchte, sich an jedes noch so kleine Detail zu erinnern. Der pochende Kopfschmerz störte, aber der Bohrer war weg. Hartmann zeigte ihnen die Schussmarke im Mauerwerk und die Stelle, an der er den Sprinter abgestellt hatte. Und wo der Variant stand, in dem die beiden Stooges vom Brandgesicht gesessen hatten.

»Ein VW Variant?«

»Himmelblau. Mit Rostflecken. Fast ein Wrack.«

»Kennzeichen?«

»Er hatte eins, aber ich konnte nicht ablesen, welches.«

»Ein altes Auto? Damit sind die nicht weit gekommen«, überlegte Dircks laut. »Ein Variant ist selten.«

Granny schnaufte. »Ich gebe eine Fahndung raus und lass ihn suchen. Außerdem kümmere ich mich um den Besitzer der Garage. Der sollte eingetragen sein. Vielleicht weiß der, wer seine Garage angemietet und drin rumgeschweißt hat.«

»Der Alte«, fuhr Hartmann zusammen.

Granny und Dircks blickten ihn fragend an.

»Es gibt einen Zeugen. Einen älteren Herrn. Mit Hund. Ein Belgischer Schäferhund mit schwarzer Schnauze.«

»Ein Malinois«, wusste Dircks.

»Der Hund heißt Blümchen.«

»Blümchen? Ein interessanter Name für einen Schäferhund«, fand Granny. »Hatte der alte Mann auch einen?«

»Er hat sich uns nicht vorgestellt, wir haben ihn auch nicht gefragt. Aber ich wette, den kennt hier in der Ecke jeder. Er hat uns erzählt, dass er hier im Viertel wohnt und mit seinem Hund jeden Abend eine Gassirunde dreht und nach dem Rechten schaut. Der muss hier irgendwo in der Nähe wohnen.« Hartmann diktierte Granny eine Beschreibung von Mann und Hund in den Block. Das war wichtig, spürte Hartmann, das war sehr, sehr wichtig. »Es gab doch jemanden, der die Polizei angerufen hat. Deshalb kamen ja die Streifenwagen. Vielleicht war er das.«

»Dann hätten wir seine Telefonnummer, denn der Anruf wurde sicher aufgezeichnet.«

»Ich bin sicher, dass der alte Mann noch mehr Informationen hat. Wenn nachts in der Garage geschweißt wurde, dann hat er das mitbekommen. Der hat ja jede Nacht seine Runde gedreht. Möglicherweise hat er sich das Kennzeichen des VW gemerkt. Er war ein bisschen Blockwart, aber schwer auf Zack.«

»Ich kümmere mich gleich drum«, erklärte Granny. »Ich schicke Teams in die Nachbarschaft.«

Hartmann blinzelte, schwankte leicht, machte einen Ausfallschritt.

»Alles klar?«, fragte Dircks.

»Kopfschmerzen und Blutdruck«, erklärte Hartmann.

Beiden war klar, dass weder Kopfschmerzen noch Blutdruck den Kern des Problems beschrieben. Der Kern hatte einen Vornamen.

»Wir sind für heute hier fertig. Soll ich dich nach Hause fahren?«, fragte Dircks leise, mit besorgter Stimme.

Hartmann schüttelte vorsichtig den Kopf. »Ich laufe. Ist ja nicht weit. Laufen und frische Luft werden mir guttun.«

»Okay, ich melde mich bei dir«, schniefte Dircks. Granny warf seinem Kollegen einen mahnenden Blick zu, den Hartmann nicht deuten konnte, den Dircks allerdings hielt, fast trotzig. Mit fester Stimme fügte er hinzu. »Morgen. Morgen melde ich mich bei dir, definitiv, im Laufe des Tages.«

Hartmann versenkte seine Hände in der Jeans, drehte sich um und stakste los. Nur weg. Von hier. Vom Jetzt.

Am gestern noch klaren Himmel hatten sich heute mehrere dunkle Wolken zusammengeschlossen. Böiger Wind kündigte einen Schauer an, das passte. Unfassbar. Wie mechanisch setzte Hartmann einen Fuß vor den nächsten. Nicht durch die Fragen der beiden Polizisten gesteuert, scheiterte jetzt schon im Ansatz jeder Versuch, einen klaren Gedanken zu fassen und zu verfolgen.

Angie. Immer nur Angie. Angie und die Frage, wie zur Hölle das jetzt weitergehen sollte.

Alkohol?

Alina?

Wie in Trance hatte er die Kölner Straße erreicht. Nur noch geradeaus. Er hatte das Taxi gar nicht bemerkt, das vermutlich schon seit einer Weile neben ihm herfuhr. Und nicht mitbekommen, dass der Fahrer seinen Namen rief.

»Hartmann!«

Er drehte den Kopf und erkannte am Steuer der weißen Droschke Jonny, der ihn energisch heranwinkte.

»Ich laufe lieber.«

»Steig ein, verdammt! Es fängt gleich an zu regnen.«

Hartmann zuckte mit den Schultern und trat auf die Straße. Jonny dirigierte ihn mit rigoroser Geste auf den Platz direkt hinter sich. Hartmann öffnete die Tür und hielt inne.

»Steig endlich ein, Mann«, sagte Angie.

* * *

Hartmanns Gefühle taumelten wie irr. Sein Verstand wollte sich noch nicht entscheiden. Auf jeden Fall kribbelte es in den Fingern. »Du lebst.«

»Darauf kannst du einen lassen, Hartmann«, beruhigte ihn Angie. »Und jetzt lass mich wieder los!«

Zögerlich gab Hartmann seinen besten Freund aus der innigen Umarmung frei. »Ich hab gedacht, du bist tot.«

»Nee, bin ich nicht.

Unglaublich. »Ich bin schier verrückt geworden.«

Angie wusste nicht recht, wohin mit sich. »Ähm, mich hat mein Tod ja eher nicht so berührt. Ich hab ihn zuerst ja gar nicht mitbekommen. Also, ich wusste es ja besser.«

Hartmann boxte seine Schulter, weil Erleichterung und Freude ihm die Worte raubten. »Mir fallen Steine vom Herzen, Felsblöcke! Hammer! Ich hab überhaupt keine Ahnung, wie ich das durchgestanden hätte. Mensch, Angie!«

Angie brachte ein paar sichere Zentimeter Abstand zwischen sie, soweit es die Rücksitzbank zuließ.

»Was mir alles durch den Kopf ging! Ich hab mir Vorwürfe gemacht, hätte Amok laufen können. So viele Fragen, so viele Entscheidungen. Auch so viel zu tun.«

»Ja …«

»Deine Beerdigung zum Beispiel. Hat sich ja jetzt erledigt, aber: Erdbestattung oder Verbrennen?«

Jonny warf einen alarmierten Blick in den Rückspiegel. Sein Nachbar drehte offensichtlich am Rad.

»Verbrennen«, sagte Angie. »Und die Asche bitte übern Worringer Platz verteilen.«

Jonny lächelte.

Hartmann blinzelte irritiert. Und verstand. Okay, runterfahren! »Oh, Mann, klar. Aber ich kann dir gar nicht sagen, wie ich mich freue, dich zu sehen. Und, äh, genau, wieso sehe ich dich? Warum bist du nicht tot?«

Fast hätte Jonny vorne ein zweites Mal gelächelt.

»Jonny hat mich gestern Nacht nicht zu mir nach Hause, sondern zu einer Bekannten gebracht. Ich hab dir doch erzählt, dass Harry schnarcht wie ein Kanadier.«

»Dann ist es Harry, der erschossen wurde.«

»So sieht es aus, Mann.«

Krass!

»Verdammt. Und?«, flüsterte Hartmann mitfühlend. »Wie kommst du damit klar?«

Angie schüttelte den Kopf. »Ist schon okay. Wir kannten uns nicht wirklich gut, eher flüchtig. Von der Arbeit. Ich komm definitiv klar.«

Okay. »Und die Cops haben ihn für dich gehalten«, schlussfolgerte Hartmann.

Angies und Jonnys Blicke trafen sich im Rückspiegel des Fahrzeugs.

Angie schniefte. »Das glaube ich nicht.«

Hartmann verstand nicht.

Angie erklärte es ihm. »Bevor die Bullen irgendjemanden mit dem Tod eines anderen konfrontieren, wissen die ganz genau, wer da tot gegangen ist. In diesem Fall werden die Bullen besonders gründlich gewesen sein. Es war Mord, und es fehlte der Kopf. Ein flüchtiger Blick wird nicht genügt haben, um die korrekten Personalien zu ermitteln.«

Hartmann würgte.

»Reiß dich zusammen«, mahnte Angie.

»Ohne Kopf, ja, aber es war deine Wohnung«, brachte Hartmann einen naheliegenden Zusammenhang ins Spiel.

»Harry ist durchaus aus der gleichen Baureihe wie ich. Schlank, gleiches Alter und so, aber, Hartmann, denk mal nach. Ich hab Tattoos. Harry hat auch welche, aber andere. Seine und meine sind bei den Bullen registriert. Die Bullen registrieren immer alles. Außerdem hatte Harry fast seinen kompletten Hausstand dabei, als er eingezogen ist. Mit Koffer und allem. Da lag sicher auch irgendwo ein Ausweis mit Lichtbild rum.«

»Was willst du damit sagen?«, flüsterte Hartmann, eine sehr, sehr gemeine Antwort ahnend.

Jonny bremste ab, um einem älteren Fußgänger mit Rollator das Queren der Erkrather Straße zu ermöglichen. Eine Frau im SUV hinter ihnen hupte mehrmals. Sie hatte es eilig. Offenbar mussten die Kinder aus dem Kindergarten abgeholt und zum Flötenunterricht kutschiert werden.

Angie lehnte sich im Sitz zurück. »Die Bullen haben so ein Fingerabdruckprüfgerät. Damit gleichen sie die Fingerabdrücke ab. Die Schweine haben Harry den Kopf vom Hals gepustet, aber die Finger waren am Körper ja wohl noch dran. Deshalb haben die Bullen, als sie fertig waren, ganz genau gewusst, dass sie es nicht mit meiner, sondern mit Harrys Leiche zu tun haben.«

»Die haben dich verarscht, Hartmann«, meldete sich Jonny mit tiefer Bassstimme von vorne.

Der ältere Herr hatte die andere Straßenseite erreicht und winkte dankbar. Jonny fuhr wieder an.

»So sieht es aus, Kumpel«, stimmte Angie ihm zu. »Die Bullen haben dir vorgegaukelt, ich wäre tot.«

»Zur Hölle«, fauchte Hartmann und spürte Blutdruck. »Warum sollten sie das tun?«

Auch darüber hatte sein Freund sich schon Gedanken gemacht. Richtig, Angie war ein Junkie, aber nicht blöd. »Damit du ihnen ausnahmsweise mal keine Lügengeschichte auftischst, sondern ihnen alles erzählst, was tatsächlich in der vergangenen Nacht passiert ist.«

»Ich lüge die Cops nicht an.«

»Doch«, brummte Jonny. »Eigentlich tust du das immer.«

Hartmann mochte es nicht fassen. »Aber das können die doch nicht bringen.«

»Bullen sind scheiße«, sagte Angie.

»Dircks ist so eine Art Freund …«

Angie lachte bitter. »Die einzigen Freunde von Bullen sind Bullen. Die brauchten die Infos, um mit ihrem Fall weiterzukommen. Und auf diese Weise haben sie die Infos schließlich auch gekriegt. Du hast ihnen doch alles erzählt, oder?«

»Mehr als sonst«, räumte Hartmann ein und freute sich über jedes Detail, das er Dircks und Granny vorenthalten hatte.

»Das ist heavy von denen, aber nicht ungeschickt. Die lernen halt dazu. Scheiß auf deine Gefühle!«

Hartmanns Körper fuhr Achterbahn. Mit Looping und Steilsturz. Er merkte, wie ihm der Kamm schwoll. »Aber jetzt Harry, ich meine, wieso erschießen sie Harry?«

Angie schniefte.

»Sie haben ihn mit dir verwechselt«, schlug Hartmann vor.

»Das ist eine Möglichkeit. Glaub ich aber nicht.«
»Wieso nicht?«

Angie beugte sich zwischen den Sitzen nach vorne. »Ich hab dir doch gesagt, er ist ein lausiger Detektiv!«

Jonny grunzte.

Angie kniff die Augen zusammen. »Die Mörder haben ganz genau gewusst, auf wen sie da schießen.«

»Wieso das?«, fragte Hartmann, der wirklich nicht folgen konnte.

»Sie kannten mich, weil ich mit dir in der Garage war. Und sie kannten Harry, weil der ihnen die Garage im

Liefeld vermietet hat. Von Harry wusste ich ja auch von dem leer stehenden Teil.«

»Das war Harrys Garage?«

»Nee, aber Harry hat sie angemietet. Für Kohle stellt er die Garage wiederum für ... Anlässe zur Verfügung. Sind es also wirklich dieser Typ mit der Brandnarbe und seine Komplizen gewesen, die Harry erschossen haben, dann hatten sie als Untermieter natürlich persönlichen Kontakt mit ihrem Vermieter, also mit Harry. Sie kannten also Harry und mich. Sie wussten ganz genau, wem sie die Rübe vom Kopf ballern.«

Hartmann kaute auf der Frage und seiner Unterlippe herum. Wenn das Brandgesicht und seine Komplizen die Täter waren, dann war das absolut richtig. Den Typen traute er ein solch widerwärtiges, kalt durchgeführtes Verbrechen definitiv zu. »Bleibt die Frage, warum Harry getötet wurde.«

»Ich denke, die Mörder hielten es für angemessen, alle diejenigen zu töten, die sie mit der Garage in Verbindung bringen könnten.«

Hartmann strich sich durchs Haar. »Dann ist die Garage ein gemeinsamer Nenner. Die Garage und das, was drin war oder drin gemacht wurde. Möglicherweise etwas, das auch wir gesehen haben, weshalb auch wir in Gefahr sein könnten. Die Bande mit der Garage in Verbindung bringen, das können auch wir beide.«

Jonny lachte. »Und ich hab dir gesagt, so ganz, ganz blöde ist Hartmann dann doch nicht.«

Er und Angie waren in Gefahr. Und ... ein fieser, gemeiner Überhang wollte sich heftig und besorgt winkend in seinem Hinterkopf bemerkbar machen, aber

Hartmann bekam ihn nicht zu packen. Ein unangenehmes, nicht zu Ende verfolgtes Gefühl blieb zurück.

»Ich wüsste nur nicht, was wir da in der Garage gesehen haben sollten«, grübelte Angie. »Ich erinnere mich nur an …«

Vorne ging Jonny scharf in die Eisen.

Hartmann schreckte zusammen, denn fast im gleichen Moment riss jemand die Fahrzeugtür auf. Sein Blick schoss nach rechts, auch Angies Tür wurde aufgerissen.

»Motor aus!«, brüllte der Mann, der direkt vor ihm Jonny durchs geöffnete Fenster eine Pistole an die Schläfe drückte.

»Scheiße«, zischte Angie.

Blitzschnell konstatierte Hartmann, dass eine weiße Limousine das Taxi ausgebremst hatte. Wo kam die so plötzlich her? Und wo waren sie eigentlich gerade? Bendemannstraße! Eine kleine Straße, die mitten im Bahnhofsviertel ringförmig um ein Parkhaus führte. Abgelegen, kaum Fußgänger. Wie geschaffen fürs Kapern eines Taxis.

»Aussteigen!«, herrschte der Typ auf seiner Seite ihn an, plötzlich auch mit einer Pistole in den Fingern. Raue Stimme, entschlossener Blick. Keine Zeit, irgendetwas auszuprobieren.

Rechts neben ihm kam Angie einer ähnlichen Aufforderung ganz langsam nach. Dessen Aufforderung hatte ein Springmesser im Sonnenlicht blinkend Nachdruck verliehen.

»Cool bleiben«, flüsterte Angie. »Ich mach ja, was du willst, Alter. Bleib cool!«

Brandgesichts Männer waren das nicht, glich Hartmann die Visagen mit denen aus seiner Erinnerung ab. Nach einem Blick auf die Pistolen wollte ihn das allerdings nicht so wirklich beruhigen. Die Ballermänner sahen verdammt echt aus.

Plötzlich drängte Jonny sich vor ihm aus dem Fahrzeug, er brüllte wie durchgeknallt: »Nix schießen, Mister, nix schießen! Nix wieder schießen!«

»Beruhig dich, Alter!«, blökte der Mann ihn an und trat einen Schritt zurück, ohne den Abzug seiner Plempe zu ziehen.

»Aaaaaaah, nix schießen, Mister! Nix schießen!«, brüllte Jonny und kullerte seine Augen.

Himmel, so hatte Hartmann seinen Kumpel noch nie gesehen. Ein furchterregender Anblick. Jonny drehte komplett durch.

In der ersten Etage des Hauses auf der gegenüberliegenden Straßenseite öffnete sich ein Fenster. Ein Mann mit beeindruckendem Brustkorb unterm weißen Feinripp drohte mit der Faust. »Ruhe da unten, sonst hol ich die Bullen!«

»Aaaaaaah, Mister, nich schießen, keine Pistole. Mich nix, ich nur Taxi!«

»Reiß dich zusammen!«, keifte der Knarrenmann irritiert und genervt. »Steig zurück ins Taxi, Mann!«

»Jaja, ich nur Taxi, ich nur Taxi! Mich nix schießen, Mister!«

Der Typ wedelte mit der Plempe. »Du sollst ins Taxi steigen, Alter, sonst knall ich dich ab!«

Jonny riss seine Arme hoch, schien in die Knie zu gehen. »Nix mich schießen, Mister!«

Jonnys rechte Faust kam ansatzlos aus der Schulter und wie aus dem Nichts. Jonnys Tritt kam von unten, zwischen die Beine, voll rein ins Gemächt. Mit der Linken schlug er dem Kerl die Pistole aus den Fingern, krachend schepperte sie zu Boden. Für all das hatte Jonny weniger als eine Sekunde gebraucht.

Hartmanns Typ zu seiner Linken war für den Bruchteil einer Sekunde abgelenkt. Hartmann packte seinen Arm samt Knarre und zog ihn mit voller Kraft nach vorne. Damit hatte der Typ nicht gerechnet, es zog seinen ganzen Körper nach vorne. Ober- und Unterkiefer küssten die Dachreling. Blut spritzte, einer der unteren Schneidezähne löste sich und flog als weiß-rotes Geschoss durchs Fahrzeug. Die restlichen Zähne waren geblieben, wo sie hingehörten. Der dazugehörige Mund schloss sich mit einem hässlichen Knirschen, der Typ hatte original in die Dachreling gebissen.

Die Pistole glitt willenlos direkt in Hartmanns linke Hand. Der Typ sackte ohnmächtig Richtung Bordstein.

Genau dorthin schickte Jonny draußen am Wagen seinen taumelnden Gesprächspartner mit einem rechten Haken, den Axel Schulz seinerzeit gerne im Angebot gehabt hätte. Den Schwung des Schlages nutzte Jonny, um mit einer fließenden Bewegung dessen Ballermann vom Asphalt zu wischen.

Die Fahrertür der weißen Limousine vor ihnen flog auf, der Fahrer stieg aus, eine Hand im Sommerblouson. Jonnys Knarre fand den Weg ins Ziel von ganz alleine. Kimme, Korn und der Punkt zwischen den Augen des neuen Mitspielers bildeten augenblicklich eine perfekte Linie.

»Keine Bewegung!«, brüllte Jonny mit tiefer Bass-Stimme, die am Worringer Platz Tauben und Junkies gleichermaßen aufschreckte.

Der Mann, halb ausgestiegen, verharrte in der Bewegung und riss seine Arme gen Himmel.

Hartmann kletterte aus dem Taxi. Auf der rechten Seite der Droschke hatte Angie einen Meter Abstand zwischen sich und seinen Angreifer gebracht. Günstig, stellte Hartmann fest, denn so ließ sich dieser treffsicher mit der neuen Knarre anvisieren. »Hände hoch! Messer fallen lassen!«

Das Springmesser klirrte zu Boden.

»Feierabend da unten«, brüllte der Feinrippkerl, irgendwie zeitlich passend. »Ich hab die Bullen gerufen!«

Der Lärm, das Gebrüll und Aussicht auf einen actionreichen Polizeieinsatz hatten zwei zufällig vorbeischlendernde Jugendliche mit Migrationshintergrund auf sie aufmerksam gemacht, die sich interessiert näherten.

Angie trat einen Schritt nach vorn, schnickte das Springmesser unters Taxi, griff dem jetzt Messerlosen an die Jacke und stieß ihn energisch von sich.

Hartmann beugte sich über den ohnmächtigen Mann zu seinen Füßen. Es fehlte nicht nur ein Zahn. Auch die Nase hatte beim Rendezvous mit der Dachreling mächtig was mitbekommen, lag schräg und suppte wie Sau. Hastig schlug Hartmann eine Jeansjacke zur Seite.

»Was machst du da? Rein ins Auto! Wir hauen ab!«, befahl Jonny energisch.

»Einen Moment, Mister. Ich guck nur nach, mit wem wir es zu tun hatten«, knurrte Hartmann und fand eine Brieftasche.

Aufklappen! Kein Ausweis. Noch nicht mal eine Scheckkarte oder sonst was mit Namen drauf. Ein Martinshorn näherte sich. Hartmann schob die Börse zurück in die Jacke.

»Gleich kriegen die euch!«, brüllte der Feinrippmann im begeisterten Singsang zu ihnen herunter. Endlich war mal was los. Viel besser als *Bares für Rares*!

»Ich denke nicht«, murmelte Jonny zu ihm hoch. »Los, einsteigen!«

Angie und Hartmann sprangen ins Fahrzeug. Der Fahrer der weißen Limousine ließ die Arme sinken, blieb ansonsten aber Salzsäule. Die weiße Limousine war ein Audi, merkte sich Hartmann.

»Kickstart!«, knurrte Jonny und trat das Gaspedal durch die Bodenwanne.

Gummi grölte. Mit aufheulendem Motor brachte das Taxi seine Pferdestärken mit Alarm auf die Fahrbahn. Die beiden Jugendlichen mit Migrationshintergrund blickten ihnen krass voll anerkennend hinterher.

»Eeeeekelhafffft«, murmelte Angie und schnippte den ausgeschlagenen Schneidezahn vom Sitz in den Fußraum. »Was war das denn jetzt wieder?«

»Keine Ahnung«, schniefte Hartmann. »So eine richtige Konversation ist ja irgendwie nicht zustande gekommen.«

Angie tippte Jonny auf die breite, rechte Schulter. »Gute Show, Jonny, beeindruckend.«

»Ich kann Schießeisen nicht leiden. Und schon gar nicht, wenn kleine Kinder sie in ihren Fingern haben.«

»Kleine Kinder?«, fragte Hartmann.

»Das war Fallobst, hab ich sofort gesehen.«

»Du meinst ...«

»Das waren ganz sicher nicht die Typen, die eurem Harry den Kopf mit 'ner Pumpgun weggeballert haben.«

Hartmann ließ sich in den Sitz zurückfallen. Stimmt. »Ein weißer Audi? Das war die weiße Limousine von gestern, die wir an der Kesselstraße abgehängt haben. Und jetzt haben sie vorhin dort gelauert, mich und die Cops gesehen und sind uns zum Liefeld gefolgt. Dann sind sie mir nachgefahren, haben gesehen, wie ich in dein Taxi gestiegen bin. In der Bendemannstraße haben die Kerle uns gestellt.«

Jonny kurbelte sein Taxi an den Straßenrand und beugte sich zwischen den Vordersitzen nach hinten. »Okay, Killer waren das nicht. Angie hat mir von der Sache mit dem Motorrad und der Polizeikontrolle erzählt. Es geht um BTM, vielleicht um eine größere Menge davon. Wenn den Burschen eine Ladung Drogen abhandengekommen ist, haben sie ein Problem. Und Drogenkuriere, das passt. Denn als sie mir gefolgt sind, habe ich sie nicht bemerkt. Glaubt mir, da habe ich ein Auge für, die waren geschickt.«

»Gut«, schluckte Angie. »Aber sie ahnen nicht, dass sie möglicherweise gerade dabei sind, sich mit einer Pumpgun-Gang anzulegen.«

»Das sehe ich allerdings primär als deren eigenes Problem«, wollte Hartmann sich kein weiteres aufdrängen lassen, er hatte mehr als genug eigene.

Im gleichen Moment schrillte ein Klingelton durchs Taxi. Angie zog ein Handy aus dem Hemd. Der klirrende Gitarrenriff wurde immer lauter.

»Was ist das?«, fragte Jonny von vorne.

»*Saturday Night* von Herman Brood«, wusste Hartmann, der den Klingelton dem einzig echten niederländischen Rockstar zuordnen konnte.

»Das meine ich nicht«, nölte Jonny. »Wo kommt plötzlich das Handy her, verdammt?«

Angie sprach leise, mit unschuldiger Miene. »Das hab ich dem Typen mit dem Messer gezockt, als ich ihn zur Seite gestoßen habe.«

»Das ist nicht dein Ernst, Alter!«

»Ich will keine geklauten Sachen in meinem Taxi«, maulte Jonny, wobei sein Blick allerdings alarmiert auf die Knarre fiel, die er auf dem Beifahrersitz abgelegt hatte. Hastig öffnete er das Handschuhfach und verstaute die Puste unter einem Berg Imbissflyer. »Ähm, keine geklauten Sachen in meinem Taxi!«

Hartmann konnte es nicht fassen. »Du hast nichts Besseres zu tun, als dem Kerl das Handy zu klauen?«

Angies Blick war ohne Verständnis. »Ich muss schließlich auch irgendwie meinen Lebensunterhalt verdienen. Soll ich rangehen?«

»Nicht jetzt«, sagte Hartmann und schob seinerseits die erbeutete Knarre hinten in seinen Gürtel. Jeder von ihnen hatte seinen Fang gemacht. War doch ganz gut gelaufen.

Angie drückte den Aus-Knopf, das Gitarrenriff verstummte.

»Ihr müsst das Drogendingens in den Griff bekommen«, brummte Jonny, drehte sich nach vorn und fuhr zügig an.

»Ist klar«, murmelte Hartmann und fügte seinen Problemen ein weiteres hinzu.

* * *

»Das ist echt das Allerletzte«, schimpfte Alina, mit deutlich sichtbarem Ärger im Gesicht, nachdem Hartmann ihr mit wenigen Sätzen die neue Lage erklärt hatte. »Ich dachte, dieser Polizist, dieser Dircks, sei dein Freund.«

Hartmann murmelte eine Antwort. Und führte sich eine Szene vors Auge, nämlich die, als Granny und Dircks zuvor im Liefeld einen Blick gewechselt hatten, in dem Moment, in dem Dircks ihm versprochen hatte, morgen etwas zu erläutern.

Alina hockte auf dem Schreibtisch, im Schneidersitz, und mochte sich gar nicht einkriegen. »Das geht überhaupt nicht. Wann hatten die denn vor, dir reinen Wein einzuschenken und dir zu sagen, dass Angie noch lebt?«

»Morgen, nehme ich an«, murmelte Hartmann und kratzte sich das unrasierte Kinn.

Alina schüttelte ärgerlich ihre blau gefärbten Haare. »Und hättest du Angie bis dahin zufällig auf der Straße getroffen, solltest du denken, dass du eine Erscheinung hast, oder was? Das stinkt!«

»Hm.«

»Überhaupt, wenn da jemand mit 'ner Pumpgun rumrennt, der Menschen die Köpfe wegschießt, dann sollten die Bullen mit offenen Karten spielen«, blieb Alina sauer und brachte einen anderen Aspekt zur Sprache. »Ist Angies Wohnung eigentlich versiegelt? So als Tatort?«

»Ist sie.«

»Und wo kommt der jetzt unter, dass ihn der Mörder nicht gleich findet? Falls er bei Angie seinen Fehler möglicherweise korrigieren möchte.«

Die Tür zum Flur wurde aufgedrückt. »Habe ich meinen Namen gehört?«, fragte Angie.

Alina ging auf ihn zu und drückte ihn. »Schön, dich zu sehen.«

Angie, der ihr Verhältnis durchaus als angespannt bezeichnen würde, hob überrascht die Augenbrauen. »Das aus deinem Munde, durfte ich nicht hoffen.«

»Emotionaler Ausbruch«, löste sich Alina hastig.

»Ich war ja auch gar nicht lange tot.«

Alina rümpfte die Nase. »Riechen tut man es aber immer noch ein bisschen. Deine Wohnung hat die Polizei versiegelt, wo kommst du jetzt unter?«

»Erst mal direkt über euch.«

Alina warf Hartmann überrascht einen fragenden Blick zu, der konnte lösen: »Die Wohnung von Heidi ist frei, sie macht eine Kreuzfahrt. Curaçao und so.«

Alina grinste böse. »Und das soll eine gute Idee sein?«

»Wir haben ein paar Spielregeln vereinbart«, antwortete Hartmann schnell.

Angie hatte sich wie selbstverständlich eine Dose Bier aus dem Kühlschrank geangelt und schnackte sie auf. »Keine Partys, keine Drogen. Aber die Jungs und Mädels aus meinem Bibelkreis darf ich nächsten Sonntag schon einladen, oder?«

»Solange ihr nicht die Hochzeit von Kanaan nachspielt.«

Angie blickte ratlos. Kanaan sagte ihm nichts. »Was anderes, hast du noch einen zweiten Fernseher? Heidis Kasten ist noch einer mit Röhre von kurz nach'm Krieg. Ich krieg da nur Erstes und Zweites rein. Außerdem brauche ich ein paar Rollen Klopapier. Dreilagiges wäre nice.«

Alina verdrehte die Augen.

»Du kannst gleich meinen Fernseher mit nach oben nehmen, ich guck grade sowieso nichts. Papier hole ich dir. Aber dafür brauche ich das Handy.«

»Mein Handy?«, fragte Angie überrascht.

»Es ist nicht dein Handy, du hast es geklaut.«

Angie zupfte zögerlich das Mobile aus der Hose. »Was willst du damit?«

Hartmann nahm es ihm ab und reichte es Alina. »Das Handy gehört einem der Typen, die uns vorhin überfallen haben. Kannst du gucken, ob du den vielleicht eingespeicherten Telefonnummern darauf Personen zuordnen kannst? Wäre wichtig, damit wir wissen, mit wem wir es zu tun haben.«

Alina musterte das Teil, ein iPhone, schwarz, neuere Bauart. »Könnte klappen.«

Angie nahm einen kräftigen Schluck. »Aber danach bekomme ich es zurück. Ich hab nämlich schon einen interessierten Käufer in der Pipeline.«

Hartmann fuhr sich nachdenklich durchs Haar. »Die Typen aus dem weißen Audi, wahrscheinlich sind es Holländer, sind mir ja möglicherweise schon seit der Kesselstraße gefolgt ...«

»Mindestens«, ging Angie dazwischen. »Vielleicht sogar schon seit dem Polizeipräsidium. Korrupte Bullen hängen überall mit drin, ich sag es dir.«

Hartmann nickte, ungläubig, wollte in diesem Fall allerdings nichts ausschließen. »Auf jeden Fall ist damit zu rechnen, dass sie weiter versuchen, uns abzupassen. Ich möchte ihnen zuvorkommen und muss wissen, mit wem ich es zu tun habe. Ich glaube nicht mehr, dass sich alles nur um Matze Kuschs Motorrad als solches dreht. Bist du da schon weiter, Alina?«

Alina lächelte geheimnisvoll. »Ich treffe mich gleich mit dem rumänischen Angestellten aus der Tankstelle.«

»Der ist noch sehr jung«, mahnte Hartmann

»Ich mach ihn nicht kaputt.«

»Äh, ja. Matzes Harley ist weg, er will die Maschine zurück. So weit, so klar. Aber vielleicht wurde das Motorrad nicht um des Motorrads willen gestohlen«, erklärte Hartmann und merkte, dass er endlich einen schon lange in seinem Kopf herumspukenden Gedanken zu fassen bekommen hatte. »Möglicherweise gibt es einen anderen oder weiteren Grund, warum die Maschine weggekommen ist.«

»Kein normaler Diebstahl?«, fragte Angie.

Alina blickte aufmerksam.

»Kusch geht nicht zur Polizei, weil er sich nicht blamieren will. Das klingt für mich nachvollziehbar, die lachen sich da über ihn kaputt. Und er hat recht, das dauert, ehe die mit ihren Ermittlungen in die Hufe kommen. Aber was, wenn es um etwas ganz anderes geht?«

»Der Polizeihund hat angeschlagen. Es waren Drogen im Motorrad. Hat Jonny ja schon gemeint, es geht um Drogen.«

Alina glitt vom Schreibtisch. »Vielleicht will Kusch ja gar nicht sein Motorrad zurückhaben, sondern seine Drogen. Er musste damit rechnen, dass du moralisches Weichei ihm wohl das Motorrad zurückschaffen würdest, aber den gleichen Job wegen abhandengekommener Drogen abgelehnt hättest.«

Hartmann schnalzte mit der Zunge. »Es würde mich wirklich interessieren, was Matze dazu sagt, dass Drogenhunde an seinem Motorrad angeschlagen haben. Ich mache für uns beide einen Termin, Angie.«

»Wir haben einen Deal, Hartmann«, mahnte Angie spaßlos. »Keine Termine mehr, ich bin raus.«

»Du willst also definitiv weiter ermitteln?«, fragte Alina.

»Ich muss doch wissen, wer meinen besten Freund ermorden möchte. Das bin ich ihm schuldig.«

»Das ist nicht witzig«, warnte Alina. »Nehmt das nicht auf die leichte Schulter! Mit den Typen ist definitiv nicht zu spaßen. Sie haben Harry erschossen. Mit einer Pumpgun. Möglicherweise sind sie auch hinter dir und Angie her. Vielleicht habt ihr denen genauso auf die Füße getreten wie Harry. Aufpassen!«

Hartmann und Angie wechselten nachdenklich einen Blick. Da konnte was dran sein.

»Nun denn, ich gehe duschen, ich habe ein Date«, flötete Alina, ging Richtung Bad und zog sich im Davonschreiten lasziv das T-Shirt vom Körper, selbstverständlich verbergend, was es vorne zu sehen gegeben hätte.

Hartmann schnappte nach Luft.

Angie leerte die Dose Bier und zog den Stromstecker von Hartmanns Fernseher aus der Buchse. »Du, Hartmann, du bist mir zunächst mal schön weiches, dreilagiges Klopapier schuldig. Über den Rest reden wir, wenn ich ordentlich gekackt habe.«

* * *

Matze Kusch wohnte mit seiner Lebensgefährtin auf der Fleher Straße, hohe Hausnummer, ganz am Ende. Dahinter kamen nur noch Gemüsefelder mit Rotkohl und der Rhein. Matzes Anwesen glich einer Festung. Eine hohe Mauer umschloss das massive Gebäude, zu dem auch ein großer Garten gehörte. Schmale Fenster wirkten wie Schießscharte und waren vermutlich auch welche. Als Chef der größten hiesigen Rockerbande machte man sich nicht bei allen Mitmenschen gleichermaßen beliebt. Da kam es oft auch sehr auf den Blickwinkel an. Auf Hartmanns Klingeln öffnete jedoch der Hausherr zügig und persönlich.

»Hallo, Matze!«

Der Rockerboss trug eine weite, schwarze Jogginghose, ein buntes Tanktop, das keinen Muskelstrang verbergen wollte, und schwarze Sandaletten an den Füßen. Die Klamotten waren verschwitzt, wahrscheinlich kam Kusch gerade aus dem Gym. Misstrauisch warf der Boss der Mambas einen Blick nach links, checkte nach rechts, kniff die Augen zusammen und scannte über die Schultern seiner Gäste hinweg die Umgebung. Seine Pupillen flatterten. Dann musterte er Angie. »Warum schleppst du einen Junkie hier an?«

»Das ist einer meiner Mitarbeiter, mein Sicherheitsexperte.«

»Ich hab meinen eigenen Sicherheitsexperten«, knurrte Kusch, entnahm seinem Hosenbund hinten einen Totschläger und schnackte den schwarzen, eisernen Teleskopstab in die Länge.

Hm, vielleicht kam Matze doch nicht direkt aus dem Gym. Vielleicht hatte er sich Arbeit mit nach Hause genommen und kam gerade aus dem Hobbykeller.

»Lass uns abhauen«, murmelte Angie leise, wahrscheinlich eine gute Idee.

Hartmann nickte ihm beruhigend zu. »Das ist nur seine Art, uns höflich willkommen zu heißen.«

Matze deutete auf einen kleinen, silberfarbenen Alukoffer, den Angie in seiner Rechten hielt. »Was ist da drin?«

»Arbeitsgerät.«

»Mach keinen Scheiß, Alter!«, mahnte Matze misstrauisch.

»Ich hab Neuigkeiten«, lenkte Hartmann sofort ab.

»Kommt rein, durch in den Garten«, brummte Matze und fügte an Angie gerichtet hinzu: »Nichts anfassen!«

Die drei durchquerten ein Wohnzimmer. Der Innendesigner hatte vermutlich jahrelang in einer Spielothek gearbeitet, denn es blinkte, klimperte, jingelte und daddelte an allen Enden und Kannten. Hartmann entdeckte einen Flipperautomaten. *Fire-Power*. Heilige Scheiße, hatte das Kugelgrab ihn Kohle und Lebenszeit gekostet. Diesen Raum kannte Hartmann noch gar nicht. Er war bisher immer nur durch den Hintereingang reingekommen oder über eine Kastanie und über die Steinmauer in den Garten geklettert. Und hatte es bisher nur bis in den Saunabereich geschafft. Anderes Thema.

Sie traten in den Garten. Ein Hund stürmte mit energischen Zwei-Meter-Sprüngen auf Hartmann zu. Das Monster hatte die griffige Größe eines schottischen Doppelponys.

Ozzy!

Ozzy bestand zum größten Teil aus Rottweiler. Der Rest war Tötungswille. Seine Lefzen flatterten, das Fell wallte im Takt. Entweder freute er sich, oder er war hungrig. Manchmal ging beides ineinander über, jedenfalls sprühte Speichel in Fontänen durch den Garten. Das Biest sprang an Hartmann hoch.

Puh, Antonio Rüdiger kam ihm in den Sinn. Nur mühsam hielt Hartmann sich in der Waagerechten.

»Ozzy, aus!«, befahl Frauchen. »Der tut nichts.«

Neben Hartmann schnappte Angie hörbar nach Luft. Matzes Lebensgefährtin hatte im Pool ein paar Runden gedreht und trocknete sich ab. Braun gebrannte Haut glänzte wasserperlend im Licht der gleißenden Nachmittagssonne. Sie trug einen grellgelben Bikini, der ans Jüngste Gericht gemahnte. Ihren Rücken zierte eine schwarze Mamba, das Maul weit aufgerissen, funkelnde Beißer. Die giftgrünen Augen der Schlange blitzten.

»Zieh dir was drüber, Schatz!«, forderte Kusch optische Defensive ein.

Silke zog einen Schmollmund, was hinreißend aussah, und hüllte sich in ein buntes Frotteebadetuch.

Angie atmete aus.

Zu ihren Füßen grinste Ozzy verschlagen.

Hartmann beugte sich hinunter und tätschelte vorsichtig den Rücken des Monsters, darauf achtend, mit der Hand nicht in die Nähe des riesigen Mauls zu kommen. »Bist ein Guter, bist ein Feiner.«

»Er ist sonst nicht so freundlich zu Fremden«, brummte Kusch misstrauisch.

»Er kann ganz gut mit Hunden«, summte Angie.

»Hol uns was zu trinken, Schatz. Was hast du Neues, Hartmann? Ich brenne«, legte Matze los und dirigierte seine beiden Gäste in ein Gartenstuhlensemble aus Rattan, das so im Ganzen betrachtet schon fast ein wenig spießig daherkam.

»Die Breakout befindet sich definitiv noch in Düsseldorf, unzerlegt.«

Matzes Augen funkelten. »Hast du sie?«

»Ich bin dabei zu ermitteln, wo sie ist. Dazu brauche ich allerdings noch ein paar Informationen.«

Ozzy hatte sich zu Hartmanns Füßen gerollt. Kusch blickte argwöhnisch.

»Alle Hunde lieben Hartmann«, murmelte Angie.

»Was für Informationen?«

»Du hast ja das Motorrad an der Tankstelle abgeschlossen …«

»Hab ich dir doch gesagt.«

»Richtig. Ich bin dabei, Videomaterial sichten zu lassen, das genau das bestätigen wird. Es stellt sich allerdings dann die Frage, wie das Motorrad gestartet wurde.«

»Es wurde kurzgeschlossen. Wie sonst? Das geht heutzutage ruckzuck«, behauptete Kusch.

Angie und Ozzy nickten.

Hartmann schnalzte mit der Zunge. »Ich war in der Tankstelle. Mit dem Angestellten habe ich die Situation nachgestellt. Er ist ein pfiffiges Kerlchen.«

»Er ist ein pickliger Teenager.«

»Er interessiert sich für Motorräder, hat da einen Blick für. Ich bin sicher, er hätte mitbekommen, wenn das Motorrad vor seinen Augen kurzgeschlossen worden wäre. So wie ihr gestanden habt, hatte er durch die große Fensterfront der Tanke freie Sicht auf die Harley.«

Silke kehrte zurück und servierte ihnen Drinks. Sie vermied Blickkontakt, wofür Hartmann dankbar war. Schöne, grüne Augen hatte sie nämlich auch noch. Sie hatte das Frotteebadetuch drinnen gelassen und sich ein buntes, modisches Dreieckstuch übergeworfen, das so winzig war, dass es im Grunde gar keinem Zweck dienen konnte.

»Du hast den Originalschlüssel. Wo lagerst du den Ersatzschlüssel?«

»Was soll die Frage?«

»Mein Sicherheitsexperte würde sich die beiden Schlüssel gerne ansehen und untersuchen, ob von den Teilen Nachschlüssel gemacht worden sind.«

»Ich habe keinen gemacht, ich gehe nur hinten drauf«, summte Silke unschuldig in die Runde, lehnte sich in ihrem Sessel zurück und schob sich eine übergroße Sonnenbrille auf die Nase, wie sie Grace Kelly in *Über den Dächern von Nizza* getragen hatte.

»Aus ganz unterschiedlichen Gründen kommt hier keiner aufs Gelände, dem ich nicht absolut vertraue. Schon gar nichts ins Haus. Ich kann ausschließen, dass ein Nachschlüssel gemacht wurde.«

»Soll ich meine Arbeit machen, Matze, oder nicht?«, fragte Hartmann leise.

Kusch murmelte eine Bemerkung, die in der Mehrheit aus verschiedenen Schimpfwörtern bestand, und erhob sich. »Ich hole die Schlüssel.«

»Mein Kollege geht mit. Er möchte sich die Lagerungssituation anschauen und sich einen Gesamteindruck machen.«

Kusch zögerte, blickte Silke an, wollte was sagen, ließ es und winkte Angie hinter sich ins Haus.

Silke blickte den beiden Männern einige lange Augenblicke hinterher und flüsterte. »Wie geht's dir, Hase? Wir haben uns viel zu lange nicht gesehen.«

»Ich hab zurzeit ein paar sehr anspruchsvolle Klienten.«

»Ich weiß, was du meinst. Ozzy freut sich auch, dich zu sehen.«

»Er freut sich ein bisschen zu sehr über einen Fremden.«

Silke schürzte ihre Lippen. »Ich kann machen, dass er dir ins Bein beißt. Soll er?«

Hartmann beugte sich ihr entgegen. Silkes Dreieckstuch rutschte von allein zur Seite, Hartmann ignorierte es. »Wer hat außer dir Zugang zum Ersatzschlüssel?«

»Wieso fragst du das?«

»Prophylaktisch vorab. Wenn der Originalschlüssel nachgemacht wurde, gibt es tausend Gelegenheiten und genauso viele Verdächtige, die das gemacht haben könnten. Wenn aber der Ersatzschlüssel nachgemacht wurde, dann kommen nur die infrage, die Zugriff darauf hatten. Das werden nicht so viele sein und würde uns enorm weiterhelfen.«

»Verstehe.«

Natürlich verstand Silke. Hartmann kannte sie lange genug, um ganz genau zu wissen, dass Matzes Motorrad-Mäuschen kein bisschen so dumm und oberflächlich war, wie sie sich gerne zeigte. Im Gegenteil. Silke hatte ihre Sinne beieinander. Das machte sie für ihn ja auch so interessant. Das und die grünen Augen. Und so weiter.

Anderes Thema!

»Matze legt wirklich Wert darauf, dass hier keiner ein und aus geht. So richtig traut er auch den meisten seiner Bikerkumpels nicht. Irgendwer sägt immer an seinem Stuhl, irgendwem ist er immer blöd auf die Füße getreten. Dann kommen die Bullen mit ihren unseriösen Angeboten, von wegen Kronzeugenregelung und so was. Von seinen Jungs gehen nur Tacho und Krüger regelmäßig hier ein und aus.«

»Ich glaube, ich hab die beiden kennengelernt. Der eine ist ein Quadrat? Der andere hat einen Zopf?«

»Richtig. Krüger ist der dickere.«

Hartmann deutete in die Gartenanlage. »Gibt es einen Gärtner?«

»Das macht Krüger nebenbei.«

»Eine Putzfrau?«

»Ich putze selbst!«

Hartmann lächelte milde. »Silke, bitte!«

Silke lachte. »Du bist unmöglich! Na gut, Krügers Mutter verdient sich zur Rente was dazu. Einmal die Woche, freitagnachmittags.«

»Und was macht Tachos Mutter?«

In Silkes Augen loderte es grün und böse. »Natürlich nichts. Tacho ist Matzes rechte Hand, da geht's immer nur um Berufliches. Ich versuche, so wenig wie möglich mitzukriegen.«

»Die beiden genießen also Matzes Vertrauen.«

»So weit würde ich nicht gehen«, schüttelte Silke ihr Haupt. »Matze vertraut nur sich selbst.«

Wie gesagt, Silke war ein helles Köpfchen. Clever und smart. Mit strahlenden Augen in einem verführerischen Grünton, wie er nur in Irland abgemischt wurde. Hartmann überraschte deshalb auch ihre nächste Frage nicht wirklich.

»Wieso fragst du das nicht Matze direkt? Der kann deine Fragen sicher sogar genauer beantworten.«

Da hatte Hartmann tatsächlich seinen Grund, einen taktischen. »Ich möchte nicht, dass Matze aus meinen Fragen und seinen Antworten Rückschlüsse zieht. Ich möchte den Täter überführen und ihn dann gefühlvoll präsentieren. Ich möchte nicht, dass Matze vorschnell reagiert und den Täter übereilt und final in zwei oder drei Stücke reißt, wenn er vor mir rausfindet, wer der Dieb ist. Deshalb auch von dir, bitte, kein Wort an Matze.«

»Verstehe«, lächelte Silke vielsagend und fügte geheimnisvoll hinzu. »Du bist pissweich, Hartmann!«

Ozzy stupste Hartmann an, er war wahrscheinlich der gleichen Ansicht. Möglicherweise wollte er auch spielen. Oder raufen.

»Ozzy braucht einen Spielkameraden«, flüsterte Silke. »Ich auch dringend mal wieder.«

Weiterführende Gedanken unterbanden die beiden Männer, die just in diesem Moment in den Garten zurückkehrten. Silke raffte geübt zusammen, was verrutscht war, und blickte unschuldig wie die bunte Zuckergusspuppe auf der Geburtstagstorte einer Fünfjährigen.

Matze grunzte.

Ozzy spitzte alarmiert die Ohren.

Angie klopfte sich sacht auf die Brusttasche seines schwarzen Jeanshemdes und schüttelte den Kopf. »Sieht nicht so aus, als ob jemand einen Nachschlüssel gemacht hat. Die Rillen sind total verknastet. Sicherheitshalber lege ich den Schlüssel bei uns im Büro noch mal unters Mikroskop.«

Matze nippte am Glas. »Ihr seid also keinen Schritt weiter.«

Hartmann zuckte gelassen mit den Achseln. »Ein guter Hufschmied hat immer mehrere Eisen im Feuer.«

»Aha. Kannst du mir zum zweiten Hufeisen was sagen, du Klugscheißer? Nicht, dass ich den Eindruck gewinne, du verbrennst nur meine Kohle.«

Weil diese Bemerkung Hartmann ein wenig ansickte, schlossen sich seine Augen von ganz allein, in den Schlitzen blitzte es. »Als du von ein paar Extras gesprochen hast, die du im Motorrad verbaut hast, hast du da Drogen gemeint?«

Kuschs Mund klappte auf. »Drogen?«

»Drogen. Rauschmittel. Illegale Substanzen.«

»Scheiße, Alter, nein«, erboste sich Kusch und sprang auf. »Wie kommst du auf so ein beknacktes Brett?«

»Ich habe sehr gute Gründe, genau diese Frage zu stellen, Matze. Belassen wir es dabei. Und?«

Matze schnaubte. »Alter, ich bin der verfickt Allererste, den die Bullen kontrollieren, wenn ich mit meinem Hobel unterwegs bin. Da verbaue ich mir doch keine Drogen ins Motorrad oder fahre das Zeug spazieren. Ich muss jederzeit mit einer Kontrolle rechnen.«

Hartmann nickte Angie zu, sie erhoben sich. »Wir sind für heute hier fertig, Matze.«

Beim Rockerboss schienen ein paar Groschen gefallen zu sein. Er fasste Hartmann an den Oberarm. Zu ihren Füßen wurde Ozzy unruhig. Silke straffte im Rattansessel ihren Körper.

»Seh ich das richtig? Du deutest an, dass mir jemand das Motorrad geklaut hat, um mir dann Drogen unterschieben zu können?«

Hartmann blickte ihm fest in die Augen. »Du hast einen Detektiv engagiert, und ich liefere dir Ergebnisse. Ich deute nichts an, und ich meine nichts. Bei dieser Drogenvariante klingelt nichts bei dir?«

Matze pumpte geräuschvoll einige Liter Luft in seinen Brustkorb, das bunte Tanktop spannte vorne. »Da klingelt nichts bei mir, keine Ahnung. Aber wenn da was dran ist, dann wird es ganz heftig klingeln, das verspreche ich dir!«

»Halt die Füße still, lass mich machen, ich weiß, was ich tue.«

Matze kniff die Augen zusammen und sagte leise: »Ja, das sieht beinahe so aus.«

Eine Minute später atmete Angie auf der Fleher Straße erleichtert aus. »Puh, Hartmann, eine tolle Hütte, eine verdammt tolle Frau, aber das war keine Wohlfühlzone.«

Sie schlugen den Weg zurück Richtung Bushaltestelle ein. Hartmann fand, dass es wirklich Zeit wurde, seinen Führerschein zurückzubekommen.

Die ersten Meter hingen beide ihren Gedanken nach. Dann fragte Hartmann: »Und jetzt in echt?«

Angie schwenkte sein Aluköfferchen. »Klebereste am Schlüsselbart, Anhaftungen. Ich bin sicher, dass vor Kurzem vom Ersatzschlüssel ein Abdruck gemacht worden ist.«

Hartmann stellte zufrieden fest, dass sich gerade gleich mehrere Hufeisen neu ins Feuer gelegt hatten.

* * *

»Bis später!«, verabschiedete sich Angie und stieg die Stufen weiter hoch.

Hartmann blickte ihm hinterher. Das war noch ein wenig ungewohnt, also Angie in der Wohnung über sich zu wissen, in Heidis Wohnung. Hoffentlich ging das gut. Er freute sich auf ein paar entspannende Minuten auf der Couch, die Füße hochgelegt, eine frische Cola am Hals und auf ein bisschen freundliche und unverfängliche Gesellschaft, jenseits grünäugiger Minenfelder.

»Alina?«

Keine Antwort. Okay, kurz vor acht, sagte die Uhr. Alina war sicher schon unterwegs zur Tankstelle am Südring. Machste nix. Das rot leuchtende Blinklicht an der Telefonanlage verriet ihm, dass jemand in seiner Abwesenheit angerufen hatte. Hartmann schnappte sich eine eiskalte Flasche aus dem Kühlschrank, leerte sie zur Hälfte und drückte den Knopf für die Ansage.

Rachids Stimme, angespannt. »Hartmann, Alter, warum hetzt du mir die Bullen auf den Hals? Erklär mir das! Wallah, beweg sofort deinen Arsch hier rüber!«

Hartmann leerte den Rest der Flasche. Stimmt, er hatte Granny vorhin die Halteradresse des verschwundenen, weißen Sprinters in den Schreibblock diktiert, damit dieser Rachid über die Lage informieren und dazu befragen konnte. Das wäre auch irgendwie für ihn angezeigt gewesen, so persönlich. Aber man konnte auch nicht immer alles richtig machen.

Servus, Couch, bis später dann!

Stufen runter, raus aus'm Haus, das kurze Stück zur Ellerstraße würde er laufen. Inzwischen dunkelte es, es war angenehm kühl geworden. Die Strecke würde er nutzen, über das ein und das andere Detail des Falles nachzudenken.

Und dann wusste er nicht, was ihn alarmiert hatte. Da folgte ihm jemand, kam näher, hatte ihn fast erreicht. Hartmann spannte seinen Körper an, fuhr blitzschnell herum, die Fäuste geballt nach oben gerissen.

»Hey!«, maulte Regenrinnen-Rita und fuhr zurück. »Was ist denn mit dir los?«

Hartmann fuhr die Schutzschilde runter, denn er erkannte seine beste Freundin, die einzige Prostituierte Düsseldorfs über zwei Meter. Sie trug ihre langen, blonden Haare offen, ein Top in grellhellem Orange, eine Blue Jeans, die aus Löchern bestand und oben rum durch einen breiten, gelben Gürtel mit silberfarbenen Nieten zusammengehalten wurde. Mit anderen Worten, sie sah erstens super aus und war zweitens im Dienst.

»Hallo, Rita, ich bin ein bisschen nervös.«

»Das musst du ablegen, Chrissie-Baby. Nervöse Männer sind unsexy.«

»Ich hab so einen dummen Fall«, murmelte Hartmann. Er wippte sich auf die Zehenspitzen, denn der Blickwinkel so von unten nach oben war immer wieder sehr ungewohnt, zumal er es selbst ja auf stattliche 1,86 brachte.

»Dummer Fall? Das passt allerdings«, bemerkte Regenrinnen-Rita mit süffisantem Unterton.

Hartmann runzelte die Stirn. »Was passt allerdings?«

»Dein dummer Fall zu meinen Beobachtungen. Ich halte ja immer ein bisschen die Augen auf. Da haben sich heute zwei Männer sehr intensiv für deine Klingelleiste interessiert.«

»Bestimmt meine? Vielleicht wollten sie zu Nicole und Petra.«

»Die sahen nicht aus wie Kunden. Die hatten so einen sehr breitbeinigen Gang, aus'm Hohlkreuz raus, die Hüfte dreht sich bei jedem Schritt mit, wie professionelle Schläger daherschreiten. Kurzhaarschnitte, Arme abgewinkelt, Hals gerade, Kopf hoch. Hast du bei jemanden Schulden?«

»Nichts Ernstes.« Brandgesicht fiel ihm ein. »Hast du die Gesichter gesehen?«

»Zu weit weg. Ich kam nicht nah an sie ran.«

»Sind die mit einem Fahrzeug vorgefahren?«

»Nein.«

»Schade.«

Regenrinnen-Rita grinste schelmisch. »Aber ich bin den beiden natürlich nachgegangen. In der Graf-Adolf-Straße sind sie in einen schwarzen Audi gestiegen.«

»Hast du dir das Kennzeichen merken können?«

Rita seufzte. »Es ist ein Kreuz mit dem Alter. Vor 'nem Jahr wäre das kein Problem gewesen, aber jetzt? Sorry, keine Chance. Ich brauche dringend eine Brille. Meinst du, eine Brille macht mich alt?«

Hartmann hätte am liebsten die Augen verdreht. »Nee, das Leben macht uns alt. Die Brille macht, dass wir wieder gut sehen können.«

Regenrinnen-Rita umarmte ihn lachend. Das sah bestimmt komisch aus, so von oben runter, und ihr Lachen klang aus der Höhe immer ein wenig schallend.

Und wiehernd. Einige späte Pendler drehten erschreckt die Köpfe nach ihnen um.

»Pass bitte auf dich auf, Chrissie-Baby«, wurde seine Freundin wieder ernst. »Die waren nicht witzig. Nicht wirklich gut, nicht das Übliche, nichts von der Stange, wenn du weißt, was ich meine.«

Ein vorbeirollender Kombi hupte sacht. Hartmann erkannte einen Kindersitz auf dem Rücksitz.

»Kundschaft«, flötete Rita. »Ich muss wieder.«

Regenrinnen-Rita hauchte Hartmann blitzschnell einen feuchten Kuss oben auf die Stirn und, schwupps, folgte sie mit großen Schritten dem Kombi um die Ecke.

Hm, Hartmann grübelte sich durch die Harkortstraße. Links die neuen Hotels, rechts die Notschlafstelle. Zwei Schlägertypen und ein schwarzer Audi? Sollte Brandgesicht sich gezeigt haben? Mit seinem Besuch war zu rechnen gewesen. Wenn ja, hatte Brandgesicht offensichtlich ermittelt, wo er wohnte. Okay, auch damit hatte er im Grunde gerechnet.

Richtig weitergekommen war er mit seiner Grübelei nicht, als er kurz darauf Rachids Laden erreichte. Hier hatten Tacho und Krüger ihn in Matzes Zuhälterkiste mit den getönten Scheiben genötigt, hier hatte der ganze Mist angefangen. Am Morgen des Vortags war das gewesen, noch stocherte er halbblind im Nebel herum ...

»Hallo, Rachid ... Hey?«

Kaum den Laden betreten, zerrte ihn der marokkanische Chef mit festem Griff am Oberarm nach hinten durch in einen kleinen Lagerraum. Rachids wilde, vom Kopf stehende, schwarze Haare schlugen bedrohlich in alle Richtungen.

»Kumpel, cool bleiben!«

Rachid drückte ihn mit dem Rücken gegen die Wand zum Kühlhaus, seine dunklen, braunen Augen rollten wie bei einem Derwisch. »Nix cool bleiben, du Hurensohn. Warum erzählen die Bullen mir was von einem Diebstahl«

»Ich hab dir ...«

»Was ist passiert? Wieso stellen die mir bekloppte Fragen?«

Hartmann zupfte sich die Jacke gerade. »Tut mir leid, dass du erst von der Polizei erfährst, dass der Sprinter weg ist. Ich hätte dich direkt informieren sollen. Das, äh, das ist mir natürlich total unangenehm, aber in der Nacht, in der ich den Sprinter geliehen habe, also, da hat man mir tatsächlich deinen Wagen gestohlen.«

Der Marokkaner blickte ihn ausdruckslos an.

Hartmann schluckte. »Ich hab den Wagen kurz im Liefeld abgestellt, bin in eine Garage, und da wurde der Wagen geklaut. Später hat es einen Toten gegeben.«

»Einen Toten?«, knurrte Rachid.

»Der Vermieter dieser Garage ist erschossen worden. Die Bullen kamen zu mir, und denen musste ich das mit deinem Sprinter natürlich erzählen.«

Rachid beugte sich zu ihm rüber. »Bist du besoffen?«

»Was? Nein.«

»Was hab ich dir getan? Warum erzählst du so einen Mist, Bruder?«

»Das ist kein Mist. Der Wagen ist weg, das tut mir leid.«

Rachid fasste Hartmann erneut an den Oberarm, zog ihn hinter sich her zurück in den Laden und durch einen zweiten Ausgang auf die Linienstraße. Stumm deutete er mit heftiger Geste vor sich auf die Sperrfläche.

Hartmann schnappte nach Luft. Da stand ...

»Der Sprinter.«

»Natürlich steht da der Sprinter. Schon seit dem Vormittag. Wie abgemacht auf der Sperrfläche. Wallah, was erzählst du den Bullen für eine Scheiße?«

Hartmann fuhr sich durchs Haar und versuchte hastig, ein paar Informationen in den richtigen Zusammenhang zu ordnen. Der weiße Sprinter war wieder da.

Er trat hinten ans Fahrzeug, öffnete die Tür zur Ladefläche und blickte hinein. »Leer.«

»Natürlich ist der Wagen leer. Hab dir doch gesagt, dass ich morgen früh die Kinder zur Schule fahre.«

»Rachid, ich schwöre, der Wagen ist mir im Liefeld gestohlen worden. Und der, der ihn gestohlen hat, muss ihn hier wieder abgestellt haben, das war ich nicht.«

Rachid zog unwillig die buschigen Augenbrauen zusammen. »Komische Geschichte, Bruder. Wieso klaut dir jemand den Wagen und stellt ihn hier ab? Wieso hast du gerade reingeguckt? Wallah, ich erkenne Scheiße, wenn ich sie rieche. Vermisst du etwas? Die Ledercouch oder die Stühle?«

Etwas ... hätte Hartmann bejahen können. Es fehlte allerdings keine Ledercouch, sondern Matzes Harley. Samt Metallrampe. Und vermutlich samt Drogeneinlage.

Kleine Notlüge. »Ich hab eher befürchtet, dass jemand etwas reingelegt hat, um mir was anzuhängen. Rachid, ich frag mich genauso, was das soll. Ich bin echt davon ausgegangen, dass der Sprinter weg ist, und das habe ich natürlich bei der Polizei erzählt, damit die nach der Kiste suchen.«

Rachid überlegte, wägte ab.

Hartmann strich eine vorwitzige Strähne hinters Ohr. »Vielleicht hat wirklich jemand nur irgendeinen Sprinter gebraucht, um etwas zu transportieren. Und deiner stand dann da im Liefeld rum. Was weiß denn ich? Auf der Seite stehen dein Name und die Adresse vom Laden. Er wollte den Wagen nicht klauen, sondern nur nutzen, und hat ihn danach bei dir vorm Laden abgestellt.«

»Ausgerechnet auf die Sperrfläche?«, blieb Rachid misstrauisch. »Von meiner Sondergenehmigung weiß doch keiner!«

»Zufall?«, schlug Hartmann vor.

»Die Bullen haben den Wagen mit irgendwelchem Zeug eingepinselt, Faserspuren und so was. Alter, was hast du mit der Kiste gemacht? Es wurde jemand erschossen? Deine Geschichte stinkt! Muss ich noch irgendetwas wissen?«

»Mehr kann ich dir auch nicht sagen. Ich steh hier selbst vor einem Rätsel«, knirschte Hartmann. »Darf ich auch mal kurz in die Ladefläche rein, vielleicht fällt mir ja irgendwas auf?«

Rachid nickte zum Sprinter. »Is offen.«

Hartmann kletterte ins Fahrzeug. Die Spurensicherer der Cops waren Fachleute und hatten sicher mit dem feinen Staubsauger und der großen Lupe alles gecheckt. Fingerabdrücke, DNA-Spuren, die Karosserie auf Hohlräume abgeklopft. Definitiv hätten sie Drogen gefunden, so denn welche im Sprinter verbaut gewesen wären. Ein entsprechendes Versteck hätten sie ohne

Zweifel entdeckt. Aber vielleicht hatten sie einen anderen, nicht augenscheinlichen Hinweis nicht erkannt, eine Spur nicht als solche deuten können. Hartmann wollte zum Verrecken wissen, wer den Sprinter geklaut und wieder hier abgestellt hatte. Von Rachid misstrauisch beobachtet, untersuchte er sorgfältig jeden Winkel. Er nahm sich Zeit, fuhr mit den Fingerspitzen prüfend übers Blech.

Nichts. Er verließ das Fahrzeug und schloss die Heckklappe. Einen Versuch war es wert gewesen.

»Ich will keinen Ärger«, nölte Rachid.

»Du kriegst keinen Ärger!«

»Alter, wenn …«

»Du kriegst keinen Ärger, versprochen!«, sagte Hartmann eindringlich.

»Wallah, ich habe eine fast saubere Weste, ich will keinen Stress mit den Bullen. Du solltest dein Gemüse bei jemand anderem kaufen. Ich hab auf kleinkriminelle Scheiße keinen Bock«, schniefte Rachid, machte auf den Hacken kehrt und ließ Hartmann allein auf der Straße stehen.

Hartmann schaute ihm hinterher, nachdenklich. Dann blickte er auf den Sprinter, den jemand nicht nur zurückgebracht hatte, sondern den jemand tatsächlich exakt dort geparkt hatte, wo Rachid ihm aufgetragen hatte, den Sprinter abzustellen.

Es hatte sich merklich abgekühlt, die Sonne wollte einfach noch nicht ihren Job tun und in die Pötte kommen. Er schlug den Kragen seiner Jacke hoch. Sich durch ein paar Fakten arbeitend, machte Hartmann sich auf den Heimweg.

Noch bevor er sein Zuhause erreichte, hatte er beim Gedankenscrollen mehrere gemeine Unbekannte ausgemacht. So viele Kleinigkeiten, so viele unauffällige Nebensächlichkeiten waren so leicht zu übersehen und doch so entscheidend. Fragezeichen über Fragezeichen. Das eine kam zum anderen. Wie bei einem gigantischen Puzzle für Fortgeschrittene hing alles irgendwie zusammen.

»Nichts ist hier auch nur ansatzweise Zufall«, murmelte er halblaut vor sich hin.

Und Rachid hatte recht. Die Geschichte stank.

* * *

»Ich bin zurück! Bist du noch wach?«

Hartmann fuhr erschreckt zusammen. Er war auf der Couch eingenickt und hatte Alina nicht kommen gehört. Mühsam rappelte er sich halbwegs in die Schräge und wischte ein peinliches Schlaffädchen aus dem Mundwinkel. »Äh, ja sicher.«

»Guuuuut«, sagte Alina gedehnt, warf ihre rote Sommerjacke über den Stuhl, beugte sich über Hartmanns Computer und fuhr ihn ratternd hoch. Mit flinken Fingern bearbeitete sie die Tastatur, drückte zwei Warnhinweise weg und öffnete eine Maske.

Oha, dachte Hartmann, denn Alinas knackiger Hintern steckte in einem eng sitzenden, schwarzen Lederrock, der ihm mit hohem Aufforderungscharakter verführerisch direkt vor die Nase geparkt wurde. Hartmann verwarf den verlockenden Gedanken an einen Zugriff bei günstiger Gelegenheit.

Nun ja, auf jeden Fall war er sofort hellwach.

Eilig schob er sich neben Alina, deren Finger behände über die Tastatur rasten. Von ganz alleine hatte sich ihre Zungenspitze zwischen die Lippen geschoben, was ganz schön sexy aussah.

»Bist du klargekommen?«, fragte Hartmann neugierig und um sich zu bremsen. »Ich fand den jungen Mann ein wenig sperrig.«

Sie schüttelte den Kopf. »Du hast ganz gut vorgearbeitet, er hatte mit mir gerechnet. Ich habe ihn mit meinen beiden rumänischen Kolleginnen bekannt gemacht, dann lief's ganz gut.«

»Rumänische Kolleginnen?«

Alina griff sich kurz unter die Brüste. »Liana und Marina.«

Hartmann verschlug es mal wieder die Sprache. Sich bremsen hatte nicht geklappt ...

Alina startete das Video von der Tankstelle. »Jetzt konzentrier dich und pass auf!«

Der Streifen musste mit der Überwachungskamera aufgenommen worden sein, die Hartmann bei seinem Besuch unter dem Vordach der Tankstelle entdeckt hatte. Die Auflösung war nicht gerade HD+, aber vollkommen ausreichend, um alles Wesentliche gut zu erkennen.

Matze Kusch fuhr mit seiner Maschine aufs Gelände und stoppte an einer der Tanksäulen. Säule fünf. Er kickte zackig den Motorradständer raus, stieg aus dem Sattel und stellte die Breakout ab. Lenker nach links eingeschlagen, Schlüssel abgezogen. Tankdeckel abgeschraubt. An die Säule. Schnorchel raus, Schnorchel rein in den Tank, Benzin marsch.

Matze reckte und streckte sich, lehnte sich an die Zapfe. Fertig.

Alina deutete auf den Monitor. »Siehst du? Da steckt kein Schlüssel im Schloss!«

»Jepp.«

Schnorchel zurück in die Aufhängung und Tankdeckel aufgeschraubt. Jetzt marschierte Kusch, den Helm in der Hand, mit wiegendem Schritt Richtung Tankstelleneingang.

»Geht gleich weiter«, flüsterte Alina.

Hartmann schnüffelte. »Du hast ein neues Parfüm?«

»*So Scandal!* von Gaultier. Konzentrier dich! Jetzt!«

Ein Mann schritt eilig von unten kommend in den Bildausschnitt und ans Motorrad. Er trug eine weite, weiße Motorradjacke mit mehreren Aufnähern. Sein Gesicht verdeckte ein schwarzer Motorradhelm. Er schwang sich auf den Sitz, kickte den Motorradständer hoch und …

»Da!«

Und schob einen Schlüssel ins Schloss. Starten und Losfahren war eins. Energisch warf er die Maschine nach rechts Richtung Südring, voll am Gas, beeindruckende Schräglage. Der Typ wusste, wie man die mattschwarze Bestie behandeln musste.

»Hammer!«

Sekundenbruchteile darauf taumelte Kusch von rechts aus dem Tankstellengebäude kommend ins Bild, wild mit beiden Armen rudernd. Drei, vier Schritte rannte er seinem Motorrad hilflos hinterher, dann zog er ein Handy aus seiner Jacke und riss es ans Ohr.

»Das war ein Diebstahl, klassisch«, kommentierte Alina.

»Okay«, sagte Hartmann. »Jetzt wissen wir definitiv, dass die Karre nicht kurzgeschlossen werden musste, weil der Dieb einen Schlüssel hatte.«

»Mehr aber leider nicht. Ich habe auch die Stunden vor der Tat gesichtet, in der Hoffnung, den Kerl mit seiner auffälligen, weißen Jacke ohne Helm erkennen zu können, vielleicht beim Ausbaldowern, aber Fehlanzeige, der kam tatsächlich aus dem Nichts und war auf keiner Aufnahme der anderen Kameras zu sehen.«

Auf dem Monitor verstaute Matze Kusch sein Handy wieder in der Jacke, ohne telefoniert zu haben.

»Hier hat er sich entschieden, keine Polizei hinzuzuziehen«, kombinierte Hartmann. Stattdessen verschwand der Rockerboss wieder im Tankstellengebäude.

Alina stoppte das Video. »Mehr habe ich nicht.«

»Das ist doch toll, das hast du super gemacht«, lobte Hartmann. »Wir haben den genauen Tathergang und eine Beschreibung des Täters. Es ist auch nicht verkehrt, die Gewissheit zu haben, dass Matze Kusch mir keinen Scheiß erzählt hat. Aus welchen Gründen auch immer. Es gibt an der Tankstelle noch mehr Kameras, sagtest du?«

»In der Tankstelle selbst gibt es noch eine Kamera über der Kasse, eine weitere nimmt den rückwärtigen Bereich auf, da, wo die Parkplätze sind und die Tankwagen anfahren.«

»Hm, irgendwo muss der Dieb allerdings hergekommen sein«, stellte Hartmann fest. »Er hat da sicher nicht ewig in seinen Motorradklamotten rumgestanden und auf Matze Kusch gewartet. Zu Fuß gelaufen ist er nicht. Ein Motorrad, das vielleicht ihm gehört haben könnte, ist dort nicht zurückgeblieben. Ist er mit dem Auto angereist? Oder mit der Bahn?«

»In Motorradklamotten?«, fragte Alina skeptisch.

»Motorradklamotten ist ein gutes Stichwort. Die weiße Lederjacke sieht neu aus. Spul bitte noch mal zurück.«

Alina drückte einige Tasten, auf dem Bildschirm fuhr die Aufnahme schlierige Streifen ziehend zurück.

Hartmann hatte sich halb über Alinas Schulter gelehnt. »Das neue Parfüm gefällt mir wirklich.«

»Das finde ich gut. Merk dir Namen und Marke, das Zeug ist gut, aber schweineteuer. Hier!«

Hartmann schaffte es, sich auf das Outfit des Motorradfahrers zu konzentrieren. Hm, schwer zu sagen. Die weiße Lederjacke saß zweifellos ein wenig sperrig am Körper. Genau wie flatschneue Lederjacken es eben taten, wenn das Leder noch nicht so richtig geschmeidig war. Die Jacke wirkte zwar ein wenig zu weit, ließ aber ansonsten keine konkreten Rückschlüsse auf die Körperkonturen ihres Trägers zu. Das konnte Absicht sein.

»Schwer zu sagen, aber abgewetzt ist die Jacke nicht. Bei guter Pflege halten die Klamotten sich lange in einem Top-Zustand. Ich finde aber, dass sie dann ein wenig schmiegsamer fallen. Der Pickelige in der Tankstelle hat gesagt ...«

»Er heißt Adrian. Adrian Radu«, korrigierte Alina.

»Er hat gesagt, dass die Lederjacke von Helston ist.«

»Die Marke sagt mir nichts.«

»Mir auch nicht«, flüsterte Hartmann, nicht ganz überblickend, ob die Marke der Lederjacke wirklich relevant war.

Alina klatschte zufrieden und voller Tatendrang in die Hände. »Was ist? Wir haben gut gearbeitet, gehen wir noch auf eine Abschlussrunde über die Kirmes?«

»Äh ...«

»Sei jetzt nicht langweilig«, forderte Alina.

»Ich bin nicht langweilig, sondern müde. Ein anderes Mal.«

Alina grabschte mit den Schultern zuckend ihre rote Sommerjacke vom Stuhl. »Dann gehe ich allein. Ich möchte Liana und Marina heute noch jemandem vorstellen.«

»Alina, sei nicht bockig!«

Sie schlüpfte in die Jacke, ging Richtung Flur, stoppte und drehte sich langsam um, eine Hand legte sie flach auf den Türrahmen. Sie sah Hartmann fest in die Augen. Lange, nachdenklich, fast traurig. Mit einem Blick, den man hat, wenn man zu einer Entscheidung gekommen ist. »Ich bin nicht bockig. Wir schaffen es nicht mal gemeinsam auf die Kirmes. Ich glaube, wenn ich nicht irgendwann die Initiative übernehme, landen wir beide auch nie zusammen im Bett.« Sagte sie, drehte sich um, verließ die Wohnung und gab Hartmann Zeit, genau darüber ein bisschen nachzudenken.

3. Tag

Hartmann fuhr zusammen. Verdammt, er war eingenickt. Schon wieder. Sein Schlafkonto war knietief im Dispo, Lord Morpheus ein hartnäckiger Geselle. Erst mal sammeln. Wo war er hier überhaupt. Hartmann wischte sich durch die Augen und blinzelte. Rauputz? Marmorstufen? Klar, er saß vor seiner Wohnungstür im Treppenhaus. Im Dunklen, natürlich, denn eine Zeituhr klackte die Beleuchtung alle paar Sekunden wieder aus, wurde man blöd von. Er saß hier, weil er auf …
Schritte!
Auf dem Absatz direkt unter ihm. Die hatten ihn gerade geweckt, die Schritte. Ein grober Fehler! Eilig zog Hartmann sich am Geländer in die Höhe. Ein großer, schwarzer Schatten schoss geräuschlos um die Ecke. Eine linke Hand umfasste sein rechtes Handgelenk, riss den Arm nach oben. Gleichzeitig bohrte sich der spitze Ellbogen eines rechten Arms seitlich von rechts in seinen Brustkorb.
Hartmann japste luftlos.
Eine von rechts getretene Außensichel säbelte ihn ansatzlos von den Füßen, schleuderte ihn als kraftlose Körpermasse in die Waagerechte. Wehren konnte er sich in keiner der Sekundenbruchteile, die diese Attacke gedauert hatte. Schlagartig wurde ihm klar, dass sein Hinterkopf mit Karacho auf eine der marmornen Stufenkanten krachen und dort aufplatzen würde. Im gleichen Moment löste sich die riesige Hand vom

Handgelenk und krallte sich vorne in sein Sweatshirt, das wehleidig aufstöhnte, ihn aber wie Gummi in der Schwebe bremste.

»Mensch, Hartmann«, knurrte Jonny und wuchtete ihn schwungvoll in den Stand. »Was macht du denn hier?«

Hartmann hatte endlich Zeit zu atmen, sein Brustkorb schmerzte. »Kerl, ich warte auf dich.«

»Im Dunkeln?«

»Ich lese ja keine Zeitung. Ich hab gedöst. Und wieso schleichst du ohne Licht durchs Treppenhaus.«

Jonny strich Hartmann das Sweatshirt glatt. »Das Treppensteigen ist der erste Teil meiner Einschlafphase.«

Hartmann verdrehte die Augen, selbst dabei schmerzte der Brustkorb. Er hätte es wissen müssen. Sein Taxi fahrender und Medizin studierender Nachbar von unterm Dach hatte bis vor einigen Jahren für den ghanaischen Geheimdienst gearbeitet. Aus dieser Funktion resultierten einige offene Rechnungen. Jonny hatte ein paar lebenserhaltene Routinen in seinen Alltag eingebaut, die durchaus schmerzhafte Nebenwirkungen entfalten konnten. In unbeleuchteten Treppenhäusern herumstehende Menschen die Rippen zu brechen, war augenscheinlich eine davon.

»Und wieso wartest du auf mich?«

»Ich wollte dich abfangen. Hast du eine Minute?«

Jonny knurrte. »Mit exakt dieser Frage fingen in unserer gemeinsamen Vergangenheit schon erhebliche Probleme an. Ich bin müde.«

Hartmann hatte seine Wohnungstür bereits aufgeschlossen, die Tür aufgestoßen und nickte Jonny rein in den Flur. Beim Nicken überkam ihn schmerzerfüllt die Sorge, dass ihm der Schädel vom Rumpf fallen könnte.

»Fass dich kurz, das war eine Scheißnacht. Ich musste einen Reifen wechseln, ein ganz kultivierter Herr aus Oberkassel hat mir in den Wagen gekotzt, ausnahmslos alle wollten einen Festpreis wissen, und jeder hat nach der Fahrt eine kürzere Strecke gekannt.«

»Okay, krieg ich hin«, sagte Hartmann. Er ließ sich ächzend an den Schreibtisch sinken. Mit einem schlichten blauen Fleck war Jonnys Attacke nicht gegessen. »Wie viele Taxifahrer sind vormittags im Dienst?«

»Einige Hundert.«

»Ich habe mir die Situation im Liefeld noch mal vors Auge geführt. Als Angie und ich dort mit Rachids Sprinter ankamen, stand am rechten Fahrbahnrand ein VW 1600. Ein Variant, Typ 3, hab ich gegoogelt. Vorne eine flache Kofferraumhaube, hinten Steilheck mit Klappe, helles Himmelblau mit Dachgepäckträger. Das Ding ist von Anfang der Siebziger, ein feines Teil.«

»Nennst du das kurz?«, meckerte Jonny.

»Angie und ich sind dann zu Fuß weg und haben uns in einer Strauchreihe abgelegt. Plötzlich knattert der Variant voll Speed um die Ecke. Das heißt, der Variant war die Karre der Gangster.«

Jonny verzog skeptisch sein Gesicht. »Modelle aus den Siebzigern werden in Gangsterkreisen eher selten genommen.«

»Da gebe ich dir recht. War aber so. Der Wagen hatte ein Kennzeichen, ich hab nur nicht abgelesen, welches. Ich würde ihn mir gerne ansehen, um zu gucken, auf wen die Karre zugelassen ist. Ich möchte, dass du deine Taxikollegen bittest, heute während der Schicht die Augen offen zu halten. Das ist ein markantes Fahrzeug, auch wegen der Farbe. Und zu erkennen am Dachgepäckträger, die Dinger waren damals selten.«

»Hm.«

Hartmann zog mit schmerzerfülltem Gesicht ein gefaltetes Papier aus der Jeanshose und reichte es seinem Nachbarn. »Ich hab ein Foto ausgedruckt. So sieht die Kiste aus, nur mit Dachgepäckträger. Mann, tun die Rippen weh!«

»Wird gleich besser«, brummte Jonny und faltete den Ausdruck auseinander. »Gutes Auto. Gibt's bei uns in Ghana noch reihenweise welche von.«

»Ich brauche aber genau dieses.«

»Ist klar. Du überschätzt allerdings die Solidarität unter Taxifahrern. Die meisten wird es einen Scheiß kümmern, ob ich ein Auto suche.«

Hartmann lächelte. Wegen Brustkorb: vorsichtig. Aber verschlagen. »Ich kann mir vorstellen, dass eine Belohnung von 500 Euro sehr motivierend wirkt.«

Jonny hob eine Augenbraue. Nein, hob er nicht. In seinem Gesicht tat sich nichts. Aber fast hätte sie gezuckt, die Braue. »Das könnte in der Tat funktionieren.«

»Erzähl, dass es sich um ein Liebhaberstück handelt. Sag ruhig, dass diese Kiste mal das Originalauto aus einer coolen Krimiserie in den Siebzigern war. Die alte Schüssel zu finden, ist einem Sammler 500 Euro Belohnung wert. Cash.«

Jonny nickte. »Das könnte schon eher klappen.«

»Wenn sich jemand meldet, erreichst du mich jederzeit auf dem Handy.«

Jonny verzog auch jetzt keine Miene, als er trocken bemerkte: »Genau, das mit dem Handy und dich erreichen, das hat auch noch nie funktioniert. Du hörst von mir.«

* * *

Der Fall war komplex, vielschichtig, sehr emotional, voller Fragen und Probleme. Und nicht ohne gefährliche Thermik. Er ging Hartmann zunehmend auf den Sack. Es galt, noch mehrere Knoten zu lösen. Hartmann entschied, zumindest einen von ihnen mit scharf-filigranem Schnitt zu durchtrennen, um Übersicht in die Story zu bringen und sie entschlossen voranzutreiben.

Vielleicht auch, um einfach mal was kaputtzumachen.

Schon am sehr, sehr frühen Morgen, eigentlich noch tief nachts, reckte und streckte sich der Düsseldorfer Großmarkt aus dem Schlaf. Die rund fünfzig Händler und ihre Kunden handelten, schlugen um, kauften, verkauften und feilschten an der Ulmenstraße, als gäbe es kein Morgen. Auf über 100.000 Quadratmetern galten eigene Regeln und spielten Festpreise keine Rolle. Das bunte Treiben wirkte für Außenstehende möglicherweise unübersichtlich, funktionierte allerdings seit über achtzig Jahren nahezu reibungslos. Jetzt, um kurz nach sechs, waren die meisten Geschäfte bereits gemacht. Die kleine Kebabbude, in der es den besten Tee diesseits des Ärmelkanals gab, befand sich ziemlich genau im Zentrum des Geländes.

Valid stand an einem Stehtisch und nuckelte an einem Tee. Ein zur Kugel geformter Aluminiumklumpen bedeutete, dass Valid mit dem Frühstücken schon fertig und Rachids weißer Sprinter bereits bepackt war. Hartmann stellte sich direkt neben ihn an den Tisch.

Valid musste zu Hartmann hochschauen und zuckte überrascht zusammen. »Was machst du denn hier?«

»Ich dachte, ich gönne mir einen guten Tee. Und plaudere mit dem besten Freund meines Gemüse- und Obsthändlers.«

Der kleine Libanese schüttelte ärgerlich seinen Kopf. »Keine Ahnung, was das jetzt werden soll. Ich muss auch los.«

»Gar nichts musst du! Aber zuhören solltest du mir«, zischte Hartmann, winkte rüber zum Tresen. »Mir bitte einen Tee.«

»Bist du betrunken, Alter?«, fragte Valid mit deutlichem Unbehagen in der Stimme. Gleichwohl pumpten seine Oberarme. Vorsicht, sollte das heißen!

»Nee, ich bin sogar ziemlich nüchtern«, antwortete Hartmann. »So nüchtern, dass ich sogar Motorrad fahren könnte. Aber halt, das geht ja nicht. Ich hab ja gar kein Motorrad. Weil du mir mein Motorrad gestohlen hast.«

Valid wechselte die Gesichtsfarbe in ein gräuliches Weiß.

»Wieso hast du das gemacht, Valid?«

»Du bist vollkommen durchgeknallt, Alter. Ich hab keine Ahnung, was du da faselst, Mann. Ich geh jetzt, komm klar!«

Hartmann hob die Schultern. »Wenn du jetzt gehst, werde ich unser Eigentumsproblem mit Rachid durchsprechen. Nur hier und jetzt hast du die Gelegenheit, dass unser kleines Problemchen unter uns bleibt. Das sollte in deinem Sinne sein, denn wir wissen beide, wie emotional unser marokkanischer Freund werden kann, wenn er merkt, dass er verarscht wird.«

»Fick dich, Hartmann!«, zischte Valid.

Der Mann am Dönerballen blickte zu ihnen rüber. »Alles klar bei euch?«

Hartmann winkte ein Okay. Und drehte sich wieder zum Libanesen. »Ich hab nur ein paar Fragen, Valid. Ich bin nicht derjenige, dessen Kauleiste kurz vorm Zerbröseln steht.«

Ohne jeden weiteren Kommentar wischte Valid die Autoschlüssel vom Tisch und verließ wortlos die Kebabbude.

Okay, dachte Hartmann, hätte besser laufen können.

»Der Tee is fertig«, rief der Mann vom Tresen.

Hartmann ging rüber, zahlte sofort und kehrte an seinen Stehtisch zurück. Der türkische Tee im tulpenförmigen Glas mit Goldrand dampfte und war heiß wie die Hölle. Schwarz, stark und natürlich ohne Milch, herrlich. Hartmann pustete ins Getränk und begann damit, seinen Plan B in einen zeitlichen Rahmen zu quetschen. Was aber nicht nötig schien, denn die Tür zur Teestube öffnete sich wieder.

Valid kehrte an den Stehtisch zurück, verschränkte seine riesigen Arme vor der Brust und fragte: »Was soll das?«

Hartmann blickte ihn an, nippte vorsichtig am Tee, es brannte heiß auf seinen Lippen. »Du bist mir am Dienstag hinterhergefahren, als mein Kumpel und ich nachts mit dem Sprinter unterwegs waren.«

»Ach?«

»In Rachids Laden hattest du mitbekommen, dass ich bei ihm den Wagen geliehen habe. Du weißt, dass ich als Privatdetektiv arbeite, und hast gedacht, dass vielleicht etwas für dich abfallen könnte. Du hast gedacht, das wird was Größeres, weil ich einen großen Kastenwagen gebraucht habe. Ich nehme an, dass du einen Zweitschlüssel dabeihattest, auch wenn du ihn später gar nicht gebraucht hast.«

»Das kann eine spannende Geschichte werden«, blieb Valid scheinbar locker.

Aber Hartmann waren sehr wohl die hart pumpenden Adern in Valids Oberarmen aufgefallen. Und wenn dort Blut gepumpt wurde, dann blieb für andere Körperregionen wie Klein- und Großhirn nicht viel übrig, mahnte Hartmann sich zur Wachsamkeit. Valid konnte eine ausgewachsene Milchkuh mit bloßen Händen erwürgen, so es denn nötig war. »Du warst auf der Kesselstraße dabei.«

»War ich?«

»Warst du. Ich hab dich nicht bemerkt, gratuliere, gute Leistung, zumal es am Ende flott gehen musste. Dann die Kontrolle durch die Cops, schließlich unser Abstecher ins Liefeld. Da parkten wir den Sprinter etwas abseits am Ende der Straße. Mein Partner und ich gingen in eine der Garagen, du hast keine Ahnung, was da drin passiert ist.«

Valid knurrte gurgelnd, vermutlich hatte er inzwischen darüber auch seine Vorstellungen.

»Du stellst deinen Wagen ein bisschen weiter entfernt ab, kehrst zurück und kletterst in den Sprinter. Der Schlüssel steckt und du gibst Vollgas. Erst mal zügig Meter machen. Was dann, Valid?« Hartmann nippte am Tee. Er spürte, ganz auf den Genuss konzentriert, dem Heißgetränk nach, das sanft seinen Magen erreichte und ihn wohlig wärmte. Wallah, um kurz nach sechs gab es nichts Besseres!

Valid klang müde. »Wieso sollte in deiner Geschichte auch nur ein Wort stimmen? Wie kommst du überhaupt auf mich? Ich hab mit der Sache gar nichts zu tun. Erklär es mir!«

»Du standest neben uns, als Rachid mir erklärt hat, wann ich den Sprinter zurückgebracht haben muss. Und wo ganz genau ich ihn abstellen sollte, nämlich genau dort auf der Sperrfläche, wo Rachid den Wagen dann später auch gefunden hat. Hast du den Schlüssel wie abgesprochen in den Briefkasten geworfen?«

Valid lachte spaßlos und gekünstelt. »Das ist Unsinn. Das kann Zufall sein. Rachid parkt den Wagen ständig da, das wissen alle. Das ist kein Beweis.«

»Rachid wird das als Beweis reichen.«

»Das werden wir ja sehen.«

Hartmann wechselte die Tonart ins Verbindlich-Freundliche. »Ich möchte aber gar nichts beweisen. Valid, dein Name braucht in meiner Geschichte überhaupt nicht aufzutauchen. Ich will dir gar keine Scherereien machen, ich bin auch nicht sauer auf dich. Ich möchte nur von dir wissen, wo das verdammte Motorrad jetzt ist.«

»Woher soll ich das wissen?«, fragte Valid stur, aber in seinen Augen hatte es unsicher geflackert, er schwankte.

Hartmann schwankte nicht, er war sicher. »Du bist zuerst gar nicht weit gefahren, fährst rechts ran und guckst neugierig, was hinten im Sprinter geladen ist. Scheiße, ein Motorrad. Mit einem geklauten Krad kannst du nichts anfangen. Dann fällt ein Schuss. Das ist erst recht nichts für dich, du bist ein Gelegenheitskrimineller.«

Valid verzog spöttisch das Gesicht.

»Guck nicht so giftig, das ist nichts Beleidigendes! Die Polizei fliegt mit einem Großaufgebot und reichlich Blaulicht ran. Schüsse? Ein wahrscheinlich gestohlenes Motorrad hinten auf der Ladefläche? Mit so einem Mist willst du nichts zu tun haben. Du steigst wieder ein und gibst Gas. Du bist ein kräftiger Kerl, dicke Oberarme. Das kommt vom Schleppen und Stapeln. In irgendeiner dunklen Seitenstraße hältst du an. Du schiebst das Motorrad aus dem Sprinter und versteckst es.«

»Blödsinn!«

»Dann wolltest du alles ungeschehen machen, was im Grunde kein schlechter Charakterzug ist. Deshalb hast du den Wagen genau dorthin gebracht, wo er hingehört, nämlich wie zwischen Rachid und mir abgesprochen mitten auf die Sperrfläche hinterm Laden. Wenn ich Rachid nicht sofort erzähle, dass der Sprinter geklaut worden ist, und mitbekomme, dass der Sprinter unbeschädigt auf der Linienstraße steht, dann bliebe das kleine Abenteuer wahrscheinlich unter uns.«

Valid schniefte.

Hartmann leerte den Tee und blickte Valid fest in die Augen. »Aber ich kann die Sache nicht auf sich beruhen lassen. Aus ernsten, wirklich ernsten Gründen. Und jetzt kommen wir zum Kern dieser Zusammenkunft. Wo ist das Motorrad?«

Valid zögerte.

Hartmann hatte Zeit.

»Es hat einen Toten gegeben?«, fragte Valid unschlüssig.
Hartmann nickte.

»Damit habe ich ... erst recht nichts zu tun«, flüsterte Valid, sich wie ein Aal windend. »Möglicherweise ging es mir wirklich nur um den Sprinter, von dem ich nicht wusste, womit er beladen wird.«

»Möglicherweise. Dann gehört der Tote in den Teil der Geschichte, in den du nicht reingezogen werden möchtest. Sehe ich das richtig?«

Diesmal nickte Valid.

»Es gibt rund um das Motorrad einige Aspekte, die richtig, richtig Ärger machen. Da sind Probleme mit Rachid nichts gegen. Zeig mir, wo das Motorrad steht. Und erspare dir jede Menge Ärger.«

»Möchte noch jemand einen Tee?«, fragte der Mann am Tresen.

Hartmann und Valid schüttelten gleichzeitig ihre Köpfe.

* * *

Die Karolingerstraße war eine schmale Anliegerstraße mitten in Bilk. Größere Abschnitte der Straße wurden in der Mitte durch die Düssel geteilt. Rustikale Brücken überquerten den Bach, die grüne Böschung war schräg. Wahrscheinlich waren es Kastanien, die die Straße säumten, Hartmann kannte sich da nicht aus.

Valid führte Hartmann in eine von mehreren, kurzen Stichstraßen, die von der Straße nach links abgingen und ins Nichts führten oder genauer bis vor eine Steilwand aus Beton, die hier die S-Bahntrasse bildete.

Boys Suck behauptete ein schwarz-pinkfarbenes Graffiti.

Als letzter Wagen vor der Betonwand raubte ein dunkelbrauner Klein-LKW die Sicht auf mehrere gesprühte Tags. Das rostige Wrack war riesig und hatte in einem früheren Leben möglicherweise als Geldtransporter gedient. Schmodderflecken und Moos auf dem Asphalt bezeugten, dass der Wagen lange nicht bewegt worden war.

Zwischen Klein-LKW und Beton wucherte ein laubloser Busch. Würde sich kein Wildpinkler zum Pieseln genau in diese abgelegene Ecke zurückziehen wollen, war die düstere Nische tatsächlich ein gutes Versteck.

Valid deutete auf das mattschwarze Motorrad, das dort mit dem Vorderrad zur Stichstraße hin abgestellt war. Hartmann erkannte die Breakout sofort.

»Wo ist der Schlüssel?«

»Zieh die Karre ein kleines Stück nach vorn, der Schlüssel liegt unterm Hinterreifen.«

Hartmann tat es und fischte den Schlüssel vom Boden. Hinter der Maschine, ganz in der Ecke, entdeckte Hartmann die metallene Rampe, die Angie besorgt hatte.

»Hier kann die Karre nicht stehen bleiben. Ich habe keinen Führerschein.«

»Der Besitzer kann die Kiste ja hier abholen«, schlug Valid vor. »Ist ja schließlich seine.«

Hartmann wollte die Maschine so schnell wie möglich loswerden, die Harley brannte ihm unter den Nägeln heiß wie Feuer. Das kam allerdings noch nicht infrage. Nachdem die Cops im Sprinter keine Drogen gefunden hatten, blieb die Möglichkeit, dass der Stoff, wegen dem der Diensthund auf der Plockstraße angeschlagen hatte, sich im Motorrad befand. Wie Angie es gleich vermutet hatte. Sollte dem so sein, musste er das Zeug sicherstellen, bevor er Matze das Krad zurückgab. Die Holländer würden hartnäckig weiter versuchen, an ihr Zeug zu kommen, und ihm auf die Pelle rücken. Sie waren zwar eines seiner kleineren Probleme, aber auch sie hatten Waffen, auch die Holländer waren gefährlich. Er brauchte die Drogen, um mit ihnen einen Deal einfädeln zu können, damit sie ihm vom Hacken blieben. Ein Tauschgeschäft zum Beispiel.

Deshalb blickte er stattdessen Valid fragend an.

Der schüttelte entsetzt den Kopf. »Ich hab das Motorrad über die Rampe runtergezogen, aber ich kann so ein Gerät nicht fahren, bin ich auch noch nie. Ich hab auch gar keinen Führerschein. Ich ... ich würde mich jetzt auch gerne verpissen.«

Hartmann überlegte kurz, ob er noch irgendeine Frage zu stellen hatte, aber ihm fiel keine ein. »Okay.«

»Und?«, nuschelte Valid, seine überlangen Arme baumelten relativ kraftlos vor und zurück, was ziemlich dämlich aussah. »Die Geschichte bleibt unter uns?«

Hartmann wollte nichts komplizierter machen, als es ohnehin schon war, und nickte.

»Ja, dann«, sagte Valid und rieb sich ungelenk die Handflächen an der Hose trocken. »Viel Glück weiterhin.«

Hartmann konnte es nicht lassen. »Das war kein Glück, Valid. Ich mache meinen Job. Und ich mache ihn gut. Geh mir aus dem Weg, lass die Finger von meinem Eigentum! Du schuldest mir was!«

Valid blickte zu Boden, das schien ihm klar zu sein.

Hartmann schaute ihm hinterher, als er davonzog. Nun, Valid hatte keinen Führerschein, er selbst hatte auch keinen. Angie hatte vielleicht einen, aber der würde kein Motorrad bewegen, bei dem davon auszugehen war, dass sich illegale Betäubungsmittel unbekannter Menge drin befanden. Er kannte aber noch jemanden, der Motorrad fahren konnte. Und der zumindest einen knallroten Helm besaß, was Hartmann als Indiz für den Besitz einer Kradfleppe werten wollte.

Er zückte sein Handy.

* * *

Krake, Hartmanns Lieblingswirt, versuchte seine Arme vor der Brust zu verschränken, was seit dem einschneidenden Zwischenfall seinerzeit mit der Straßenbahn am Schillerplatz, als Krake zum einarmigen Krake wurde, einfach nicht mehr gelingen wollte. »Sie verspätet sich.«

Hartmann blickte auf seine Armbanduhr. Eine geschlagene Stunde warteten sein Kumpel und er im Innenhof von Krakes Kneipe, dem Aquarium. Mehrere unangenehme Szenarien nahmen in seinem Kopf schemenhaft fiese Gestalt an.

Im gleichen Moment gluckerte auf der anderen Seite des hölzernen Tores das wohlige Blubbern einer schweren Maschine zu ihnen herüber. Krake zog eilig das Tor auf, die Breakout wurde kraftvoll auf die Garagenzufahrt geknattert.

»Was für ein geiles, geiles Teil«, flötete Nicole, nachdem sie die knallrote Motorradkugel vom Kopf gezogen und ihre blonden Haare durchgeschüttelt hatte. Krake schloss hinter ihr das Tor. Nicole bockte die Karre auf und würgte den Motor ab.

Hartmann tippte auf seine Armbanduhr. »Ich hab mir Sorgen gemacht. Wieso hat das von der Karolinger bis hier so lange gedauert?«

Nicole lächelte entwaffnend glücklich. »Ich musste die Gelegenheit nutzen und hab eine kurze Runde durchs Neandertal gedreht. Meine Güte, ich hatte lange nichts derartig Heißes zwischen den Beinen.«

Krake blinzelte, das waren mehr Informationen als notwendig.

»Hallo, ich bin Nicole«, grüßte ihn die Bikerin. »Du bist Krake. Hartmann hat schon viel von dir erzählt.«

»Hoffentlich stimmt wenigstens die Hälfte.«

Hartmann musterte seine Nachbarin, die er hauptsächlich in halbdurchsichtiger Reizwäsche kannte. Hölle, Nicole machte auch in Jeans und Lederjacke eine erstklassige Figur. Die Harley Davidson stand ihr. Die schweren, schwarzen Motorradstiefel taten es auch. Äh, überhaupt, diese Jacke ... »Wo hast du die Jacke gekauft?«

»Die kannst du überall kaufen.«

»Ja, aber genau diese?«

»Ist 'ne Helston. Die gibt es in jedem Motorradladen. Ich hab meine bei Louis auf der Kölner Landstraße gekauft. Wieso fragst du? Gehst du unter die Biker? Wie auch immer. Die Straßenbahn wartet, ich muss mich beeilen, ich hab gleich einen Termin mit Rudi. Der kommt pünktlich.« Sie seufzte. »Wenn das mal bei allen so wäre.« Sie umarmte Hartmann und knipste Krake ein Auge. Weg war sie.

»Eine nette Nachbarin«, fand Krake, sammelte sich und nickte zur Maschine. »Direkt in die Garage?«

»Am besten.«

Während Krake das metallene Garagentor quietschend hochschob und links das Licht anknipste, setzte Hartmann sich auf die Maschine und rollerte sie, sich mit beiden Beinen vom Boden abstoßend, in die Garage. Hinter ihm zog Krake das Tor wieder zu.

»Drogen?«, fragte Krake, der ja eigentlich erklärt hatte, nichts wissen zu wollen.

»Ich nehme es an. Während einer Polizeikontrolle hat ein Drogenhund angeschlagen«, bestätigte Hartmann und bockte das Teil auf, um es dann mit zusammengekniffenen Augen von außen gründlich zu mustern.

Krake fischte eine massive Stabtaschenlampe aus einer Werkzeugkiste und flutete das Motorrad. Deutlich heller als die Funzel unter der Decke. In den Chromteilen blendete der Lichtkegel.

»Von außen ist nichts zu sehen«, stellte Hartmann fest. »Da ist nichts drangepappt, nichts untergeklemmt. Da wurde augenscheinlich auch nichts ausgetauscht.« Er klappte die Sitzbank hoch. Ein Stofflappen, eine Plastiktragetasche, ansonsten war das Fach unter der Bank leer. Hartmann ließ die Sitzbank wieder zurück in die Arretierung schnacken.

»Der Stoff könnte in der Karosserie verbaut sein«, meinte Krake. »Oder vielleicht in einem der Reifen.«

Genau so was war auch Hartmanns erster Gedanke gewesen, dem freilich ein zweiter gefolgt war. Er nahm an, dass eine BTM-Übergabe schnell und zackig über die Bühne gehen musste. Nix mit Schrauben und

Flexen. Auch ein Reifenwechsel würde zu lange dauern und kam deshalb nicht infrage. Hm, im günstigsten Fall hinterließ das Versteck von außen keine Spuren am Krad, nichts Drangeschweißtes zum Beispiel. Davon ausgehend, dass Matze Kusch vom BTM tatsächlich nichts wusste oder nichts wissen durfte, war das in diesem Fall sogar zwingend erforderlich. Eine Manipulation an der Maschine, um den Stoff zu transportieren, wäre Kusch sofort aufgefallen.

Beim nächsten Blick auf die Harley brachte sich der Benzintank ins Spiel.

Hartmann beugte sich über die Maschine. »Sind das zwei nebeneinander liegende Tanks?«

»Nee, das sieht nur so aus«, erklärte Krake. »Hängt mit dem Aufbau der Maschine und der Optik zusammen, die beiden Spritbacken sind miteinander verbunden. Rechts ist der Tankdeckel, den du abschraubst, um zu tanken. Das Ding links ist eine Tankuhr.«

Aha, dachte Hartmann. Und mutmaßte. »Im Tank wäre zumindest ausreichend Platz, um dort etwas zu verstecken. Allerdings müsste das Zeug an der Innenseite fest angebracht sein. Rutscht es nach unten, verstopft es den Zufluss in die Benzinleitung.«

Krake ließ seine Knöchel über einen der Tanks tanzen. »Hört sich normal an.«

»Ne andere Idee hab ich nicht. Schauen wir nach.«

Hartmann schob den Motorradschlüssel in das blank glänzende Tankschloss und hob den Deckel behutsam aus der Arretierung.

Krake flutete Licht in die Öffnung und murmelte. »Fast vollgetankt. Ich seh nur Benzin.«

Hartmann wischte sich die rechte Hand an der Hose sauber und führte den Zeigefinger in den Tank. Von innen umkreiste er vorsichtig den Tankverschluss.

Und hielt inne.

Er schnalzte mit der Zunge und quetschte auch noch einen Daumen durch die enge, kreisrunde Tanköffnung. Mit dem Nagel des Daumens knibbelte er ... irgendwas zur Seite. Ganz leise ratschte etwas. Wie Kreppband. Druck auf den Zeigefinger. Nicht, dass ihm ... was auch immer ... nach unten in den Tank entglitt.

Zunge zwischen die Lippen, volle Konzentration. Nee, gepackt, gut. Kräftig zugedrückt bekam er etwas Weiches zu fassen. Mit einem leichten Ruck gab der Widerstand nach.

Krake hielt die Luft an.

Ein Schlauch wurde sichtbar. Wie eine Weißwurst. Lang, dünn, weich und weiß. Hartmann nahm die Finger der anderen Hand zu Hilfe. Ein bisschen Druck, noch ein bisschen mehr. Ratschend gab der Tank ein weiteres Stück Schlauch frei. Nachfassen!

»Aufpassen mit der Kante«, mahnte Krake. »Die könnte scharf sein, nicht, dass der Schlauch reißt und das Zeug zurück in den Tank rieselt.«

Es roch intensiv nach Benzin. Der Schlauch war glitschig, Hartmann musste mehrmals nachfassen.

»Himmel«, flüsterte Krake, denn der Schlauch nahm kein Ende.

»Mehrmals reingedreht und mit Spezialklebeband von innen an den Tank geklebt«, kommentierte Hartmann leise und zog langsam den letzten Zipfel heraus.

Krake sprang an eine Anrichte, legte die Lampe beiseite und breitete ein zerknautschtes Handtuch auf der Ablage aus. Wie ein toter Aal hing das Stück in der Mitte durch und war locker zwanzig bis fünfundzwanzig Zentimeter lang. Hartmann legte die Schlange dort ab.

»Wahrscheinlich Kokain«, knurrte Krake und reichte Hartmann ein zweites stocksteifes Handtuch. »Will ich übrigens nichts mit zu tun haben, Hartmann.«

»Schon klar, Krake.«

Beide waren beinahe ehrfürchtig einen Schritt zurückgetreten und musterten den Schlauch. Mutmaßlich mindestens einer der Gründe für den verdammten Schlamassel, in dem Hartmann sich befand.

»Gewicht, was meinste?«, fragte Hartmann.

»Kann ich dir sofort genau sagen. Ich muss in den Keller, bin gleich wieder da«, antwortete Krake und verschwand eilig.

Hartmann trat zurück an die Maschine und blinzelte in den Tank. Unschuldiges Benzin glänzte ihm entgegen. Hm, Hartmann wusste ja jetzt, dass dem Treibstoff tatsächlich nur oberflächlich zu trauen war. Clever gemacht, eigentlich. Im Rahmen einer Polizeikontrolle hätten die Beamten mit einem bloßen Blick in den Tank das Kokain nicht entdeckt. Außerdem stank das Benzin natürlich ätzend. Wahnsinn, dass der Polizeihund in der Plockstraße den Stoff schon auf mehrere Meter Entfernung hatte erschnüffeln können.

Zu entdecken war im Tank allerdings nichts mehr. Keine weitere Drogenschlange wollte aus seinem Gefängnis befreit werden. Hartmann schraubte den Tankdeckel wieder zurück in die Vorrichtung, wischte seine

Finger an Krakes zerknautschtem Handtuch gründlich trocken, der ätzende Geruch blieb.

Mit einer weißen, altmodischen Fleischwaage unterm rechten Arm tauchte in diesem Moment Krake wieder auf. Rums, platzierte er schnaufend das Gerät neben dem Koks auf der Anrichte.

»Nun denn«, murmelte Krake, belud behutsam die Waagschale und wusste dreißig Sekunden später: »Ziemlich genau zwei Kilo. Das Zeug ist aber mal mindestens 100.000 Euro wert. Da muss eine Oma lange für stricken. Was wird aus dem Krad?«

»Wird heute noch vom Eigentümer abgeholt«, versicherte Hartmann eilig.

Da er jetzt die Drogen gefunden und gebunkert hatte, war er froh, die Maschine schnellstmöglich loswerden zu können.

»Gut«, fand das auch Krake.

Hartmann wischte sich seine Hände trocken. »Und ich glaube, der Eigentümer der Drogen würde seine Ware auch gerne und zügig zurückhaben wollen.«

»Kann ich gut verstehen«, knurrte Krake. »Sollen wir das Dreckszeug gleich ins Klo schütten?«

* * *

Die 708 ratterte durch die Ackerstraße. Im Vierersitz neben Hartmann saßen zwei Männer mit roten Köpfen und kurz rasierten Haaren, die sich angeregt und lautstark unterhielten. Oder stritten. Das war schwer auszumachen. Das Gespräch drehte sich um eine Person namens Kurwa.

Direkt vorm Worringer Platz machte der Fahrer der Bahn eine Vollbremsung, Hartmann warf es aus dem Sitz. Ein Kinderwagen mit Inhalt riss sich von seiner Besitzerin los. In der Vorwärtsbewegung bekam Hartmann den Griff des Kinderwagens zu packen. Das war knapp. Die muslimische Frau mit Hidschab nickte Hartmann dankbar zu. Der Bahnfahrer bimmelte einen Junkie aus dem Gleisbereich und setzte die Fahrt fort.

Hartmann kontrollierte den Inhalt seiner Sommerjacke, alles noch da und drin. Zwar öffnete Krake seine Gaststättenkneipe erst früh abends, aber sein Lieblingswirt hatte ihm schnell zwei Frikadellen warm gemacht. Krakes Frikadellen waren nicht von dieser Welt. Feinstes Hack, Zwiebeln, eine unbekannte Gewürzmischung. Herrlich! Anfangs hatte Hartmann Bedenken, eben weil die Frikadellen selbstgemacht waren. Schließlich hatte Krake nur einen Arm. Aber was den formenden Teil des Herstellungsprozesses anging, hatte alles seine Richtigkeit. Hatte jedenfalls wieder so geschmeckt. Im heutigen Fall mit einem feinen Schlag Kartoffelsalat. Dessen Rezept hatte Krake von einer älteren Dame aus Herongen bekommen, die ab und zu bei ihm aushalf. Eine begnadete Köchin.

Krake nannte sie Oma Jensen.

Hartmann blickte aus dem Fenster und wunderte sich, dass am Worringer Platz inzwischen die nunmehr siebte Hähnchenbraterei geöffnet hatte. Aber auch das mochte seine Richtigkeit haben.

Einen Halt weiter stoppte die Bahn auf dem Konrad-Adenauer-Platz. Hartmann half der jungen Mutter mit dem Kinderwagen beim Aussteigen, genau genommen rammte er den beiden den Weg frei und erntete das zweite dankbare Lächeln des Tages.

Links von ihm lockte der Reibekuchenstand von Enders, rechts skandierten Demonstranten in einer Sprache, die Hartmann nicht verstand. Ganz in der Nähe zog jemand eine endkrasse Tüte Gras durch.

Noch ein paar Schritte, dann würde er zu Hause angekommen und erst mal die ...

»Hallo, Chrissie-Baby!«, riss ihn eine vertraute, weibliche Stimme aus den weiteren Tagesplanungen.

»Rita!«

Rita war wieder im Dienst. In ihrer peppigen Kleidung fanden sich alle Farben, die der Regenbogen zu bieten hatte. Hartmanns beste Freundin war um Aufmerksamkeit buhlend heute wieder ihre eigene Werbetafel. Sorgenvoll legte sie eine Hand auf seinen Arm, Blick von oben. »Sag mal, Schatz, hast du dich mit Holländern angelegt?«

Bei Hartmann ging sofort ein kleines Alarmglöckchen an. »Wie kommst du auf Holländer?«

»Hast du?«

»Kann sein.«

»Zwei Männer sind so komisch aus dem Auto ausgestiegen, halt wie Holländer. Die verdrehen sich immer so, wenn sie sich abschnallen und die Tür aufmachen. Hat was mit Fahrradfahrern zu tun. Dann hat der, der im Auto sitzen geblieben ist, ihnen etwas hinterhergerufen, das klang holländisch.«

»Ach?«

»Obwohl das Fahrzeug keine holländischen Kennzeichen hatte.«

»Du hast dir das Kennzeichen gemerkt?«, grinste Hartmann hinterhältig, auf ihre letzte Begegnung anspielend.

»Ich war nah genug dran«, erklärte Rita ruhig. »Keine blöde Bemerkung jetzt! Falls ein Kennzeichen aber wichtig für dich gewesen wäre, kannste das vergessen, denn das Kennzeichen gehört zu einer Mietwagenfirma auf der Corneliusstraße. Ich kenne den Besitzer. Ist ein halbseidener Kerl, dubios, war mal Stammkunde. Gegen einen kleinen Aufschlag verleiht er seine Autos, ohne Fragen zu stellen.«

Hartmann lächelte. Er liebte diese Frau, die so viel cleverer war, als sie sich gab. Regenrinnen-Rita fuhr fort: »Die zwei sind jedenfalls bei dir ins Haus gegangen.«

Hartmann fuhr jetzt doch alarmiert die Augenbrauen hoch. »Kannst du die beiden beschreiben?«

»Natürlich. Der eine sah aus wie der junge Sean Penn. Ich liebe Sean Penn, ein toller Typ. Wusstest du, dass der mit Madonna verheiratet war?«

»Natürlich. Und der andere?«

»Das Phantom der Oper. Der trug eine schwarze Maske im Gesicht. Vermutlich hat dem kürzlich jemand die Nase gebrochen.«

Hartmann nickte nachdenklich. »Das war ich.«

Regenrinnen-Rita brummte. »Hm, ich liebe es, wenn du ein bisschen grob rüberkommst.«

Hartmann fragte zur Sicherheit nach. »Das waren also nicht die beiden Breitbeinigen, die dir neulich an meiner Klingelleiste aufgefallen sind?«

Regenrinnen-Rita machte eine abwertende Handbewegung. »Ganz andere Liga.«

Hm. Die Holländer von der Kessel- und der Bendemannstraße hatten sich bemerkbar gemacht. Lästig.

»Okay. Zwei sind rein ins Haus. Wann war das?«

»Heute Vormittag, kurz nach neun. Ne halbe Stunde später waren sie wieder raus.«

»Danke, Schatz«, sagte Hartmann und stürmte los.

In einer halben Stunde konnte man viel anstellen. Den Briefkasten aufbrechen, zum Beispiel, stellte Hartmann als Erstes fest. Oder die Wohnungstür. Als Zweites.

»Scheiße!«

Das Schloss war klassisch ausgehebelt, die Tür stand einen Spaltbreit offen. Auch wenn seine beiden Besucher schon wieder draußen sein sollten, stupste Hartmann die Tür zunächst nur vorsichtig einen kleinen Spalt weit auf.

Noch mal Scheiße.

Fassungslos fand Hartmann Halt am Türrahmen. Entsetzt strich er sich durchs Haar. Seine unbekannten Besucher hatten ganze Arbeit geleistet und systematisch alles auf links gedreht. Hartmann checkte die beiden Zimmer und das Bad. Nichts lag oder stand dort, wo es hingehörte. Schränke, Schubladen, alles durchwühlt.

Was hatten die gesucht?

Ein Geräusch im Flur. Hartmann wirbelte herum.

Alina schob mit dem Fuß einen umgestürzten Topf mit Yukka-Palme zur Seite. »Tag! Du räumst um?«

»Die Pflanze war schon tot«, brummte Hartmann und entspannte sich.

»Wer war das?«, fragte Alina.

»Die Holländer«, antwortete Hartmann und schlug sich vor die Stirn. »Na klar, ich weiß auch, was die gesucht haben. Das Handy, das Angie einem von ihnen abgenommen hat.«

»Das mit den Kontaktinformationen?«

»Ja. Verdammt!«, fluchte Hartmann.

Alina griff in die Gesäßtasche ihrer Jeans und winkte mit dem Mobiltelefon. »Meinst du das hier? Das haben sie offensichtlich nicht gefunden. Woher weißt du, dass es die Holländer waren?«

»Regenrinnen-Rita hat sie ins Haus und wieder rausgehen sehen.«

»Aha«, reagierte Alina wenig aufgeregt. »Lass uns ehrlich sein. Hier hätte sowieso mal gründlich ausgeräumt werden müssen.«

»Das ist nicht witzig!«

»Ich find schon. Schade, dass sie deine hässliche Couch nicht in Brand gesteckt haben.« Alina seufzte. »Das Handy war schwer zu knacken. Ich hab die Hilfe eines Kollegen gebraucht, so was ist immer anstrengend. Es gibt Menschen, die können privat und beruflich einfach nicht auseinanderhalten. Nun ja. Auf dem Handy sind lediglich eine Handvoll Nummern eingespeichert.«

Hartmann pflückte mit spitzen Fingern eine rot-weiße Sportsocke vom Stuhl, setzte sich und ließ sich durch die gute Nachricht bereitwillig vom Chaos um ihn herum ablenken. »Super, hast du Namen herausgekriegt? Dann kann ich vielleicht jemanden anrufen, der mir beim Aufräumen helfen kann.«

Alina verzog das Gesicht. »Die eingespeicherten Telefonnummern waren mit einem Code gesichert. Der ließ sich zwar knacken, aber das Problem ist, dass keine vollständigen Namen, sondern nur Initialen eingespeichert waren.«

»Rufen wir sie an«, sagte Hartmann und sah kein Problem darin.

Alina setzte sich neben ihn auf den Schreibtisch. »Dann haben wir am anderen Ende eine Stimme, die wir nicht kennen. Holländisch sprechen sie wahrscheinlich alle. Die Menüführung war auf Holländisch eingestellt, das Handy gehört also wahrscheinlich einem Holländer.«

Hm. Hartmann meinte zwar, eine der Stimmen, die des Wortführers auf der Bendemannstraße, den mit den jetzt dicken Hoden, wiedererkennen zu können, aber sicher war er nicht. »Was sind das für Initialen?«

Alina griff erneut in die Jeans und faltete einen Zettel auseinander. »Initialen halt. JC, AH, JR und so weiter. Helfen uns ohne vollständige Namen nicht weiter. Musst du allein aufräumen.«

»Schade.«

Alina zog die Nase kraus, beugte sich zu ihm rüber und schnüffelte. »Was riecht denn so komisch?«

»Nichts«, sagte Hartmann.

»Ich rieche doch was«, sagte Alina und visierte Hartmanns Lederblouson an.

»Ach so. Das ist eine Frikadelle. Von Krake. Sagenhaft lecker. Ich weiß nicht, was der da an Gewürzen reinmacht. Er hat mir eine für später mitgegeben.«

»Du trägst eine Frikadelle mit dir rum?«

»Für den groben Hunger zwischendurch. Bei mir ist es zurzeit ein bisschen hektisch, weißt du«, erklärte Hartmann, immer leiser werdend, und knabberte nachdenklich auf seiner Unterlippe herum.

»Okay. Ich finde es merkwürdig. Was überlegst du? Hast du Sorge, dass die Typen, die das Chaos hier angerichtet haben, noch mal wiederkommen?«

Hartmann schüttelte den Kopf. »Nee, die Holländer laufen mir gefühlt dreimal am Tag über den Weg. Gut, es artet jetzt aus, und ich muss dringend was tun, hab da auch schon einen Plan, aber echte Sorgen macht mir die andere Truppe. Die, von denen ich glaube, dass sie Angies Bekannten Harry mit der Pumpgun erschossen haben. Die sind von ganz anderem Kaliber. Und von denen höre ich nichts. Das ist nicht gut, gar nicht gut.«

Alina rutschte vom Schreibtisch. »Soll ich uns einen Kaffee machen?«

Hartmann nickte. Kaffee, gute Erfindung. Besonders dann, wenn man eine lange Nacht vor sich hatte. Und genau das sah Hartmann auf sich zukommen. Erst jetzt bemerkte er, dass die Leuchte an seiner Telefonanlage blinkte. Zwei Anrufe in Abwesenheit. Vorsichtig hob er den Hörer ab.

Tuuuuuuuuut.

Gut, der Apparat tat es noch. Mit ausgekratzter Individualnummer bekam man diese elektronischen Teile so schlecht repariert. Sorgfältig tippte er die Telefonnummer ein, die er auswendig kannte.

»Hallo?«, meldete sich der Teilnehmer am anderen Ende der Leitung.

»Ich habe dein Motorrad gefunden.«

»Echt? Verdammt«, jubelte Matze Kusch. »In einem Stück?«

»Unversehrt, in einem Stück. Nur der Tank müsste nachgefüllt werden.«

»Hat das Schwein nur eine Spritztour gemacht. Der kann was erleben, wenn ich den in die Finger kriege. Wer war es?«

Hartmann lächelte böse. »Ich sollte das Motorrad finden. Keinen Täter präsentieren.«

Kurze Pause.

»Mach keine Scheiße, Hartmann«, knurrte der Rocker-Boss, um Fassung bemüht.

Hartmann konnte durch die Leitung förmlich hören, dass sich Matzes Fäuste ballten, die Ader auf seiner Glatze anschwoll, die tätowierte Schlange böse starrte und Blut das Weiße in seinen Augen rot färbte. Wahrscheinlich brachte sich Ozzy sicherheitshalber in Deckung. Matze Kusch hatte eine echt kurze Zündschnur.

»Ich will wissen, wer das Ding gedreht hat«, fauchte Kusch, Eiszapfen hingen an jeder Silbe.

»Ich sag dir, wer's war. Unter einer Bedingung!«

»Mach keinen Fehler, Arschloch! Du bist nicht in der Position, Bedingungen zu stellen!«

»Ist die Leitung, krzkrzkrz, bei dir auch so, krzkrzkrz, schlecht?«

Kusch schnappte nach Luft, der Himmel über Flehe verdunkelte sich. Konnte man bis ins Bahnhofsviertel sehen.

»Hartmann, ich warne dich, mach keinen Scheiß!«

»Du wiederholst dich. Ich verrat dir, wer es war, aber du reißt dem Kerl keinen Arm aus, keine Eier ab, nicht das Übliche! Ich finde das Motorrad, du bekommst es zurück, aber dem Dieb passiert nichts, was nicht noch irgendwie unter die Überschrift Denkzettel passt.«

Kusch schickte eine Reihe von Verwünschungen durch die Leitung. Hartmann hörte weg und konzentrierte sich auf das aus der Schlafzimmerküche herübersprottende Kaffeestrotzeln. Es gab einfach kein beruhigenderes Geräusch.

»Wir sind uns einig?«, fragte Hartmann schließlich in eine Schimpfpause hinein.

Am anderen Ende atmete der Rockerboss mehrmals tief ein und aus. »Okay, du Hurensohn!«

Das klang glaubwürdig. »Ich rufe dich später an.«

»Später? Was soll der Scheiß jetzt wieder?«, bellte Kusch.

»Wir treffen uns heute Abend, ich sag es dir dann persönlich. Das Krad kannst du schon mal abholen. Auf der Eckener Straße gibt es eine Kneipe, das Aquarium. Der Wirt heißt Krake, er hat deine Maschine untergestellt. Du musst unbedingt seine Frikadellen probieren.«

»Hartmann, weißt du was? Fick dich!«, sagte Matze Kusch und drückte das Gespräch weg.

Hartmann tat es ihm nach. War doch ganz gut gelaufen. Er drückte an der Telefonanlage die rot blinkende Taste, um die gespeicherten Nachrichten abzuhören.

»Wir müssen sprechen. Das ist alles ... extrem dumm gelaufen. Was mir ehrlich leidtut. Ich kann das erklären. Es zumindest versuchen. Ruf mich zurück.«

Hartmann schniefte. Dircks! Sein Freund. Oder besser: der Cop. Der Cop, der ihn ... Arschloch! Der konnte warten.

Alina balancierte zwei dampfende Becher ins Zimmer. »Kaffee ist fertig. War das Dircks? Ruf ihn zurück. Lass ihn nicht warten.«

»Er ist ein ...«

»Ich habe nachgedacht«, unterbrach ihn Alina, mit erschreckend viel Verständnis in der Stimme. »Er ist doch eigentlich in Ordnung. Sich so mies zu verhalten, war absolut untypisch für ihn. Der wird einen verdammten Grund für sein fragwürdiges Benehmen gehabt haben.«

»Trotzdem.«

»Wer weiß, was da im Hintergrund gelaufen ist.«

»Das war eine richtig miese Aktion«, murmelte Hartmann und wählte die Nummer.

Tut. Tut. Tut. Tut. Schicksal!

»Bei Dircks ist besetzt, ich versuch es später noch mal«, übersetzte Hartmann und hörte die zweite Bandansage ab.

Angies Stimme. »Jonny hat mich angerufen, dein Handy ist aus. Wie immer, soll ich ausrichten. Ein Kollege von ihm hat den VW gefunden. Langenberger Straße, Ecke Gruitener, da, wo der rote Doppeldeckerbus steht. Komm her, so schnell es geht. Ich warte auf dich. Wir haben hier noch ein Problem.«

* * *

Die Strecke bis zur Langenberger fuhr Hartmann mit dem roten Rennrad. Um diese Uhrzeit stand die Stadt verkehrstechnisch immer kurz vorm Infarkt. Oder dahinter. Mit dem Fahrrad war er wesentlich schneller. Bis zum Worringer Platz, die Erkrather Straße hoch, rechts in die Ronsdorfer und hinter der Fichtenstraße noch mal rechts. Bis hierhin brauchte er weniger als 15 Minuten.

Die Langenberger Straße war kurz, hatte es in den Neunzigern mit dem legendären Tor 3 allerdings als durchgeknallter Hotspot der Raver-Szene zu überregionaler Berühmtheit gebracht. Himmel, hatten die Kids sich hier den Verstand aus der Birne geschluckt. Die Techno-Szene war Hartmann fremd geblieben, aber '96 hatte er im Tor 3 Paul Weller mit Paolo Nutini als Vorgruppe erleben dürfen, und das war Extraklasse gewesen. Besser als Tabletten mit Waschpulver drin!

Vor einer erhöhten Bahntrasse endete die Langenberger, links ging die schmale Gruitener Straße ab, auf der rechten Seite stand der besagte rote Doppeldeckerbus, der angeblich mal durch London gefahren war und eine Zeit lang als Restaurant gedient hatte. Davor standen ein Taxi, Angie und ein Mann.

Angie winkte ihn ran, Hartmann ging in die Bremse.

»Das ist Herbert«, stellte Angie ihm den Taxifahrer vor. »Herbert hat das Auto gefunden.«

Der Mann namens Herbert stellte den Taxifahrer alter Prägung dar. Braune Sandalen mit Lochstruktur an den Füßen. Graue Strümpfe, hellbraune Cordhose. Flanellhemd, schwarze Lederweste drüber, blutdruckrotes Gesicht. Als er sich jetzt leicht zur Seite drehte, erkannte Hartmann unter einer schwarzen Schirmmütze, natürlich ebenfalls aus Leder, dass sich darunter schweißnasse Härchen zu Löckchen kräuselten. Der matschige Zigarrenstummel in seiner Hand rundete den Gesamteindruck ab: Er kam aus einer Zeit, als Taxis noch Droschken hießen und deren Fahrer tatsächlich die kürzesten Strecken kannten. Also nicht, dass sie sie genommen hätten, aber sie hatten sie zumindest gekannt.

»Mein Depot ist gleich um die Ecke. Der Variant war mir heute früh schon aufgefallen. Ich bin in den Siebzigern auch so eine Kiste gefahren. Dankbares Auto, kriechteste alles mit transportiert.«

»Wir haben allerdings, wie gesagt, ein Problem«, erklärte Angie und deutete nach links.

Ein paar Meter weiter stand der himmelblaue Oldtimer, mit dem Heck zu ihnen, Dachgepäckträger. Hartmann erkannte den Wagen sofort, wenn jetzt auch das Kennzeichen fehlte. Er entdeckte auch das aktuelle Problem zum Fahrzeug. Es war haarig, hatte ein braunes Fell, eine tiefschwarze Schnauze und beobachtete sie aufmerksam.

»Das ist Blümchen.«

»Er lässt niemanden ans Auto ran«, knurrpaffte Herbert.

»Wie lange sitzt der bereits da?«

»Schon die ganze Zeit. Wenn man sich dem Auto nähert, fletscht er die Zähne und knurrt. Du kannst doch neuerdings so gut mit Hunden«, stichelte Angie hinterlistig. »Versuch du es doch mal, bevor wir die Bullen rufen.«

Augenblicklich schossen Hartmann mehrere Erklärungen durch den Kopf, warum Blümchen niemanden ans Fahrzeug ließ. Keine davon war angenehm.

Taxi-Herbert führte seinen Stummel an die Lippen, schmauchte zwei, drei heftige Züge und stieß eine Dampfwolke aus, die den Himmel über Flingern-Süd verdunkelte.

»Ich kann es ja mal versuchen«, flüsterte Hartmann und machte behutsam ein paar Schritte auf Blümchen zu.

Der Vierbeiner legte den Kopf schief, musterte ihn und straffte seine imponierende Muskulatur.

»Feiner Hund«, summte Hartmann.

Die Ohren gespitzt, fletschte Blümchen die Zähne. Ein Gebiss wurde sichtbar, das zu beeindrucken wusste. Vorsichtig, noch ein Schritt, langsam. Guter Hund!

Blümchen erhob sich und war plötzlich deutlich größer, als Hartmann ihn in Erinnerung hatte. Was für ein gigantischer Brustkorb! Die schwarze Schnauze war blanke Einschüchterung. Jeder weitere Schritt fühlte sich an wie Bisswunde.

Vier Meter.

Kein Augenkontakt, hatte er mal gelesen. Direkter Augenkontakt machte Hunde nervös, reizte sie, empfanden sie als Bedrohung. Für seinen Geschmack war Blümchen auch ohne reizenden Augenkontakt Bedrohung satt. Und überhaupt, woher kam das Gerücht, dass er gut mit Hunden konnte? Alles, was mehr oder größere Zähne hatte als er, war ihm suspekt.

Vorsichtig, ganz langsam griff Hartmann in die Tasche seiner Jacke und bekam dort zu fassen, was er gesucht hatte.

Drei Meter.

Puh, das Vieh würde ihm aus dieser Entfernung ansatzlos an die Kehle springen können. Ruhig zog er die Serviette mit Krakes Frikadelle heraus. Vorsichtig pulte er aus dem Handgelenk heraus das Papier vom Fleisch.

»Feiner Hund, feines Blümchen. Du bist ein guter, braver Hund.«

In Blümchens Gesicht bewegte sich nichts.

»Guck mal, was ich hier für dich habe«, lockte Hartmann, um Gunst buhlend.

Mit jeder Bewegung wurde Blümchens Schnauze schwärzer, wurden die Eckzähne schärfer. Ganz behutsam streckte Hartmann ihm die Frikadelle entgegen. Blümchen zögerte. Wie lange mochte der treue Kerl wohl schon beim Wagen sitzen? Der musste doch Hunger haben. Blümchen zögerte immer noch, schlappte nur einmal mit einer enorm langen und feuchten Zunge über die obere Beißreihe.

»Lecker, Blümchen, lecker.«

Zwei Meter.

Hartmann konnte den Hund riechen. Das Fell, den Atem, den Schweiß. Ganz vorsichtig brach er die Frikadelle in zwei Stücke. Der Duft der Gewürze stieg ihm in die Nase, mischte sich dort mit Hund.

»Gutes Hundi, braaaaaves Hundi.«

Vorsichtig warf er Blümchen eine Frikadellenhälfte vor die riesigen Pfoten. Blümchen verzog keine Miene. Hartmann meinte allerdings, ein verräterisches Flackern in Blümchens Augen zu erkennen, die Nase wackelte. Die Frikadelle entwickelte scheinbar einen hohen olfaktorischen Aufforderungscharakter.

»Ja, fein. Okay, Blümchen, okay.«

Plötzlich schoss der Kopf nach unten. Blümchen happte das Fleisch in einem Bissen weg. Mit seinen Frikadellen wusste Krake einfach immer zu überzeugen.

»Guter Hund. Blümchen, braaaaaves Blümchen«, singsangte Hartmann.

Blümchen hatte wieder Haltung angenommen und beobachtete ihn aufmerksam. Ein Blick über die Schulter zurück. In seinem Rücken hielten Angie und Herbert den Atem an. Hartmann nickte ihnen beruhigend zu, lief doch super.

Blick wieder auf Blümchen, der ihn aufmerksam fixierte. Okay, vorsichtig warf Hartmann das zweite Stück Frikadelle. Diesmal landete es ein wenig weiter vom Auto entfernt. Blümchen zögerte.

»Okay, Blümchen. Fein, Blümchen.«

Der Hund gab sich einen Ruck und lief los. Ganz langsam trat Hartmann ans Auto. Schrägheck. Kofferraum. Eine Decke verdeckte drinnen ... was auch immer. Der Griff. Er widerstand dem Drang, die Heckklappe mit einem Ruck aufzureißen.

Blümchen stupste das Stück Fleisch mit der Nase an.

Hartmann zwang sich, die Heckklappe mit fließender Bewegung, aber ganz langsam zu öffnen.

Blümchen happte das Fleisch vom Boden.

Hartmann zog die Heckklappe hoch. Wie ein Faustschlag schlug ihm der Geruch entgegen, den zu riechen er im Grund befürchtet hatte und der ihm gleichwohl nun den Atem raubte. Entsetzt taumelte Hartmann einen Schritt zurück.

Im gleichen Sekundenbruchteil schlug eine Kugel knallend in die Heckklappe des Fahrzeugs und drillte sich durchs hellblaue Metall. Hartmann fuhr herum, er hatte keinen Schuss gehört. Reflexartig zog er den Kopf ein.

Im rechten Augenwinkel sah er, wie Angie und Herbert sich in den Staub warfen. Nicht den Schuss selbst, aber den knackigen Einschlag ins Blech hatten sie bis dorthin hören können.

»Auf der Bahntrasse«, brüllte Angie und robbte sich seitwärts weg.

Im linken Augenwinkel erkannte Hartmann, dass Blümchen reagierte. Muskeln strafften sich, Kopf und Brustkorb gesenkt. Zu viele Bedrohungen gleichzeitig für Hartmann, der zur Salzsäule erstarrte.

Der Mann hatte eine Schusswaffe, vermutlich mit Schalldämpfer. Aber Blümchen, Blümchen hatte ein Gebiss, das er nun weit aufriss. Das schwarze Maul, die weißen Zähne! Der furchterregende Anblick brannte sich für immer in Hartmanns Festplatte.

Blümchen setzte an zum Sprung, lautlos. Er hob ab, eine kraftvolle, fließende Bewegung. Schön, anmutig, elegant. Und tödlich. Das schwarze Maul weit aufgerissen, die scharfen Zähne wollten in Hartmanns Kehle.

Der Körper zuckte. Im Sprung, Blut spritzte. Der Hund landete neben ihm im Staub.

Ein zweiter Schuss?

Der Schock löste Hartmanns Starre. Geistesgegenwärtig spritzte er zur Seite, warf sich hinters Auto, machte sich klein, den Kopf eingezogen.

Mehrere Schüsse! Und zwar laut!

Hartmann riss seinen Kopf herum. Herbert lag bäuchlings im Staub. Die Arme weit nach vorne gestreckt, in den Fingern eine Pistole. Und deren Abzug zog der Taxifahrer, die obere Kante der Bahntrasse im Visier.

Dreimal, viermal, fünfmal.

»Er haut ab«, brüllte Angie.

»Ruf die Bullen«, schnodderte Herbert in eine kurze Schusspause hinein, den matschigen Stummel immer noch im Mundwinkel.

Sechsmal, siebenmal.

Hartmann richtete sich vorsichtig auf, schob seinen Körper Richtung Heckklappe, das Auto als Deckung. Die Klappe war von alleine komplett hochgeschwungen. Hartmann würgte, zog aber gleichwohl mit spitzem Finger den Zipfel einer karierten Wolldecke zur Seite. Sein Magen rebellierte, als sein Blick das identifizierte, was einmal Blümchen Herrchen war. Hastig warf er die Decke zurück, unterdrückte ein Krampfen und ...

Und hörte ein Geräusch.

Zu seinen Füßen reckte Blümchen seinen Körper. Es sah aus, als wollte er nach Hartmann schnappen. Hartmann trat von hinten an ihn ran, legte vorsichtig eine Hand in Blümchens Flanke, die hektisch pumpte.

»Ruhig, Blümchen, ruhig.«

Pumpen tat es auch aus der Wunde in Blümchens Bauch. Und zwar Blut. Viel davon. Hartmann legte entschlossen eine Hand auf die Wunde. Blut sickerte sofort durch seine Finger. Hartmann drückt fester, Blümchen japste. Der Blutfleck wurde größer, dort, wo die Kugel eingeschlagen war, die Hartmann hatte treffen sollen.

»Heilige Scheiße«, flüsterte Angie, der neben ihn in den Staub ging.

»Alter Schwede!«, krachte Herbert.

Hartmann drückte jetzt beide Hände fester auf die Wunde und spürte dennoch unter seinen Fingern, wie im wahrsten Sinne des Wortes das Leben aus Blümchen herausfloss.

»Ruft einen Rettungswagen!«

* * *

Rot-weißes Absperrband mit der Aufschrift *Polizei* sicherte den Einsatzort. Schaulustige reckten ihre Hälse, Pressevertreter hielten gespannt ihre Apparate bereit. Der dicke Schröder und sein Team hatten Pinzette und Lupe ausgepackt und wuselten geschäftig durchs Gelände, eine Frau mit Kamera machte Aufnahmen. Dircks und Granny kritzelten ihre Blöcke voll.

Sichtlich bewegt nahm Angie einen guten Zug auf Lunge, die Lappen klatschten hocherfreut Beifall. Mit der Rechten strich er durchs lange Haar. »Meine Fresse.«

»Kannste laut sagen«, stöhnte Hartmann. »Im Heck unter der Decke, das war der ältere Mann, Blümchens Herrchen. Den Anblick werde ich nie mehr vergessen.«

Angie verzog sein Gesicht.

Hartmann schnaufte. »Jonny hat heute Morgen gemeint, dass Modelle aus den Siebzigern in Gangsterkreisen eher selten genommen werden. Jetzt wissen wir, warum.«

»Sie mussten einen Toten abtransportieren.«

»Und haben das erstbeste Auto genommen«, ergänzte Hartmann. »Den alten Variant.«

Herbert nickte zustimmend. Schon wieder taumelte ein matschiger Zigarrenstumpen zwischen seinen Lippen. Vielleicht war es auch immer noch der gleiche. »Ich sag ja, tolles Auto. Da kannste alles saugut mit transportieren.«

Hartmann und Angie blickten sich an.

»Und der Hund hat sein Herrchen bewacht, ein braves Tier«, lobte Herbert.

Hartmann zog Angie ein paar Schritte zur Seite. »Wieso haben die Kerle den alten Mann umgebracht? Der tut doch keiner Fliege was zuleide?«

»Keine Ahnung. Überhaupt hab ich keine Ahnung, in was für eine Kacke du mich wieder reingezogen hast.«

»Stell dich nicht an. Immerhin haben sie nicht auf dich, sondern auf mich geschossen.«

»Bist du doof? Der Schütze wollte dich plattmachen, und danach hätte er mir das Lichtlein ausgepustet. Der Alte, du und ich, wir stecken alle in der gleichen Scheiße. Nur der alte Mann, der hat es schon hinter sich. Genauso wie Harry.«

»Wo du Harry erwähnst, wie sieht es eigentlich mit deiner Bude aus? Wann wird sie von der Polizei freigegeben? Wann kannst du da wieder einziehen?«

Angie verzog unangenehm berührt das Gesicht. »Da zieht mich grade nichts hin. Wie gesagt, ich kannte Harry nur flüchtig, aber der Gedanke, dass man ihn in meiner Wohnung erschossen hat … Noch ist die Bude versiegelt. Ich kümmere mich demnächst mal drum.«

Das konnte Hartmann nachvollziehen. In der Einschätzung ihrer Situation stimmte er seinem Kumpel darüber hinaus vollständig zu. »Die Dienstagnacht, der Vorfall im Liefeld, das ist unser gemeinsamer Nenner.«

»Natürlich, du Superdetektiv. Ich bin nicht davon ausgegangen, dass ihr euch aus der gleichen Seniorendisco kennt.«

Hartmann hing schweigend ein paar Gedankenfetzen nach und blickte über Angies Schulter auf den Tatort. Dircks und Granny. War ja klar, dass die beiden hier auftauchen würden, da hatte er gar keinen Bock drauf.

»Mann, Blümchen hat mir das Leben gerettet. Er hat die Kugel abgefangen, die für mich bestimmt war.«

Angie verdrehte die Augen. »Nun werd mal nicht komisch. Er ist dich angesprungen, um dir die Kehle aus dem Hals zu beißen, weil du die Heckklappe geöffnet hast. Dabei ist er zufällig in die Schusslinie geraten.«

»Ja, genau. Er hat mir das Leben gerettet.«

Angie nahm noch einen Zug. »Und außerdem ist der Hund nicht tot. Wundert mich, dass die den im Rettungswagen mitgenommen haben.«

»Das finde ich total angemessen«, sagte Hartmann und blickte auf seine blanken Hände.

Die Leute vom Rettungswagen hatten ihm Wasser gegeben, mit denen er sie vom Blut hatte säubern können. Er fühlte sich immer noch besudelt. Sein Hemd war es tatsächlich.

»In die Uni-Klinik«, setzte Angie seinen Gedanken fort. »Bestimmt, um dort die Kugel rauszuoperieren und sie sicherzustellen, um sie später mit Schussdateien abgleichen zu können. Bullen wollen immer alles abgleichen.«

Granny unterhielt sich ein paar Schritte weiter jetzt mit Herbert. Gleich würden auch sie beide befragt werden.

»Angie, was haben wir in dieser Nacht in dieser Garage gesehen, weshalb die uns umbringen wollen? Was haben wir gesehen, gehört oder gerochen? Bei was haben wir die Typen gestört?«

Angie schnaufte. »Vielleicht hat es schon gereicht, dass wir sie gesehen haben und sie wiedererkennen können. Den Kerl mit der großen Brandnarbe im Gesicht und den stechenden Augen würde ich auf jeden Fall sofort wiedererkennen.«

Hartmann beobachtete über Angies Schulter hinweg, wie Granny seinen Partner heranwinkte, ihm irgendeine Information mitteilte, woraufhin beide herüberblickten und die Köpfe schüttelten.

Angie schnippte die Kippe davon. »Schätze, Herbert hat ihnen gerade erzählt, dass du mit Taxifahrern nach dem Variant hast fahnden lassen. Das wird die Bullen nicht erfreuen.«

»Ich bin nicht auf der Welt, um die Cops zu erfreuen.«

»Sie werden schlussfolgern, dass du ihnen mal wieder etwas vorenthalten hast. Sie werden sauer sein. Lass dir was Brauchbares einfallen. Achtung, sie kommen.«

Hartmann straffte sich.

»Hallo, Hartmann! Tag, Angie!«

Hartmann grüßte zurück. »Wie geht's dem Hund?«

Granny knurrte. »Das ist eins deiner kleineren Probleme.«

»Ich ordne meine Probleme schon selbst der Größe nach.«

»Dann hätte ich noch ein paar neue für dich, zum Ordnen.«

Angie zog den Kopf ein, Dircks schloss müde seine Augen.

»Deine neuen Probleme kannst du dir in den Arsch schieben, Granny.«

»Für so viele Probleme ist da kein Platz.«

»Vielleicht, wenn ich sie ganz tief hineinschiebe?«

Dircks ging dazwischen. »Geht es noch? Reißt euch zusammen! Der Hund ist okay. Er hat 'ne Spritze bekommen und schläft. Er wird operiert, er wird durchkommen. Wir kümmern uns, dass er gut unterkommt.«

»Dann stell deine Fragen, damit wir hier wegkommen«, blieb Hartmann grantig.

Dircks wechselte den Tonfall. »Mensch, Hartmann. Das ist scheiße gelaufen ...«

»Ich möchte nicht drüber reden, stell deine Fragen!«, unterbrach ihn Hartmann gereizt.

»Ich hab dir auf den Anrufbeantworter gequatscht, aber du hast nicht zurückgerufen.«

Hartmann hielt den Blick. »Merkste selbst, oder?« Ihm war nicht nach Friede, Freude und Eierkuchen. Ihm war der Tote im Kofferraum auf den Magen geschlagen, er brauchte eine ausgiebige Dusche, sein Gemütszustand befand sich im negativen Bereich. Zum vermeintlichen Tod von Angie gab es auch noch Überhang. Nein, es war definitiv nicht die Zeit für Verständnis, Vergebung, Verzeihung oder Versöhnung.

Dircks versuchte es trotzdem. »Ich habe einen Fehler gemacht, und ich entschuldige mich dafür. Ich hab doch ein paarmal erwähnt, dass unser Chef eine hohle Blitzbirne ist. Eigentlich zu doof, den Sperrmüll an die Straße zu stellen. Jetzt hat er sich auf eine Stelle im Innenministerium beworben. Er hofft, dass er den Zuschlag bekommt. Wir hoffen es auch. Hilfreich wäre, würde er seine Bewerbung mit einem aktuellen Ermittlungserfolg untermauern. Er hat Druck gemacht. Hast du im Vernehmungszimmer den Spiegel bemerkt.«

»Ich bin mit Schenk und Ballauf aufgewachsen. Mir ist klar, dass jemand dahinterstehen und durchschauen kann.«

»Im Präsidium weiß jeder, dass du lügst, bis sich die Balken biegen. Du erzählst Halbwahrheiten, lässt Dinge weg, erfindest Sachen dazu. Genau das wollte unser Chef diesmal ausschließen, weil er den schnellstmöglichen Erfolg wollte.«

»Und deshalb musste Angie sterben?«

Angie räusperte sich unbehaglich.

»Ja, das war eine Scheißidee. Und es war nicht meine und nicht die von Granny.«

»Doofe Rechtfertigung.«

»Das ist gar keine Rechtfertigung, ich hätte mich weigern müssen, da mitzumachen. Es tut mir leid. Das Spielchen mitzuspielen, war ein Fehler. Es ist keine Rechtfertigung, sondern eine Erklärung.«

»Geschenkt. Stell deine Fragen!«

Dircks holte tief Luft, ließ es aber bleiben. Er packte die freundlichen Samthandschuhe weg und wechselte ins vorwurfsvolle Hier und Jetzt. »Okay, lassen wir das. Kaum lebt Angie wieder, baust du die nächste Scheiße. Warum lässt du von Taxifahrern nach dem VW fahnden? Meinst du nicht, dass die Jungs von der Streife so was viel besser können?«

»Nein, glaube ich nicht.« Hartmann sammelte sich. »Ich hielt das mit den Taxifahrern für 'ne gute Idee. Taxis gibt es deutlich mehr als Streifenwagen. Und schließlich hatte ich ja auch recht, der Wagen wurde gefunden.«

»Es war also nur ein Schuss ins Blaue? Es gibt keine zusätzliche Information, warum ausgerechnet hier nach dem VW gesucht worden ist?«, fragte Dircks

»Nein. Frag Herbert, den Taxifahrer.«

Granny gluckste. Mit einem Gesichtsausdruck, der ohne Worte deutlich hörbar vermittelte, dass er Hartmann kein Wort glaubte.

»Haben wir natürlich schon gemacht. Er bestätigt deine Version.«

Granny gluckste erneut.

Hartmann wollte es schlicht wissen. »Der Mann im Kofferraum war tot, ich meine, das war offensichtlich. Aber wie wurde er ...?«

»Der Mann wurde erschossen«, antwortete Dircks leise. »Sehr professionell, mitten in die Stirn.«

»Es gibt zwei Möglichkeiten«, schaltete Granny sich ein, ohne zu glucksen. »Erstens, die Mörder haben es konkret auf dich abgesehen. Sie folgen dir und nutzen die Abgeschiedenheit einer kurzen Sackgasse, um dich von der Bahntrasse aus zu erschießen. Oder zweitens, sie haben hier am Fahrzeug auf denjenigen gewartet, der die Leiche im Auto entdeckt. Wer immer es sein würde.«

Hm, dachte Hartmann. Letzteres eher nicht, wieso sollten sie den Finder der Leiche töten? Die erste Variante erschien ihm plausibler. Die wollten ihn von der Bildfläche ballern.

Der in die Langenberger Straße einfahrende Leichenwagen befahl Granny von ihnen weg, der Abtransport des Toten wollte organisiert und begleitet sein.

Dircks drückte seinen Körper durch, was er immer tat, wenn sich eine Vernehmung dem Ende näherte, wie Hartmann inzwischen wusste. »Es muss noch irgendetwas passiert sein, als ihr am Dienstag in der Garage auf die Bande getroffen seid. Ihr habt irgendetwas bemerkt. Oder gesehen. Die Bedeutung ist euch vielleicht gar nicht bewusst. Geht in euch, was kann das sein?«

»Wie meinst du das«, fragte Hartmann unschuldig.

Dircks verzog spöttisch sein Gesicht. »Tu nicht dümmer, als du bist, Hartmann. Niemand legt Menschen um für nichts. Manchmal braucht es nicht viel, aber ein Mord will immer sein Motiv haben. Und ich brauche den Grund, um auch dort mit den Ermittlungen ansetzen zu können. Die Frage ist, warum musste der tätowierte Mann in Angies Wohnung sterben? Warum musste der ältere Mann hier sterben, und warum solltet ihr es auch tun? Und sollt es übrigens immer noch!«

Angie und Hartmann schluckten gleichzeitig.

»Wenn euch was einfällt, egal was: keine Alleingänge. Ruft mich an!«, schloss Dircks.

Hartmann versuchte gleichgültig zu blicken, Angie redete ja sowieso nur das Nötigste mit der Gegenseite.

Dircks war mit ihnen fertig und ging.

Dafür stellte sich Taxi-Herbert wieder zu ihnen. »Sieht so aus, als wären wir hier jetzt fertig. Äh, wie machen wir das mit der Prämie? Ich hätte die fünfhundert Euro gerne bar.«

»Das geht auf jeden Fall klar«, bestätigte Hartmann die ausgebotene Prämie. »Wir wickeln das über Jonny ab. Zügig, in den nächsten Tagen, da kannst du dich drauf verlassen.«

»Tu ich«, schmauchte Herbert. »Soll ich euch irgendwo absetzen?«

»Gute Idee«, antwortete Angie, dem auffiel, dass Hartmann sein Handy aus dem Blouson zog und eine Nummer eintippte. »Was hast du vor, Hartmann?«

Der lachte gallig. »Was wohl? Einen Alleingang natürlich.«

»Der Bulle hat dir doch gerade erst gesagt, dass ...«

Hartmann hörte nicht hin und drehte sich zum Taxifahrer Herbert. »Kannst du mich auf der Kölner Landstraße absetzen?«

* * *

Die SF Lounge war ein exklusiver, von außen blau und rot angestrahlter Saunaclub in Kaarst. Am Rande des Industriegebiets hatte die Betreiberin der Lounge eine gepflegte Villa mit Gartenanlage aufwendig zum frivolen Treff umgebaut. Geschmackvoll und mit viel Liebe zum lustvollen Detail eingerichtet, wurden im Club an den Wochenenden lockere Themen- und Pärchenabende angeboten. Heute, am Mittwoch, war freies Vergnügen angesagt.

Den Eingang sicherte ein stabiles, schmiedeeisernes Tor. Nach dem Klingeln ließ ein freundlicher Mitarbeiter die Partygäste ein und legte ihnen ein lilafarbenes Einlassbändchen ums Handgelenk. Im rechten Trakt des Gebäudes fanden sich Umkleiden, denn einige der extravaganteren Themenabende erforderten Outfits, die bei Anreise mit Bus und Bahn bei anderen Fahrgästen möglicherweise für Irritationen hätten sorgen können.

Links des Eingangs befand sich die eigentliche Gastronomie mit weiter, ausladender Theke, an der heute einige reizvoll bis spärlich gekleidete Männer und Frauen mit ihren Getränken saßen. Es wurde sehr gut geheizt. Die bespiegelte Tanzfläche mit Poledance-Stange war leer. Zwei oder drei Paare vergnügten sich im hinteren Teil des Raumes lachend in mehreren Sitzgelegenheiten aus dunklem Leder. Aus den hochwertigen

Boxen unter der Decke sorgte Madonna für den passenden Groove.

Über eine schmale Wendeltreppe gelangte man in die erste Etage, in der mehrere Paare in Themenzimmern abhingen. Das Abhängen durfte man in einem der Studios durchaus wörtlich nehmen. Neben der Treppe befand sich ein mit rotem Neonlicht ausgeleuchtetes Zimmer mit Whirlpool.

Im Whirlpool ließ es sich Tacho gut gehen.

Tacho trug sein langes, schwarzes Haar offen. Zu seiner Linken nippte eine brünette Schönheit mit Hang zum Silberblick an einem Cocktail, ihre wohlgeformten, blanken Brüste tanzten im Blubberwasser. Zu seiner Rechten hielt eine Frau mit kurzen, schwarzen Haaren ein Glas Prosecco in ihren Fingern. Sie sah aus wie Brigitte Nielsen, nur oben in Schwarz. Bei ihr tanzte nichts.

Hartmann schlüpfte aus den Flip-Flops und streifte seinen Bademantel ab. Ihm war klar, dass er stören würde.

An Brigitte Nielsens Gesichtsausdruck war allerdings ebenso eindeutig zu erkennen, dass sie die Anwesenheit von Jonny durchaus als angenehme Bereicherung wahrnahm. Dieser stieg aber nicht mit in den Pool, wie Hartmann es jetzt tat, sondern blieb – groß und breit, wie er war – im Zugang zum Nebenraum stehen, was ein Betreten des Pool-Zimmers praktisch unmöglich machte.

Das musste, wer konnte, neidlos anerkennen, auch im Bademantel machte sein Nachbar eine perfekte Figur.

Dafür kletterte Matze Kusch sofort zu ihnen ins Becken und setzte sich direkt neben Tacho. »Tag!«

Auch Hartmann grüßte.

Tacho seinerseits rutschte entgeistert das Proseccoglas aus den Fingern. Es verschwand im blubbernden Wasser.

Matze Kusch nickte den beiden Schönheiten knapp zu. »Verschwindet, Mädels! Wir müssen uns unterhalten.«

Die beiden Frauen stutzten, taten aber schließlich wie geheißen, denn es hatte etwas unheilvoll Bestimmendes in der fordernden Tonlage des Rockerchefs gelegen. Möglicherweise hatte auch die Black Mamba an Matzes Hals giftig geguckt.

Brigitte Nielsen verließ die Spaßwanne mit deutlichem Widerwillen. Hartmann blickte ihr anerkennend hinterher. Brigittes breiter, gestählter Rücken berichtete von ungezählten Bahnen im Schwimmbad. Was für ein Kreuz! Eine solche Frau wünschte man sich, wenn ein Umzug anstand.

»Äh, hallo, Matze ...«, stammelte Tacho bleich.

»Du hast mein Motorrad geklaut«, redete Kusch nicht um den heißen Brei herum.

»Was? Niemals! Ich ...«

Blitzschnell packte Matze seinen Bikerkumpel hinten am Hals und riss ihn schwungvoll nach vorne. Wasser schwappte. So schnell konnte Hartmann gar nicht gucken, wie Matze ihn komplett mit dem Kopf unter Wasser drückte.

Tja, das Gespräch entwickelte sich deutlich dynamischer, als Hartmann es sich vorgestellt hatte. Zwei Sekunden blubberte das Wasser, dann riss Matze den Kopf wieder über die Wasseroberfläche. Japsend schnappte Tacho nach Luft. Er hustete.

»Nur damit wir uns klar verstehen. Ich hab keine Lust, auch nur eine Sekunde länger mit dir in dieser Pisswanne zu sitzen als erforderlich. Ich stelle dir Fragen, und du wirst antworten.«

»Aber ...«

Rums, runter ging es. Unterm Wasser strampelte Tacho, Hartmann rutschte ein wenig zur Seite. Er fand Kuschs Blick, der wenig Gefühlvolles verhieß. Gleichwohl riss Kusch Tachos Schädel kurz darauf wieder unters rote Neonlicht.

Hustend keuchte der sich die Lunge frei.

»Kein Aber! Bevor ich dir eine Frage stelle, wird Hartmann dir die Lage erklären.«

Hartmann räusperte sich, den flehenden Blick von Tacho ignorierend. »Mir war aus mehreren Gründen ziemlich schnell klar, dass der Dieb der Harley Insiderinformationen hatte. Ich habe das Überwachungsvideo der Tankstelle gesichtet. Der Dieb hat das Motorrad nicht kurzgeschlossen, sondern einen Schlüssel benutzt. Der musste nachgemacht worden sein, entweder vom Originalschlüssel oder vom Reserveschlüssel. Weil es der Reserveschlüssel war, kamen dann nur wenige Personen infrage. Der Dieb war männlich. Der dicke Krüger war nicht der Fahrer.«

»Hast du mir das Motorrad geklaut?«, flüsterte Matze.

»Ja, aber ...«

Kusch hatte den Griff variiert und ein ganzes Büschel Haare umklammert, Tacho hatte ja genug davon. An diesen zog er dieses Mal seinen Bikerkollegen unter Wasser. Tacho brüllte im Abgang, dann verschluckte Wasser den Schmerzensschrei.

»Er hat den Diebstahl zugegeben«, wies Hartmann auf einen nicht unwesentlichen Aspekt ihrer Unterhaltung hin.

»Willst du mit mir die Gesprächsführung diskutieren?«, fragte Kusch leise, die Schlange an seinem Hals zischte.

Nein, wollte Hartmann nicht. Tacho zappelte heftig. Verwirbeltes Wasser spülte Hartmann Tachos zuvor in den Pool gefallenes Proseccoglas in die Finger. Schließlich war Hartmann ehrlich erleichtert, als Tachos Haupt nach gefühlt dreißig Sekunden japsend wieder an der Oberfläche erschien.

Okay, weiter im Text. »Der Dieb auf dem Überwachungsvideo ist ein geübter Fahrer. Für einen ernst zu nehmenden Biker trägt er eine farblich unpassende, weiße Lederjacke der Marke Helston. Die Jacke sah auf dem Video neuwertig aus. Ich war vorhin auf der Kölner Landstraße in einem Geschäft für Motorradbedarf, und jetzt rate mal, wer dort letzte Woche genau eine solche Jacke erstanden hat?«

Tacho spuckte unschön Wasser. »Ich. Ich gebe es ja zu. Die Jacke. Und das mit dem Krad.«

»Warum?«, knurrte Matze Kusch mit einem Timbre in der Stimme, das geeignet war, Hartmann trotz des angenehm warmen Poolwassers eine veritable Gänsehaut zu bescheren.

Selbst Jonny riskierte ob der unheilschwangeren Tonlage von der Tür aus einen neugierigen Blick.

»Ein Streich. Ein blöder Streich. Ich hab den Ersatzschlüssel genommen und ihn nachmachen lassen. Ich wusste, dass du noch zur Tankstelle fährst. Ich hab die

Maschine genommen und bei Bekannten in deren Garage untergestellt.«

»Kesselstraße?«, fragte Hartmann.

»Ja«, knirschte Tacho käsig.

»Und dann?«, fragte Kusch.

»Hätte ich die Maschine wieder zurückgebracht.«

»Wo ist der Sinn?«

Tacho keuchte hilflos. »Ich hätte sie zurückgebracht, nachdem mein Bekannter die Breakout umlackiert hätte.«

Wusch. Wasser schlug Wellen. Tacho strampelte und machte unter der Oberfläche mächtig Alarm. Drei Tage später wurde sein Kopf wieder aus dem Wasser gezogen.

»Welche Farbe?«, fragte Kusch.

»Du hast mich immer derartig scheiße von oben herab behandelt. Dabei hab ich immer alles für dich getan. Alles. Ich ...«

»Welche Farbe, Tacho?«, schnauzte Kusch.

»Pink.«

Wusch. Wasser schlug wieder Wellen.

Hartmann kicherte. »Pink lackieren? Eigentlich witzig.«

Das fand Matze Kusch offensichtlich nicht. »Soll ich dir die Zähne einschlagen, oder was?«

»Nicht nötig«, beeilte sich Hartmann.

Kusch ließ sich deutlich mehr Zeit. Mit Tacho. Sehr viel mehr Zeit. Das Strampeln unter Wasser wurde heftiger, hektischer. Auf Kuschs Glatze pumpte die dicke Ader, aufgeblähte Oberarmmuskeln.

Hartmann schluckte unbehaglich. Ihm war bewusst, dass Matze Kusch seine Position als Rockerboss nicht nur durch geschickte Kommunikationstechniken und ein gewinnendes Wesen erreicht hatte. Die Bereitschaft,

Gewalt einzusetzen, mochte ebenfalls eine gewisse Rolle gespielt haben.

Tachos Schlagen, Zittern und Stoßen erlahmte.

»Wir haben eine Abmachung, Matze«, mahnte Hartmann leise.

»Ich kann mich grade nicht erinnern.«

»Es soll ein Denkzettel werden, Matze. Keine Hinrichtung.«

»Ist das zu hart für dich, Hartmann?«, fragte Kusch.

»Es ist vor allen Dingen nicht richtig. Wir haben eine Abmachung«, spannte Hartmann sich an.

»Das entscheide ja wohl immer noch ich.«

Blitzschnell riss Hartmann das Proseccoglas aus dem Wasser, schlug am Rand des Pools eine Zacke heraus, schnellte nach vorn und drückte die scharfe Kante an Matzes Hals. »Ich sitze ganz bestimmt nicht mit dir im Whirlpool und gucke zu, wie du jemanden ersäufst.«

Hartmann hatte Kuschs Aufmerksamkeit. Auch die von Jonny. Was Kusch nach einem prüfenden Seitenblick ebenfalls bemerkte. Vielleicht war genau dieser Umstand derjenige, der Kusch Tacho endlich hochreißen ließ.

Tacho keuchte, spuckte Wasser und kämpfte sichtbar um Besinnung. Sein Kopf schlug unkoordiniert und kraftlos in alle Richtungen.

Hartmann, Kusch fest im Blick, versenkte das Glas unter der Wasseroberfläche, behielt den Griff aber fest umschlossen. Mir fallen auch unter Wasser einige Ziele ein, sollte das ausdrücken.

Kusch ließ von Tacho ab und stieß ihn von sich. »Wir sprechen uns noch.«

Tacho gurgelte eine Antwort.

Die Black Mamba zischelte giftig.

»Das hat ein Nachspiel, Schnüffler!«, knurrte Kusch in Richtung Hartmann und stieg aus der Wanne.

Der vergegenwärtigte sich des Stückes Proseccoglas in seinen Fingern. Was die potenziellen Unterwasserziele bei Matze anging, hätte er gut zielen müssen.

Matze Kusch stieg wieder in seinen Bademantel und schlüpfte grollend in die Latschen. Jonny machte ihm beim Verlassen des Poolzimmers bereitwillig Platz, der Rockerchef ging ohne Verabschiedung.

Hartmann stellte den Rest vom Proseccoglas am Poolrand ab und sah dem davonstampfenden Matze Kusch mit der Gewissheit hinterher, einen weiteren Freund fürs Leben gefunden zu haben.

Tacho strich sich derweil fahrig durchs Haar und atmete tief durch, sein Brustkorb hob und senkte sich. Er kam langsam wieder zu sich.

Hartmann schnalzte mit der Zunge. »So, mein Guter, weiter im Text. Wir beide sind ja auch noch nicht ganz fertig miteinander.«

Tacho blinzelte verständnislos. »Was soll das denn jetzt noch werden?«

»Ich hab auch noch ein paar Fragen.«

»Ja, aber ...«

»Kein Aber«, zischte Hartmann hart, Kuschs Tonlage und Blick imitierend. »Ich hab mir Matzes Technik ganz genau angeguckt. Erspar dir weitere Tauchgänge, Tacho.«

Der Biker hustete. »Bist du bekloppt? Was willst du?«

»Ich brauche die Namen der Holländer, die das Motorrad für dich umlackieren sollten.«

»Ich verpfeife niemanden.«

»Tacho, mein Guter, ich habe unserem gemeinsamem Ex-Freund eine Information vorenthalten. Deine holländischen Kumpel haben zwei Kilo Kokain in einem der beiden Tanks der Breakout verbaut.«

Tacho riss seine blutunterlaufenen Augen auf. »Bist du bescheuert?«

»Mit diesem Kokain im Tank hättest du das Motorrad wieder bei Kusch abgegeben.«

»Koks im Tank verbaut? Was soll denn diese Scheiße?«

»Ja, genau, das klingt nach Scheiße. Was, denkst du, passiert, wenn die Bullen einen Tipp kriegen und Matze ausgerechnet dann von ihnen kontrolliert wird, wenn er mit seinem Arsch auf zwei Kilo Kokain sitzt?«

Tacho wurde blass. »Da weiß ich nichts von!«

»Glaubst du, das spielt dann noch eine Rolle, wenn du sagst, dass du nichts vom Koks gewusst hast?«

Tacho wurde noch blasser, tatsächlich wich ihm auch noch der letzte Rest Farbe aus dem Gesicht. Außer in den Lippen, die Lippen blieben blau. »Das, das ist bestimmt ein Missverständnis.«

Das Wasser blubberte.

»Ein Missverständnis, sagst du? Tja, das kann natürlich sein. Muss aber nicht stimmen. Ist aber auch völlig egal. Wichtig sollte dir sein, dass dieses ... Vielleicht-Missverständnis ... dringend unter uns bleibt. Schon, damit du weiterlebst. Oder siehst du das anders?«

Nein, das sah Tacho nicht anders. »Ich kenne die Holländer seit ein paar Jahren, habe zu denen aber nur losen Kontakt. Die haben ebendiese Garage im Hafen, und ich weiß, dass sie da Teile umspritzen. Ich hätte die

Maschine in den nächsten Tagen umlackiert abgeholt. Ich kann doch nicht ahnen, dass die Penner mit der Karre irgendwelche Dinger drehen. Drogen durch Europa kutschieren, zwischenlagern oder was weiß ich. Da wäre ich niemals mit einverstanden gewesen! Wie blöd muss man sein?«

»Die wussten aber nicht, dass das die Maschine von Matze ist?«

»Bist du bescheuert? Nein. Das hab ich denen natürlich nicht unter die Nase gerieben!«

Hartmann nickte. »Dann haben die Typen sich definitiv das falsche Krad ausgesucht, um damit was auch immer anzustellen.«

»Idioten sind das! Die sollten die Maschine umlackieren, und fertig. Ich hatte keine Ahnung, dass die überhaupt was mit Drogen machen.«

Hartmann stellte hinter die letzte Aussage ein fettes Fragezeichen, aber das war schlicht uninteressant. »Mit losem Kontakt meinst du vorhin aber schon ihre Vor- und Zunamen?«

Ja, meinte er, wie Hartmann zufrieden feststellen durfte, nachdem Tacho ihm zähneknirschend mehrere Namen genannt hatte.

»Gut. Übrigens, Matzes Motorrad pink lackieren zu lassen, also, ich find die Idee witzig. Und kreativ. So viel Sinn für Humor hätte ich dir gar nicht zugetraut.«

»Lass mich einfach in Ruhe, du Arschloch.«

»Mach ich, mein Freund. Vorsicht, da können Glassplitter im Pool liegen.«

»Fick dich, Hartmann! Diese miese Nummer hier, die werde ich nicht vergessen.«

Hartmann stieg aus dem Pool, schlüpfte in den Frottee-Bademantel und beugte sich ganz langsam runter zu Tacho. Erfreut stellte er fest, dass Tacho respektvoll zurückwich.

Hartmann wählte eine der Situation angemessene Tonlage. »Hör mir ganz genau zu, du Blödmann. Ohne mich wärst du tot. Während du vorhin auf Tauchgang warst, habe ich oberhalb der Wasseroberfläche dein Leben gerettet. Jetzt ist Matze pissig auf mich. Aber das ist okay, denn ich guck nicht zu, wenn jemand ertränkt wird. Selbst, wenn es so ein dämlicher Vollidiot ist wie du.«

Tacho schluckte.

Hartmann stieg in die Slipper.

»Bist du fertig?«, fragte Jonny.

»Jepp, fertig und zufrieden.«

»Hm«, brummte Jonny und hielt einen für seine Verhältnisse wieder sehr langen Vortrag. »Du hast diesem Rocker eine Glasscherbe an den Hals gedrückt, das wird er dir übel nehmen. Du hättest feste zudrücken sollen, Hartmann.«

»Wir können gehen.«

»Wollte das nur mal gesagt haben. Manchmal muss man Dinge zu Ende bringen, sonst rächen sie sich«, summte Jonny, entspannte sich und nickte nebenan im Barraum grüßend zum Tresen, wo Brigitte Nielsen ihnen mit lasziv übereinandergeschlagenen Beinen und einem pinkfarbenen Getränk in den Fingern zuprostete.

Sie trug nicht viel mehr als vorhin im Pool, was Jonny offenbar nicht schlimm fand. »Geh schon mal ohne mich, Hartmann. Ich bleib noch was.«

* * *

In Hartmanns Schlafbüro brannte noch Licht. Prima, dann war Alina da und vielleicht noch wach. Leise drückte Hartmann die Klinke herunter und schob die Tür einen kleinen Spalt weit auf.

Alina saß kerzengerade im Bett und blickt ihn direkt an. In der Hand hielt sie eine Pistole. Ohne nur einen Sekundenbruchteil zu zögern, drückte sie ab. Hartmann spürte, wie eine Kugel heiß und böse in seine Stirn gedrillt wurde.

Äh, nein.

»Spät geworden«, murmelte Alina schlaftrunken. »Ich dachte, wir wollten über die Kirmes gehen. Wo warst du noch?«

Hartmann glitt ins Bett an ihre Seite und atmete tief durch die Nase ein. Er liebte dieses Geruchspotpourri aus schwerem Schlaf, Zuhause und warmer Entspannung. Heute zusätzlich mit einem skandalösen Hauch von Gaultier.

»Arbeiten, Alina, ich bin Privatdetektiv.«

»Dann hoffe ich, dass du wenigstens was Brauchbares ermittelt hast, Sherlock.«

Hartmann lächelte wissend. »Oh ja. Ich habe zu den Initialen auf dem Handy der Holländer zwei Namen.«

»Ach?« Alina war gleich hellwach. »Eine Runde Achterbahn fahren, ein bisschen Ballern an der Schießbude und ein paar schnelle Bierchen mit dir im Schlüssel-Zelt wären mir zwar lieber gewesen, aber immerhin bringt der Detektiv brauchbare Ergebnisse mit nach Hause.« Geschmeidig schlängelte sie sich aus dem Bett und fischte den Zettel mit den Initialen aus einer Tasche ihrer Jeans.

Hartmann kam nicht umhin, ihren schlanken, athletischen Körper zu bewundern, der oben herum zu allem Überfluss in einem seiner schwarzen Unterhemden steckte, das hier und da ein wenig unordentlich saß und zwei Nummern zu weit war.

»Starr nicht so. Später!«

»Später?«, blinzelte Hartmann.

»Schieß los!«

»Tacho ist auch bei den Black Mambas. Ich weiß nicht, ob ich dir das schon erzählt habe. Hab ich? Na gut. Er ist quasi Kuschs rechte Hand. Gewesen, muss man sagen, denn besagter Tacho ist der Kerl in dem Überwachungsvideo, der Typ in der weißen Lederjacke von Helston, der Matze das Motorrad geklaut hat.«

»Dann hat Tacho ein Problem«, sagte Alina und wedelte mit ihrem Zettelchen. »Hat Tacho auch einen Vor- und Nachnamen?«

»Ich denke nicht. Aber dessen Telefonnummer brauchen wir nicht. Tacho hat mir die Namen der Holländer genannt.«

»Einfach so?«

»Nein, nicht einfach so.«

»Hm, ich liebe es, wenn du ein bisschen grob rüberkommst«, gurrte Alina.

Hartmann meinte, genau diesen Satz heute schon einmal gehört zu haben. Wie auch immer. »Hast du BC auf der Liste?«

Alina schüttelte den Kopf. »Nee. Keinen BC.«

»AH?«

»Treffer!«, jubelte Alina.

»Arjen Haan. Bingo. Das soll der Typ sein, der in der Truppe was zu sagen hat, der Chef der Bande, herrlich.«

Alina schmiegte sich näher an Hartmann. »Gut gemacht, Sherlock.«

Hartmann lächelte.

Alina stockte. »Was hast du denn da für ein Bändchen am Handgelenk.«

Oh. Das hatte Hartmann ganz vergessen abzunehmen. Unpassend jetzt. Ging aber auch schlecht zu zerreißen. »Das ist …«

Alina schnappte sich Hartmanns Handgelenk und riss seinen Arm hoch. »SF Lounge?«

»Das ist so ein Bändchen, das bekommt man am Eingang.«

»Was für ein Eingang, Hartmann?«, fragte Alina gedehnt.

Vernehmungssituation, schwarze Stehlampe, grelles Licht, direkt, blendend ins Gesicht. »Von der SF Lounge. Das ist, da war ich, äh, mit Matze Kusch, und da haben wir Tacho vernommen. Im Club. Also, im Whirlpool. Im Whirlpool des Clubs.«

Alina gab seinen Arm frei. »Ach so«, sie senkte beruhigt ihre Stimme.

Beruhigt?

Äh, nein.

Nur senkte, nicht beruhigt.

»Ihr ward zu dritt in einem Club?«

»Zu viert. Jonny war auch dabei.«

»Na dann. Das ist okay, du bist Privatdetektiv. Da kommt es manchmal so aus, dass du mit drei Freunden in einen Whirlpool kletterst. Waren da auch Frauen dabei?«

Hartmann flüsterte. »Nur anfangs.«

»Du gehst also lieber in einen Club mit Whirlpool als mit mir über die Kirmes.«

»Das kannst du so nicht sagen. Das war ja beruflich begründet, quasi gezwungenermaßen.«

So schnell konnte Hartmann gar nicht gucken, wie Alina aus dem Bett geflutscht und in ihre Jeans gestiegen war. »Was soll das denn jetzt?«, fragte er entsetzt.

Alina schüttelte den Kopf. »Mir ist so danach, heute spontan doch bei mir zu schlafen.«

»Alina, mach keinen Quatsch!«

Alina blickte ihn an. Lange. Eindringlich. Beinahe traurig. »Genau, Hartmann, ich mache keinen Quatsch. Und deshalb schlafe ich heute lieber zu Hause.«

4. Tag

Der Wecker summbrummte. Hartmann verpasste dem Störer einen Klapps. Er hatte schlecht geschlafen, sich von links nach rechts gewälzt, doof geträumt und war ständig aufgewacht. War ja auch nicht anders zu erwarten gewesen. Die Holländer hatten ihm die Bude auf links gedreht, der Tote im Kofferraum, Blümchen angeschossen, Matze Kusch verärgert, als Sahnehäubchen der Stress mit Alina. Alles zusammengenommen wirkte nicht wie Baldrian.

Gleichwohl quälte er sich aus den Federn, der neue Tag wollte gestartet sein. In Boxershorts und nacktem Oberkörper torkelte Hartmann ins Bad, sich dabei geräuschvoll durch kaum vorhandenes Brusthaar kratzend. Zähne putzen, gründlich rasieren. Während einer ausgiebigen Dusche ersann Hartmann ein paar raffinierte Strategien, von denen die ein oder andere vielleicht tatsächlich ein richtig guter Plan werden könnte. Schließlich stand ihm der Sinn nach etwas Herzhaftem, denn der Tag mochte lang werden, da war eine gute Grundlage nötig.

Deshalb stand er wenig später in Renates Brötchenbude, und zwar vor der großartigen Renate daselbst. »Ich hätte gerne ein halbes BrötchenmitMettundeinHalbesmitBrie.«

»Kommt sofort, Sweetheart«, summte Renate.

Sweetheart, denn Renate war mit ihrem Hansi zwölf Tage auf Jersey gewesen und sprach jetzt fließend Englisch.

»Nicole war hier und hat erzählt, dass ihr bei euch im Haus ein fürchterliches Spinnenproblem habt«, verriet Renate, während sie ein Brötchen mit kräftigem Schnitt in zwei absolut gleiche Hälften teilte, das machte ihr keine nach.

Hartmann lächelte. »So richtig süß sehen die Spinnen nicht aus. Nicole meint, die kommen aus Australien.«

»In Australien ist alles tödlich.«

»Ja, deshalb leben da ja auch so wenig Menschen. Australien ist größer als Europa, aber da wohnen genauso viele wie hier in Nordrhein-Westfalen. Einschließlich Oberhausen.«

»Sieh mal an!«

»Weil die da sterben wie die Fliegen.«

»Alles tödlich«, flüsterte Renate und hackte eine Scheibe Brie ab. »Aber Australien ist weit weg. Wie kommen die bis hier? Da ist doch Wasser dazwischen. Australien ist eine große Insel.«

»Spinnen sind super Schwimmer.«

»Ach?«

»Ja sicher. Wie Schlangen. Also Wasserschlangen. Nur halt Spinnen. Wasserspinnen. Mit acht Armen. Oder Beinen. Je nachdem, da gibt es ja verschiedene Sorten.«

»Wusste ich gar nicht, dass Spinnen so gut schwimmen können.«

»Doch, doch. Es gibt sogar Spinnen, die leben komplett unter Wasser. Bei denen wird das Fell nie richtig trocken.«

»Du meinst Krabben?«

»Hm, nee, schon Spinnen. Spinnen bringt man meistens gar nicht mit Wasser in Verbindung, dabei sind Spinnen von der Gattung her eigentlich mehr Fisch als Krabbeltier.

Man muss nur die ganzen Worte bedenken. Seemannsgarn. Wer spinnt Seemannsgarn?«

»Spinnen?«

»Genau. Nasse Wäsche hängt man zum Trocknen auf die ...?«

»Wäschespinne. Wenn man drüber nachdenkt, ist es logisch«, sagte Renate und reichte Hartmann den Teller mit dem Brötchen. Dabei lehnte sie sich wie immer ganz weit über die Theke. Das war der Hauptgrund, warum Renates kleine Brötchenbude meist sehr gut gefüllt war, denn auch Renates Verkaufsdress war vorne herum sehr gut gefüllt. »BecherKaffeedazumitMilchwieimmer?«

»Natürlich. Und mach mir bitte noch zwei belegte Brötchen mit Käse fertig, zum Mitnehmen.«

»Bring ich dir an den Tisch, Sweetheart.«

Hartmann bedankte sich. Und gab reichlich Trinkgeld, weil es natürlich nicht in Ordnung war, die liebe Renate so hochzunehmen. Aber er musste in der Übung bleiben, schon aus rein professionellen Gründen. Renate und Renates Brötchenbude inspirierten ihn.

Hartmann wählte einen Platz ein wenig abseits, aber gleichwohl mit Ausblick. Der war leicht gefunden, denn es war heute verhältnismäßig leer. Die komplette Fensterfront teilte er sich mit zwei Männern am Nebentisch, die sich angeregt über Dart unterhielten. Die würden nicht stören. Draußen tobte das übliche Bahnhofstreiben. Eilige Pendler hasteten, schlaftrunkene Müßiggänger schlenderten, Trunkene torkelten in den Tag. Ins ganze Chaos hinein war ein älterer Mercedesfahrer mit seiner fetten Karre auf den Kleinwagen einer jungen Dame aufgefahren. Mit seiner ganzen Managerkompetenz und hochrotem Kopf versuchte er augenscheinlich, diese lautstark davon zu überzeugen, schuld am Unfall zu sein. Vermutlich vergeblich, denn die junge Frau sprach unbeeindruckt und gelassen ins Mobiltelefon und zog scheinbar unbeirrt die Polizei hinzu.

Nun denn. Er war nicht zum Vergnügen hier. Er nahm einen kräftigen Bissen, entnahm kauend seiner Jacke das iPhone und legte es vor sich auf den Bistrotisch. Angies iPhone, also, genau genommen, war es ja auch nicht das von Angie.

»Hm«, summte Hartmann, nahm einen zweiten Happen und manövrierte sich durchs Handymenü, bis er schließlich AH gefunden hatte. Nach dem dritten Klingeln ging jemand ran.

»Hallo?«

Das hatte geklappt. »Hallo Arjen, ich bin es, Hartmann. Du weißt, wer mit dir spricht?«

»Hartmann? Nie gehört?«, sagte der Mann am anderen Ende der Leitung.

Hartmann erkannte die Stimme. Niederländischer Singsang. Das war der Kerl, mit dem Angie es zu tun gehabt hatte.

»Bendemannstraße, das Taxi. Mein Kumpel hat dir in die Eier getreten.«

»Hm, kann sein, dass ich mich erinnere.«

»Das hoffe ich doch. Ich habe etwas, das nicht mir gehört. Ich habe dafür keine Verwendung. Ehrlich gesagt möchte ich es loswerden.«

»Was soll das denn sein?«

»Ganz genau weiß ich es nicht. Aber es riecht streng nach Benzintank.«

Eine Weile blieb es still.

»Du brauchst also jemanden, der es für dich entsorgt. Ich kann jemanden vorbeischicken, der es abholt. Bist du zu Hause?«

»Nein. Wir treffen uns heute Mittag. Nur wir beide, du und ich. Das wäre mir wichtig. Nur wir zwei. Dann klären wir gemeinsam das genaue Wie und Wo. Ich könnte mir ein wenig Finderlohn sehr gut vorstellen.«

»Das habe ich mir gedacht«, lag eine joviale Spur von Spott in der Bemerkung des Gesprächspartners.

Hartmann entschied, besser gleich hart dagegenzuhalten. »Sollte ich einen deiner holländischen Freunde entdecken, mit schwarzer Gesichtsmaske und kompletter Kauleiste oder ohne, dann machen die Fische mit einem ersten Teil der Fundsache noch heute Abend eine Party im Rhein.«

Der Mann atmete zwei, drei Mal ruhig durch. »Heute Mittag. Wann? Und wo?«

»14 Uhr. Prinzenstraße. Nummer 17.

»Wo soll die denn sein?«

»Auf der Rheinkirmes. Einfach auf'm Platz den Schildern folgen. Da haben die Wege für die Dauer der Kirmes Namen«, sagte Hartmann, versenkte das letzte Stück Briebrötchen im Mund und drückte den Aus-Knopf.

Renate stand plötzlich neben ihm, stellte den Becher Kaffee ab und sah Hartmann herausfordernd an. »Die beiden Brötchen bring ich dir gleich. Und: Tintenfische.«

Hartmann nickte. »Die gleiche Gattung. Statt klebriger Spinnfäden nutzen sie Saugnäpfe. Es ist eine globale Welt, es hängt alles zusammen, Renate.«

Renate ging zurück an die Theke. Hartmanns Blick fiel durch die Scheibe nach draußen über den Bahnhofsvorplatz. Der Mercedesfahrer hatte aufgegeben, sich ins Fahrzeug gesetzt und die Warnblinkanlage seines Fahrzeugs eingeschaltet. Zwei gut genährte Kontrolleure der Rheinbahn rannten einem jugendlichen Schwarzfahrer hinterher. Sie hatten keine Chance.

»Ich finde das so toll«, sagte der eine der beiden Jugendlichen am Stehtisch neben ihm.

»Ich auch. Endlich mal ein Deutscher, der es bis ins Viertelfinale geschafft hat.«

»Kerl, der Gaga Clemens. Ein Pfundskerl.«

»Er ist der erste Deutsche, der das geschafft hat. Noch nie ist vor ihm einer ins Viertelfinale gekommen. Schade, dass er jetzt ausgeschieden ist, aber trotzdem super.«

»Es stand noch nie ein Deutscher im Viertelfinale? Im Halbfinale denn?«

Der andere schüttelte den Kopf. »Auch noch nie. Ich meine, im Finale, da war schon mal einer.«

Hartmann nippte zögerlich am Becher. Es juckte ihn, es reizte ihn. Wie gesagt, das lag nur an Renates Brötchenbudenambiente. Er konnte nicht anders und beugte sich rüber zum Nachbartisch. »Habt ihr das noch nicht gehört?«

»Was?«, fragten beide gleichzeitig.

»Die Show geht weiter. Das Viertelfinale wird wiederholt, alles ist wieder offen. Sie haben auf der Dartscheibe zwischen der 16 und der 19 die 7 vergessen. Ein Fehldruck. Ist zunächst keinem aufgefallen. Die Deutschen haben Protest eingelegt. Das Viertelfinale muss wiederholt werden.«

»Das ist ja ...«

»Fantastisch!«

Stimmt, dachte Hartmann. Er leerte seinen Becher, weil die beiden sich auf ihre Handys und auf Google stürzten. Gute Nachrichten wollten sofort gegengecheckt werden. Zum Mercedesfahrer und zur jungen Frau hatten sich jetzt zwei Polizisten gesellt, um den Unfall aufzunehmen. Ihr im Einmündungsbereich abgestellter Streifenwagen brachte den Verkehr jetzt vollständig zum Erliegen.

Schon im Hinausgehen entdeckte Hartmann auf dem Bistrotisch direkt am Schaufenster eine aufgeschlagene Tageszeitung. Ein großflächiges Foto weckte sein Interesse. Abgelichtet war ein diffus ausgeleuchteter Hauseingang, der mit Flatterband abgesperrt war. Von der Seite flutete Blaulicht surreal ins Foto. Mit fußgroßen Lettern überschrieb der Express den nachfolgenden Artikel. »*Pumpgun in Pempelfort*«, las Hartmann laut. Er fischte die Zeitung vom Tisch, schlug sie knisternd glatt und inhalierte den Artikel. Neues erfuhr er nicht, nur dass der Getötete Harald S. sechsunddreißig Jahre alt war. Die Polizei verfolgte mehrere Spuren. Welche, verriet der Bericht nicht. Hartmann ließ schulterzuckend die Zeitung sinken. Sein Blick fiel über das Blatt hinweg durch die Scheibe nach draußen. Und direkt auf ...

Er taumelte zurück, die Zeitung entglitt seinen Fingern und segelte zu Boden. Panik legte sich mit warmem Griff um seine Kehle, stoppte seinen Herzschlag. Groß wie er selbst, kurze, schwarze Haare, die von Narben zerwucherte, rechte Gesichtshälfte. Direkt vor ihm, einen halben Meter weit entfernt, stand auf der anderen Seite des Glases das Brandgesicht aus dem Liefeld. Eiskalte Augen starrten ihn direkt an, boxten ihm grob in die Magengrube. Im ausdruckslosen, starren Gesicht selbst regte sich kein Muskel.

Hartmann schwankte mühsam in einen stabileren Stand, schnappte nach Luft. Sein Blick klebte in Brandgesichts Augen. Ganz langsam kam Bewegung in dessen Körper. Mit sorgsam geführter Bewegung deutete Brandgesicht mit dem Zeigefinger seiner rechten Hand zunächst auf die zu Boden gefallene Zeitung, dann auf seine Brust und dann durch die Fensterfront auf Hartmanns Brust. Das Ganze nahm Hartmann nur schemenhaft aus den Augenwinkeln wahr, denn sein Blick klebte nach wie vor in Brandgesichts leblosen Augen.

Mit aller Kraft riss er sich los, brachte er seine Sinne wieder unter Kontrolle. Mechanisch suchte sein Blick die aufgeschlagene Zeitung zu seinen Füßen. Er fand sie. Das Bild vom Tatort boxte ihm ins Gehirn. Er blickte hoch.

»Was?«

Hartmann stürzte nach vorn, presste beide Handflächen fest auf die Scheibe. Weg! Links, rechts, weg! Brandgesicht war nicht mehr zu sehen. Hartmann schoss an den Dartfreunden vorbei nach draußen auf den Gehweg. Er kniff die Augen zusammen, scannte die Umgebung. Fußgänger, den Bahnhofsvorplatz, die beiden Polizisten bei der Unfallaufnahme, den Taxistand, ein Mann auf Krücken.

Nichts.

Kurzer Sprint, um die Ecke auf die Friedrich-Ebert-Straße, nur wenige Schritte. Die Bushaltestelle? Das Wartehäuschen? Menschen ja, Brandgesicht: nein.

»Verdammt.«

Nachdenklich lehnte sich Hartmann schräg an die Häuserwand, langsam senkte der Pulsschlag sich wieder in einen zählbaren Bereich, spürte er wieder einen Herzschlag.

Verdammt, was war das denn gerade? Brandgesicht hatte ihn gefunden, aufgesucht. Warum? Um ihn zu killen! Ein schneller Schuss, durch die Schaufensterscheibe der Brötchenbude, für den Killer überhaupt kein Problem. Hartmanns Gedanken galoppierten. Warum lebte er dann noch? Die Polizisten bei der Unfallaufnahme! Die hatten Brandgesicht davon abgehalten. Die hatten ihm das Leben gerettet, ohne es zu wissen. Teufel! Mit denen hatte Brandgesicht sich nicht anlegen wollen, keine Schießerei.

Das war Brandgesichts zweiter Versuch, ihn zu töten. Und wieder hatte er mehr Glück als Verstand gehabt. Das ... konnte doch nicht mehr lange gut gehen.

Hartmann spürte eine Hand auf seiner Schulter. Er wirbelte herum, Herz und Puls gleich wieder oben am Anschlag.

Renate fuhr erschreckt zusammen und streckte ihm eilig eine Tüte entgegen. »Du hast deine beiden Käsebrötchen vergessen. Alles klar bei dir?«

Hartmann nickte.

»Du siehst aus ... Haste 'nen Geist gesehen?«

Hartmann flüsterte. »Schlimmer.«

* * *

Hartmanns Schädel brummte. Er hatte sich das rechte Ohr rosig telefoniert, aber jetzt war alles geregelt.

Glaubte er zumindest und spürte der Cola nach, die eiskalt den Weg in seinen Magen fand und seine müden Lebensgeister weckte.

Gleich 14 Uhr.

Hartmann stand an einem der zahlreichen, runden Bierpavillons auf der Prinzenstraße. Links neben ihm hing eine Truppe Fußballfans beim achten oder neunten Altbier. Am Schießstand rechts von ihm wusste ein breit gebauter Kerl seine Partnerin zu begeistern. Mit sanfter Regelmäßigkeit zerschoss er weiße Gipssternchen. Der Betreiber der Bude rang bleich im Gesicht um Fassung.

Klack. Klack.

»Gewinne, Gewinne, Gewinne«, dröhnte es von der anderen Seite herüber.

Blasse Männer mit ausdruckslosen Gesichtern trugen Eimer und versuchten, die Lose darin an die Besucher der Kirmes zu bringen. Mit durchwachsenem Erfolg.

Hartmann checkte die männlichen Kirmesbummler, die aus Richtung Eingang auf ihn zukamen. Knallblauer Himmel, endlich mal Temperaturen knapp jenseits der dreißig. Der Kirmesplatz füllte sich zügig. Gleichwohl erkannte er seine Verabredung sofort.

Arjen Haan war tatsächlich der aus der Bendemanntruppe. Hellblaues Hemd von Tommy Hilfiger, Blue Jeans, hohe Lederstiefel mit Spitze und Absatz. Der Typ, dem Jonny gepflegt in die Glocken getreten hatte. Dafür lief er wieder ganz ordentlich, als er auf den Pavillon zusteuerte, an dem Hartmann wartete.

Er kam allein, wie verabredet. Nun denn, Hartmann hatte etwas anderes erwartet. Keine Party für die Fische im Rhein.

»Hallo«, grüßte Hartmann und nickte zur Kellnerin. »Auch ein kaltes Getränk?«

»Kommen wir besser gleich zur Sache«, verneinte Haan und gab die Tonlage vor, in der ihr Treffen stattfinden sollte.

Nun, dachte Hartmann, sie waren nicht hier, weil sie sich zur Achterbahnfahrt verabredet hatten. Hoffentlich wurde es nicht trotzdem eine.

»Du hast etwas, das mir gehört.«

Klack. Klack. Gewinne, Gewinne, Gewinne.

Hartmann zog das iPhone aus der Jeanshose, klickte sich durchs Menü und legte es zwischen ihnen auf den Tresen. »Guck dir am besten das Foto auf meinem Handy an.«

Haan nahm es an sich und deckte das Display mit der Hand gegen das Sonnenlicht ab. Er verzog keine Miene, als er das in längliche Schläuche gepresste weiße Pulver als sein Kokain aus einem der beiden Motorradtanks wiedererkannte.

»Das ist Koks. Zwei Kilo, die ...«

Der Holländer legte einen Zeigefinger über seine Lippen und schüttelte sacht und nachsichtig den Kopf. Dummchen, Dummchen, sagte sein Blick.

Dann trat er ganz nah an Hartmann ran und fuhr mit der flachen Hand über Hartmanns Oberkörper. »Ich darf mal kurz, ja?«

»Nur zu. Ich hoffe, es ist für dich genauso schön wie für mich.«

»Halt einfach die Klappe«, flüsterte der Haan.

»Ich bin nicht verkabelt«, erklärte Hartmann. »Und Richtmikrophone haben bei dem Kirmeskrach um uns herum keine Chance. Das war mir wichtig, ich bin kein Anfänger.«

Haan ließ von ihm ab. Er hatte nichts gefunden, weil es nichts zu finden gab.

»Es sind zwei Kilo Kokain«, setzte Hartmann dort an, wo der Holländer ihn unterbrochen hatte. »Ich bin an Kokain nicht interessiert, das ist nicht mein Geschäft. Genau genommen möchte ich mit dem Zeug nichts zu tun haben. Mit dir und deiner Truppe übrigens auch nicht. Wir machen es wie folgt …«

Haan warf lachend den Kopf in den Nacken. »Du meinst wirklich, du bist in der Position, irgendetwas bestimmen zu können?« Seine Augen wurden Schlitze. »Du hast nicht die geringste Ahnung, mit wem du es zu tun hast.«

Hartmann nahm einen Schluck Cola. Ein paar geschlitzte Augen konnten ihn nicht schocken. »Doch, doch. Du bist der, dem mein Partner in die Eier getreten hat. Das reicht mir an Infos, um dich ganz gut einschätzen zu können.«

Klack. Klack. »Jedes dritte Los gewinnt!«

Zufrieden stellte Hartmann fest, dass es im Gesicht seines Gegenübers heftig gezuckt hatte.

Er fuhr fort: »Also. Du möchtest dein Koks. Das ist verständlich, es gehört dir. Ich gebe es dir zurück. Dann werden sich unsere Wege trennen.«

»Das klingt ungewöhnlich vernünftig. Wo hast du das Zeug?«

»Ich lagere es vorschriftsmäßig, vertrau mir. Ich möchte das Zeug so schnell wie möglich loswerden. Ich habe ein anderes, sehr heikles Projekt am Laufen. Zwei Kilo

Scheiße stören da nur. Ich habe den Stoff neu abgepackt. Es gibt jetzt zwei Päckchen.«

»Wozu soll das gut sein?«, schnappte der Holländer misstrauisch.

Die Fußballfans links neben ihnen lachten schallend. Einer von ihnen hatte einen Witz gemacht, die anderen kringelten sich. Hartmann hatte nicht richtig was mitbekommen. Irgendwas mit Köln. Stattdessen blickte er betont genervt gen Himmel. »Das ist, weil du mich dauernd unterbrichst, Arjen. Geduld. Aber Geduld hattet ihr Holländer ja noch nie. Wie bei der WM '74 im Finale.«

»Erzähl mir nicht irgendwas vom Pferd!«

»Zwei Kilo. Eineinhalb bekommst du sofort. Die Übergabe ist schon heute. Das fehlende halbe Kilo bekommst du in exakt einem Jahr. Wenn ich weiß, dass du meinem Kumpel den Tritt in die Eier nicht übel nimmst und deinem Kumpel der fehlende Schneidezahn nachgewachsen ist.«

Klack. Klack.

Der Typ traf mit jedem Schuss. Gips bröselte zu Boden, seine Begleiterin mit raspelkurzen, schwarzen Haaren hüpfte vor Begeisterung. Noch ein paarmal nachladen und der Kerl hätte dem Betreiber des Schießstands die Bude leer geballert.

Ein blasser Mann mit Eimer schob sich zwischen sie. »Wolle Lose kaufen?«

»Verzieh dich«, vertrieb ihn der Holländer und fischte stattdessen das iPhone vom Tresen.

»Ja, genau«, motivierte ihn Hartmann. »Guck dir deine Weißwürstchen noch mal ganz genau an. Mit dem größten Teil vom Koks kannst du heute Abend schon machen, was du willst.«

Haan blickte ihn über das Mobiltelefon hinweg an. Und lächelte. Dann spreizte er Daumen und Zeigefinger, das Handy fiel zu Boden. Mit dem Absatz seines Lederstiefels zertrat er das Display, das sofort ein bizarres Spinnennetz zierte. »Das, genau das mache ich mit deinem Vorschlag, du Penner!«

Hartmann schluckte. Sein Blick streifte das Colaglas. Möglicherweise könnte er ihm das Glas … Der Holländer schob es ohne hinzusehen von ihm weg, außer Reichweite. Nein, könnte er nicht.

»Das ist mein Eigentum, und ich möchte es zurück. Sofort. Und zwar vollständig.«

Hartmann hatte den Mann gar nicht kommen gesehen, der sich jetzt ganz dicht hinter ihn stellte. Er hätte ihn anhand der markanten Zahnlücke unter Tausenden erkannt. Selbst mit schwarzer Gesichtsmaske. Zahnlücke trug ein orangefarbenes T-Shirt. Über seinem rechten Ärmel baumelte eine schwarze Sommerjacke, unter der es silbern blitzte. Die Knarre wirkte recht groß, was daran lag, dass vorne ein Schalldämpfer aufgeschraubt war. Schalldämpfer schienen derzeit sehr beliebt zu sein. Vielleicht gab es sie ja bei ALDI im Angebot. Das auf jeden Fall zum Arrangement, alleine zu erscheinen. Ein wenig härter als erforderlich rammte Zahnlücke das Eisenstück jetzt für Außenstehende nicht erkennbar wortlos Hartmann in die Seite.

Haan schürzte seine Lippen. »Und jetzt gehen wir zusammen ganz in Ruhe dorthin, wo sich mein Eigentum befindet. Und das wirst du mir ohne weitere Spielchen aushändigen. Sonst stattet einer meiner Partner deiner blauhaarigen Freundin einen Überraschungsbesuch ab, an dem sie gewiss viel Freude haben wird. Sie wird so derartig begeistert sein, dass sie mir sicherlich hilft, dich zu überreden, das Zeug sofort und vollständig rauszurücken.«

Hartmann spürte, wie ihm die Knie wegzusacken drohten. Dass Alina in Gefahr geraten könnte, raubte ihm den Atem, daran hatte er nicht gedacht. An alles andere schon. Auch daran, dass der Holländer nicht allein auf dem Kirmesplatz erscheinen würde.

Der Kerl an der Schießbude drehte sich um, räusperte sich lautstark, das Gewehr wie beiläufig unauffällig auf Haans holländischen Kopf gerichtet. Erst jetzt erkannte man die schwarze Hautfarbe des großen, breiten Mannes und die doch frappierende Ähnlichkeit seiner Begleiterin mit Brigitte Nielsen. Nur oben in Schwarz.

Blitzschnell lösten sich die Fußballfans vom Tresen und hatten die drei augenblicklich umringt.

Keule freute sich. »Langsam wurde es fast ein bisschen langweilig.«

Der blasse Losverkäufer drückte Zahnlücke den Plastikeimer in den Rücken. »Keine Bewegung, Batman. Da ist ein ganz großer Gewinn für dich drin. Mit der Mündung auf deine Niere gerichtet. Ein echter Knaller.«

Hartmann verkniff sich jedes Zeichen der Erleichterung, jedes Lächeln, jede Mimik. Er sah dem Holländer direkt und fest in die Augen. »Du hast keine blasse Ahnung, mit wem du dich angelegt hast. Das hier, das ist Düsseldorf. Das ist meine Hood, hier schieße ich die Tore. Ich kann dich jederzeit umlegen, kein Problem. Du bist schneller entsorgt, als du schwimmen kannst. Am Stück, bis in die Nordsee. Oder in handlichen Portionen. Hier in meiner Stadt zertrete ich dich wie eine Tulpenzwiebel. Einfach so, wie es passt. Das erfährt kein bekiffter Grachtenschiffer.«

Haan presste die Lippen aufeinander. Ihm lag etwas auf der Zunge. Allerdings nichts Brauchbares, deshalb schluckte er es unausgesprochen herunter.

Hartmann widmete sich nunmehr Zahnlücke und seinem Schießeisen. Genau genommen nahm er ihm die Pistole schlicht aus den Fingern. »Die sammle ich lieber ein. Du lernst es nicht, du machst damit nur Unsinn.« Er bückte sich, fischte das beschädigte iPhone aus dem Staub und stopfte es Haan in die Tasche seines Hilfiger-Hemds. »Als ich sagte, du solltest dir was auf meinem Handy angucken, war … mein Handy … nicht ganz richtig. Es ist das von deinem Kumpel, was ich ihm hiermit als Zeichen des nach wie vor guten Willens zurückgebe.«

Der Mund des Holländers verzog sich. »Und du glaubst wirklich, dass du mit dieser Nummer durchkommst? Nur, weil du ein paar Fußballtrottel und Kirmespfeifen kennst?«

Keule pumpte Luft in seinen gigantischen Brustkorb und ballte seine behaarten Fortuna-Fäuste. Zum Thema Fußballtrottel hatte er offenbar eine eigene Meinung.

Hartmann legte ihm beruhigend eine Hand auf den eisenharten Oberarm. »Lass gut sein.«

Keule atmete aus.

Hartmann drehte sich wieder dem Holländer zu, eiskalter Blick, eiskalte Stimme, Hartmann meinte es ernst.

»Und glaubst du, dass so jemand wie ich keine Kontakte nach Amsterdam, Rotterdam oder Groningen hat? Egal unter welchen holländischen Stein du kriechst, ich finde dich, da kannst du dich drauf verlassen. Nur weil ein paar wirklich wichtige Probleme mich zeitlich ein wenig beschäftigen, widme ich mich euch beiden nicht hier und sofort mit der eigentlich angebrachten Nachhaltigkeit. Das und unser Übergabearrangement solltest du als die Chance begreifen, die es ist. Es ist übrigens deine letzte. Ich rufe dich heute am frühen Abend an und erkläre dir, wo du hinkommen sollst. Du kommst diesmal wirklich allein. Den Rest unserer Abmachung kennst du ja schon. Wir haben doch eine Abmachung, oder?«

In Haans Augen brannte funkelnd ein Feuerwerk ab. Zorn, Wut und Hass waren die beherrschenden Farben. Aber der Mund zum Böllerspektakel sagte: »Ruf mich an.« Er winkte kaum merklich seinem Komplizen.

Zahnlücke zog den Kopf mit Maske ein, beide schritten davon.

Keule blickte ihnen hinterher. »Alter, mir juckt es so verdammt geil in den Knochen, dem hätte ich gerne eine Faust gegeben. Äh, und Hartmann, steiler Auftritt, ehrlich.« Keules Tonfall geriet ins euphorisch Schwärmerische. »Den Gegner kommen lassen, die kompakte Abwehr steht. Den Stürmer weggrätschen. Umschalten, den Konter einleiten und dann einnetzen. Alter, du solltest wirklich einen Job bei Fortuna übernehmen. Die können ein bisschen kreativen Offensivgeist vertragen.«

Hartmann lächelte geschmeichelt und wandte sich an Jonny. »Hattest du vor, dem armen Kerl die Bude leer zu schießen?«

Jonny zuckte nonchalant mit den Schultern, an einer von ihnen schmiegte sich Brigitte Nielsen und reichte Hartmann einen Stoffelefanten. »Der Budenbesitzer und ich, wir haben uns auf ein Unentschieden geeinigt. Der ist für dich.«

»Mir hat er auch einen geschossen«, freute sich seine Begleiterin.

Der blasse Losverkäufer räusperte sich. »Gut gemacht, Hartmann.«

»Muss ich mir Sorgen machen?«, fragte der mit gerunzelter Stirn. »Weil er mit seinem Stiefel das Display zertreten hat?«

Der Losverkäufer schüttelte den Kopf. »Display ist egal. Ich hab das schon checken lassen. Der Tracker, den wir aufs iPhone gespielt haben, funktioniert einwandfrei. Die Dinger sind robuster, als man meint, die Zivilfahnder kleben ihnen schon an den Fersen. Wenn wir die komplette Bande auf einem Haufen zusammen haben, nehmen die Jungs vom SEK sie hops.«

Eine Mutter mit Kind schob sich zwischen sie. »Entschuldigen Sie, kann man bei Ihnen Lose kaufen?«

»Aber sicher«, antwortete Dircks höflich. »Jedes dritte Los gewinnt.«

* * *

Hartmann legte den Hörer zurück in seine graue Plastikschale.

Angie kam aus dem Bad. »Und?«

Hartmann lächelte zufrieden. »Das war Dircks. Die beiden Holländer sind auf direktem Weg in ein Hotel nach Neuss gefahren. Dort hat der Rest der Bande auf sie gewartet. Jetzt atmen sie gemeinsam gesiebte Luft.«

»Besser die als ich«, sagte Angie fröhlich und ließ sich in die Couch fallen.

Hartmann nickte, fürs Erste beruhigt. Haan hatte nur gebluHt, als er vorhin auf dem Kirmesplatz Alina ins Spiel brachte. Jetzt ging von ihm und seiner Bande keine Gefahr mehr aus. Aber irgendwo lauerte Brandgesicht, und der bereitete ihm wesentlich mehr Sorgen. Der krasse Vorfall vom Vormittag befahl ihm nachdrücklich ins Bewusstsein, dass Angie und er bei Brandgesicht fett und oben auf der Liste standen. Und indirekt brachte er auch Alina in ernste Gefahr. Bevor er mit Dircks telefoniert hatte, hatte er deshalb Alina angerufen und sie eindringlich zur Vorsicht ermahnt. Alina hatte wegen gestern noch geprötert, ihm aber versprochen, auf sich aufzupassen. Heute Abend würde sie wieder rumkommen. Er selbst war zurzeit bestimmt nicht der sicherste Platz der Welt, aber Hartmann wollte sie einfach in seiner Nähe haben. Er redete sich ein, sie beschützen zu können.

Hartmann merkte auf. »Wieso gehst du eigentlich hier bei mir auf Toilette?«

»Die Spülung bei Heidi tut es nicht richtig. Kannst du mir übrigens einen Hammer und einen dicken Schraubendreher leihen?«

»Du willst mit Hammer und Schraubendreher die Toilettenspülung reparieren?«

»Natürlich nicht. Teile der Küchenzeile müssten leicht nachjustiert werden.«

Hartmann fragte nicht weiter. Heidi war weit weg. Noch. Oh Gott, wenn er hier mit allen Gaunern aufgeräumt hatte, würde seine Nachbarin von ihrer Kreuzfahrt zurückkehren, Angies Chaos vorfinden und ihn killen, das war mal sicher. Nachbarin Heidi war gefährlicher als die Holländer.

Apropos gefährlich. »Ein Problem haben wir noch.«

»Du«, schüttelte Angie den Kopf. »Du hast ein Problem.«

Einfach ignorieren. »Brandgesicht und seine Truppe sind noch hinter uns her. Um die müssen wir uns kümmern.«

»Bin schon dabei«, sagte Angie und ruckelte sich Jonnys Kirmeselefanten, den Hartmann auf der Couch geparkt hatte, in den Nacken.

»Sonst kümmern die sich um uns.«

Angie blickte sich um. »Wer hat dir eigentlich die Bude so durcheinandergebracht? Sieht ja aus, als wäre eine Granate eingeschlagen.«

»Das waren die Holländer. Kommt ja jetzt nicht mehr vor«, griente Hartmann und wurde sofort wieder ernst. »Ich frage mich immer noch, warum Brandgesicht hinter uns her ist.«

»Das hatten wir doch schon durchdacht. Vorwärts und rückwärts. Das Ergebnis war: keine Ahnung. Du erinnerst dich?«

Anstelle einer Antwort fing Hartmann an, die Schubladen einer Weichholzkommode mit herumliegendem Zeug zu befüllen. Das Chaos in seiner Wohnung wollte angegangen sein. Und da kam einiges zusammen. Grundsätzlich war er ja nicht so der Entsorger, eher der Sammler. Im Sinne von behalten und horten. Man musste sich immer ganz genau überlegen, ob man was wegwarf. Besser haben als brauchen!

»Die Garage im Liefeld ist der Schlüssel. Lass uns den Moment noch mal durchgehen.«

Angie gähnte.

»Die drei Männer selbst bringen uns nicht weiter. Wir würden sie wiedererkennen, deshalb sind sie hinter uns her, sicher, aber das ist nicht der Ansatz. Weshalb fürchten sie so sehr, dass wir sie wiedererkennen? Ich meine, sie müssen eh davon ausgehen, dass wir sie auf Lichtbildern wiedererkennen, zumindest Brandgesicht mit seiner auffallenden Narbe.«

»Viele haben Narben im Gesicht«, langweilte sich Angie. »Vielleicht gibt es von denen gar keine Lichtbilder. Ich hab auch ein paar Jahre unfotografiert gearbeitet, bis dann irgendwas schiefging. Vielleicht existieren von ihnen schlicht keine Fotos.«

Hartmann versenkte ein Paar glänzende, schwarze Lackschuhe in der Kommode. Keine Ahnung, wann und wozu er die schicken Schühchen gekauft hatte. »Glaub ich nicht. Brandgesichts ganzes Auftreten spricht für jahrelange Erfahrung. Er ist cool, abgezockt, hat eine ganz gemeine Aura. Und wenn er es war, der auf mich geballert hat, dann ist er obendrein ein Scharfschütze. So Typen leben ihre Neigung aus. Der hat eine Geschichte, der ist mit Sicherheit aktenkundig.«

Angie grunzte, was man irgendwie als Zustimmung werten konnte. Oder auch nicht.

»Wenn sie sowieso damit rechnen, dass wir sie bald wiedererkennen, dann wollen sie vielleicht, dass wir sie ... jetzt noch nicht ... wiedererkennen. Weil, wenn wir sie jetzt wiedererkennen, wir ihnen irgendwas, eine Gelegenheit kaputt machen würden. Weißt du, eher so ein präventiver Ansatz.«

»Bitte keine Fremdwörter, ich bin müde.«

Weiterer schräger Kram verschwand in der Kommode. Orangefarbene Schwimmflossen, ein Paar Boxhandschuhe, eine Armprothese. Die sollte eigentlich ein Geschenk für Krake werden, aber da hatte er sich vergriffen. Es war ein rechter Arm, Krake brauchte einen linken. Wegwerfen wollte er das Ersatzteil aus Hartgummi auch nicht. Das Stück hatte ungefähr seine Größe, man konnte ja nie wissen. »Ich bin sicher, es gibt eine zeitliche Komponente.«

»Ich bin auch sicher«, pflichtete ihm Angie bei. »Die zeitliche Komponente ist: gleich. Ich geh gleich ins Bett.«

Ach, die tolle Gesichtsmaske aus Latex von Liam Gallagher, die er sich 1996 beim Festival in Knebworth gekauft hatte. Der Sänger sah ihm aber auch wirklich verdammt ähnlich! Sogar die coole Frisur stimmte. »Gehen wir noch mal zusammen in die Garage hinein. Der große, mit weißen Laken verhüllte Gegenstand auf der linken Seite. Was war das?«, fragte Hartmann und stellte erstaunt fest, dass er gefühlsmäßig fast dabei war, sich selbst die Antwort zu geben.

Was sollte das denn bedeuten? Kannte er die Antwort? Lag sie bloß irgendwo verschüttet in seinem Gehirn?

Oh, die Honigmelone aus Rachids Sonderangebot. Eine oben fest zugedrehte, durchsichtige Plastiktragetasche? Tortellini al forno. Eine Extraportion Gemüse wucherte schimmelig aus der Aluschale.

Weiter!

»In der Mitte des Raums stand eine Schweißbank mit

Gerät, drauf lag eine Zange. Drumherum auf dem Boden verteilt: Eisenschrott. Kleine Teile, größere Stücke. Es roch nach verbranntem Metall. In der Garage ist definitiv etwas geschweißt worden. Möglicherweise das, was durch die weißen Laken verdeckt wurde.«

»Die meiste Zeit war es ja dunkel, und wir wurden mit einer Knarre bedroht«, murmelte Angie. »Wahrscheinlich ein Fahrzeug.«

Ein Fahrzeug? Ganz hinten in Hartmanns Kopf klatschte jemand leise Beifall, verhalten, fast spöttisch. Hartmanns Gehirn wollte dem einsamen Klatscher noch nicht trauen. »Das war es dann schon. Ansonsten war die Garage leer«, fasste Hartmann zusammen, um sich sofort zu korrigieren. »Moment, bis auf dieses Plakat an der Wand gegenüber. Ein Plan, eine technische Zeichnung.«

Angie hatte die Augen geschlossen. »Berliner Allee.«

»Was?«, fragte Hartmann alarmiert. »Wieso Berliner Allee?«

»Stand zumindest auf dem Plakat drauf. Oben drüber. Berliner Allee«, flüsterte Angie leise, kurz vor Tiefschlaf.

»Mensch, Angie, bist du sicher?«

»Klar. Ich bin drogensüchtig, aber nicht blind.«

Hartmanns Hand klatschte auf die Holzplatte der Kommode, Angie öffnete erschreckt die Augen. »Wieso sagst du das nicht gleich?«, maulte Hartmann und freute sich gleichzeitig.

»Ich war ja die meiste Zeit über tot«, knurrte Angie unwillig, er schien sich noch nicht ganz auf Ballhöhe zu befinden.

Hm, überlegte Hartmann, mit einem Tischtennisschläger in der Hand. Die Berliner Allee war eine der breiteren Hauptstraßen Düsseldorfs, in der Stadtmitte, gar nicht besonders lang. In beide Richtungen war sie mehrspurig, in der Mitte wurde sie durch zwei Straßenbahnspuren getrennt. Von der Immermannstraße führte sie bis zum Ernst-Reuter-Platz.

»Kannst du dem Ausdruck einen bestimmten Straßenzug zuordnen?«

»Hä?«

»Mensch, Angie, komm in die Hufe! Der Ausdruck könnte Teil eines Stadtplans sein. Irgendwo auf der Berliner Allee ist eine Örtlichkeit, die Dreh- und Angelpunkt dieser ganzen Aktion ist, ein mutmaßlicher Tatort. Ich weiß nicht, wie ich es besser ausdrücken soll«, sagte Hartmann und versenkte den Schläger in eine der Schubladen. »Finden wir die Örtlichkeit, erfahren wir, worum zum Henker es hier geht, was die Bande vorhat und warum sie uns beiden an den Kragen will.«

»Ich weiß nicht, ob das ein Stadtplan oder ein Straßenzug war. Kann sein.«

Hartmann legte eine Autogrammkarte mit Originalunterschrift von Eric Cantona vorsichtig zur Seite, die den grandiosen Fußballer von Manchester United bei seinem Kung-Fu-Tritt Januar '95 zeigte, und zog Angie vom Sofa. »Du weißt es nicht, aber wenn du es siehst, erkennst du es!«

Angie strich sich durchs käsige Gesicht. »Ich bin müde. Können wir das nicht auf morgen …«

Hartmann zog ihn hinter sich her in den Flur. »Die zeitliche Komponente. Nein, ich bin sicher, das können wir nicht auf morgen verschieben.«

»Und wo, zum Teufel, willst du jetzt hin?«

* * *

Eine Viertelstunde später standen Hartmann und Angie auf der Berliner Allee, ziemlich mittig, Ecke Grünstraße. Es war 18 Uhr durch, es dämmerte. Die Fahrzeuge standen wie immer im Stau, wahrscheinlich behinderte eine Baustelle das zügige Durchkommen. Oder sie hatten eine neue Spur ausschließlich für Fahrradfahrer eröffnet, das hatte den gleichen Effekt.

»Und?«, fragte Hartmann. »Klingelt da was?«

Angie schüttelte den Kopf. »Da klingelt gar nichts. Ich bin mir auch nicht sicher, ob das tatsächlich ein Stadtplan war.«

»Es ist unsere einzige Spur – und alles in mir schreit, dass es die richtige ist. Lass uns den Straßenzug mal Haus für Haus durchgehen«, entschied Hartmann.

Angie folgte ihm zögerlich und lustlos. »Mann, ich bin müde.«

Die Berliner Allee war bekannt für ihre exklusiven Einrichtungshäuser, von denen es in der Straße gleich mehrere gab.

»Unwahrscheinlich«, meinte Angie. »Wer klaut schon mit großem Aufwand einen Beistelltisch?«

Ein Autohaus. Ein Juwelier?

»Der Klassiker. Ein Juwelier ist immer ein mögliches Ziel«, sagte Angie und deutete auf das Geschäft gleich daneben. »Ein Friseurladen eher weniger.«

Das Gebäude der IHK. Ein Anwaltsbüro. Die Schwedische Botschaft. Die Deutsche Bank am Platz der deutschen Einheit, die Zentralkasse.

»Eine Bank?«, fragte Hartmann.

»Da gilt das Gleiche wie für den Juwelier. Bank ist immer interessant.«

Zwei Musikhäuser präsentierten Instrumente. Schwere und edle Klaviere hier, funkelndes Blech dort.

»Noch eine Bank«, nölte Angie. »Salamander Bank.«

»Santander«, korrigierte Hartmann. »Santander Bank.«

»Ich bin müde.«

Eine mit Menschen prall gefüllte Straßenbahn dellerte an ihnen vorbei. Das große Feuerwerk war freitags die spektakuläre Attraktion der Kirmes. Das eindrucksvolle Highlight lockte Jung und Alt von nah und fern an die Rheinwiesen und auf die Brücken, fast eine Million Besucher wurden erwartet.

Hartmann blieb vor einem Club stehen. Ein Club? Eine Diskothek? Mal was ganz anderes. Etwa ein bewaffneter Überfall? Hatte die Bande es auf die Tageseinnahmen abgesehen? Hartmann versuchte, sich ein entsprechendes Szenario vorzustellen.

»Ich komm nicht drauf«, riss ihn Angie aus seinen Überlegungen.

»Ich auch nicht«, räumte Hartmann ein. »Auf jeden Fall müssen wir die Berliner-Allee-Info der Kripo melden. Vielleicht haben die ja eine Idee.«

»Oh, Mann. Das hab ich kommen sehen. Aber ich muss nicht mit hier auf die Bullen warten, oder?«

»Ich rufe sie an, sie sollen mal hier vorbeikommen«, sagte Hartmann und zog sein Handy aus der Tasche.

»Muss das ausgerechnet heute sein?«, meckerte Angie.

Hartmann hielt plötzlich inne. »Was sagst du?«

»Ich frage dich, ob das heute sein muss. Ich bin zum Umfallen müde. Du erinnerst dich, ich war praktisch tot.«

Hartmann konzentrierte sich. »Muss das ausgerechnet heute sein? Das ist genau die richtige Frage. Die zeitliche Komponente. Heute. Heute. Warum ausgerechnet heute?«

Angie gähnte gelangweilt. »Zeitlich dringend muss ja gar nicht zwangsläufig ausgerechnet heute sein. Vielleicht morgen. Oder übermorgen. Übermorgen ist auch zeitlich dringend.«

In Hartmanns Kopf klickten sich gleich reihenweise die Teile eines riesigen Puzzles wie von selbst ineinander. Schweißfeuchte Handinnenflächen! Die Aufregung machte seinem Puls Beine. Sein Blick scannte noch einmal die Berliner Allee. Welches Gebäude schrie ihm zu, heute! Heute passiert es!

Friseur, Autohaus, Zentralkasse …

Es traf ihn wie ein Blitz aus knallklarem Himmel. Hektisch deutete er nach gegenüber auf die andere Straßenseite, wo in diesem Moment ein Fahrzeug rückwärts eingeparkt wurde.

»Was siehst du da?«, fragte Angie. »Ich sehe da nur das Gebäude der Kasse.«

»Und einen Geldtransporter, der gerade eingeparkt wird.«

»Natürlich. Der Kastenwagen wird zur Sparkasse gehören, na und?«, wiegelte Angie ab.

Ein Geldtransporter wurde vorsichtig rückwärts in die Auffahrt zur Zentralkasse gefahren. Die Warnblinkanlage war eingeschaltet, und zwei orangefarbene Lichter kreiselten auf dem Fahrerhaus, um andere Verkehrsteilnehmer zu warnen, damit die ihnen nicht in die Kiste semmelten. Wahrscheinlich fiepte und piepte es zusätzlich wie blöde, aber das war bis hierher zu ihnen nicht zu hören.

Angie kniff verständnislos die Augen zusammen. »Was hat das mit unserem Plakat zu tun?«

Hartmann stieg von einem Bein aufs andere. Die Details auf dem Bild zum Puzzle in seinem Kopf wurden immer deutlicher. Selbst die vieleckigen Stücke fügten sich passgenau ins Ganze.

»Spuck es aus! Lass mich nicht dumm sterben!«, maulte Angie.

»Ich hatte in der Karolinger Straße schon so ein Gefühl.«

»Karolinger Straße? Was war denn in der Karolinger?«, fragte Angie, gänzlich ohne Verständnis.

Hm, mahnte sich Hartmann, schnell ein bisschen Ordnung in den Kopf bringen, Hartmann! Und dann langsam von vorne!

»In der Garage im Liefeld wurde irgendetwas geschweißt. Dann wurde es mit weißen Laken verdeckt. Schnitt, in eine andere Situation! Valid, der Angestellte von Rachid, hatte uns im Liefeld den Sprinter geklaut und später die Breakout auf der Karolinger Straße abgestellt. Ganz hinten durch. Neben einem total vergammelten Geldtransporter. Schon da hat bei mir im Kopf irgendwas geklickt, ich hab es nur nicht zu packen gekriegt. Auch, weil die alte Fahrzeugleiche selbst nichts mit unserem Fall zu tun hatte.«

»Versteh ich nicht.«

»Nicht das Wrack als solches hat bei mir was getriggert, sondern die Konturen des Transporters. Es waren die gleichen wie die, die wir unter dem Laken erkennen konnten.«

»Unter dem Laken befand sich ein Geldtransporter?«

»Nein. Ein Transporter, der zum Geldtransporter umgerüstet worden war. Deshalb das Schweißgerät, deshalb der beißende Schweißgeruch in der Garage. Deshalb auch die weißen Laken darüber.«

»Und jetzt siehst du drüben auf der anderen Straßenseite den Transporter, und das fällt dir alles auf einmal auf?«

Hartmann hob die Schultern. »Ich brauche manchmal einen Schubser, ja.«

Angie strich sich durch Haar. »Ich weiß nicht. So ein Geldtransporterding ist die eine Sache, Menschen abzuknallen eine andere.«

Hartmann widersprach. »Das kommt auf die Beute an. Und auf die zeitliche Komponente. Die Beute muss schon erheblich sein. Ein richtiger Clou, ein Knaller. So ein Ding, nach dem man sich zur Ruhe setzt. Nicht irgendeine Bank zu irgendeiner Zeit. Nein, es muss genau diese Zentralkasse sein, und es muss genau jetzt sein.«

»Kann ich verstehen. So weit. Aber warum muss es genau diese Kasse da drüben sein?«

»Ich bin nicht ganz sicher, aber ich …«

Angie deutete in alle Richtungen und unterbrach ihn. »Und was das Plakat aus der Garage angeht, erkenne ich hier nichts an Straßenzügen oder Kreuzungen, was mit dem Gezeichneten übereinstimmt.«

Nicht ablenken lassen, Hartmann! »Möglicherweise war das kein Stadtplan. Ein Plan, ja, aber kein Stadt-

Plan. Versorgungsschächte, Kanalisation vielleicht? Was das war, wird jemand für uns ermitteln müssen«, erklärte Hartmann und drückte Zahlen ins Display seines Handys.

»Und was meinst du überhaupt mit … jetzt?«, riss Angie seine Augen auf. »Meinst du, die ziehen da drüben in diesem Moment ein dickes Ding durch?«

»Da drüben auf jeden Fall«, flüsterte Hartmann und presste sich entschlossen das Handy ans rechte Ohr. »Allerdings nicht jetzt. Aber gleich.«

Nicht beirren lassen, Hartmann!

Eine weitere Straßenbahn ratterte an ihnen vorbei, Hartmann hielt sich das linke Ohr zu und drehte sich zur Seite.

»Dircks«, meldete sich am anderen Ende der Teilnehmer.

»Hallo! Hartmann hier. Du möchtest doch deinen Chef loswerden?«

»Ich bin sehr zuversichtlich, es läuft super. Die ganze Bande sitzt ein, denen lassen sich noch viel mehr Taten nachweisen. Da ist uns ein ganz dicker Fisch ins Netz gegangen. Im Innenministerium ist man begeistert.«

»Das freut mich. Was deinen Chef angeht, möchtest du da auf Nummer sicher gehen?«

Ein paar Sekunden blieb es still. Dann fragte Dircks. »Was hast du?«

5. Tag

Der schlichtgraue VW-Bus stand mit der Front nach vorne in einer Parkbucht. Er war von außen dunkel verspiegelt. Hartmann saß im hinteren Teil des Fahrzeugs. Wenn er den Hals reckte, konnte er über die beiden Polizisten vorne auf den Sitzen hinweg die Einfahrt zur Zentralkasse erkennen.

Der Cop hinterm Lenkrad hieß Mike, der rechte war Granny.

Neben ihm auf der Rückbank hatte Angie sich zusammengerollt. Er schlief. Hin und wieder stieß Hartmann seinen Kumpel knackig in die Seite. Dann schnappte Angie nach Luft und stellte das Schnarchen wieder ein. Ihm gegenüber saß Dircks. Zwischen ihnen befand sich ein Klapptisch. Auf der Tischplatte lag ausgerollt ein Ausdruck. Eine technische Zeichnung, die einschließlich Überschrift exakt der glich, die im Liefeld an der Wand gehangen hatte.

Kein Stadtplan.

Dircks hatte es ihm erläutert. »Das ist ein Grundriss der Zentralkasse. Und zwar der Teil für die Fahrer vom Securitydienst, die außerhalb der Geschäftszeiten Bargeld anliefern. Sie fahren mit dem Geldtransporter über die Berliner Allee an. Dann setzen sie rückwärts in die Auffahrt. Es öffnet sich ein Tor. Der Wagen fährt weiter rückwärts den Gang entlang tiefer ins Gebäude hinein. Bis an eine Schleuse. Dort löst das Heck des Wagens eine Lichtschranke aus. Es öffnet sich eine Luke in der Schleuse, das ist wie Andocken. Science-Fiction, nur ohne Weltraum. Von dort aus wird der Transporter geöffnet und entladen. Die Schleuse schließt sich, und der Transporter verlässt leer das Gebäude, wie er gekommen ist.«

»Wie kommen die Securityleute aus dem Transporter zum Entladen durch die Schleuse in die Bank?«, hatte Hartmann gefragt.

»Gar nicht. Die Securityleute bleiben mit ihrem Fahrzeug auf dieser Seite der Schleuse. Ausgeladen wird die Ladefläche durch Angestellte der Bank auf der anderen Seite.«

»Cool.«

»Alles ist zeitlich exakt getaktet. Sie arbeiten mit Sensoren. Jede Auffälligkeit, jede Unregelmäßigkeit, jeder Zeitverzug wird an eine Zentrale gemeldet. Im Geldtransporter wurden mehrere Tracker eingebaut. Der ganze Entladevorgang dauert zeitgestoppte dreizehn Minuten. Bei Abweichung: Alarm.«

»Gut zu wissen«, hatte Angie gemurmelt und sich einen misstrauischen Blick von Granny eingehandelt.

Dircks hatte sich eilig geräuspert. »Mehr interne Infos würden euch nur verwirren.«

Okay. Was diese internen Infos sein mochten, da hatte Hartmann sich in den letzten zwei Stunden seine Gedanken gemacht. Zeit hatte er ja, denn sie mussten warten. Dircks hatte entschieden, ihn und Angie vor Ort zu halten, damit sie potenzielle Bandenmitglieder frühzeitig erkennen könnten.

Immer wieder schaute Hartmann auf die Uhr.

01:31 Uhr.

Gleich, gleich würde es losgehen. Vor ein paar Minuten hatte ein Polizist gefunkt, dass der Geldtransporter losgefahren sei, und seither ständig den aktuellen Standort durchgegeben. Granny verfolgte über ein Tablet den Transporter, der sich als rot blinkender Punkt über einen Stadtplan durch Düsseldorfs Straßen auf sie zubewegte.

Zeit, seinen Kumpel durch sanfte Stöße in die Seite zu wecken. Sanfte Stöße. Stöße. Heftige Stöße.

Angie schnappte nach Luft. »Wieso gerade heute?«, japste er an Hartmann gerichtet atemlos die Frage, die er kurz vorm Einschlafen schon gestellt hatte.

Und die der ihm so beantwortet hatte: »Heute zieht das Feuerwerk die meisten Gäste auf die Kirmes, heute ist der große Zahltag. Es wird an den Ständen gegessen, in den Festzelten getrunken, auf den Geräten amüsiert man sich. Bezahlt wird fast ausschließlich in bar, es kommt eine gigantische Summe zusammen. Das Geld wird am Ende des Abends eingesammelt und mit einem Geldtransporter exakt hier hingefahren, in die Zentralkasse. Mehr Geld, Angie, mehr Bargeld lagert da nie. Deshalb ist heute der Tag, der *Big Day*. Es wartet der Jackpot. Die Bande schlägt zu und verschwindet aus Düsseldorf. Die Spuren sind verwischt. Deshalb haben sie Harry und Blümchens Herrchen getötet, weil die beiden die Bandenmitglieder und insbesondere Brandgesicht später, wenn der Raub in die Medien gekommen wäre, vielleicht auf Fotos wiedererkannt hätten. Deshalb wollten die auch uns beide ausschalten, sie haben es zweimal versucht. Für einen dritten Versuch fehlte ihnen heute die Zeit, weil sie sich jetzt um den eigentlichen Fischzug kümmern müssen, da werden alle Bandenmitglieder eingebunden sein.«

»Aha. Inhaltliche Komponente und zeitliche Komponente, verstehe«, hatte Angie gegähnt und war eingeschlafen.

Jetzt räkelte er sich im Rücksitz gerade. »Und? Wie weit sind wir? Geht's los?«

Statt einer Antwort deutete Hartmann durchs Fenster nach draußen, wo der Geldtransporter mit den Einnahmen der Kirmes aus dem Kö-Tunnel auftauchte. Zwei Rundumlichter warfen orangefarbene Schatten über den Beton, über die Ausfahrt des Tunnels und schließlich über die Berliner Allee.

»Objekt verlässt den Kö-Tunnel«, knarzte es im Funk.

Außer dem Transporter war kein Fahrzeug zu sehen, aber Hartmann wusste, dass mindestens drei Zivilfahrzeuge rund um die Zentralkasse verdeckt geparkt die Stellung hielten.

Im Fahrzeug war es warm, die Luft ließ sich inzwischen in Scheiben schneiden. Dircks leckte mit der Zunge über die Lippen, die Anspannung war mit Händen zu greifen. Hartmann führte sich vor Augen, dass sie immer noch vollkommen im Trüben fischten. Vielleicht war an seiner Theorie gar nichts dran. Und ihre Aufregung vollkommen unangebracht. Konnte sein. Hartmann hatte sich schon oft auf sein Bauchgefühl verlassen. Und falsch gelegen.

»Objekt ist jetzt Höhe Zentralkasse.«

Der Transporter hielt am rechten Fahrbahnrand an, Warnblinkanlage. Er ließ einen weißen VW Golf passieren. Bestimmt ein Zivilwagen.

Hartmann hielt die Luft an. Jetzt, jetzt wäre eine gute Gelegenheit für einen Raubüberfall. Genau genommen, die Gelegenheit. Das Fahrzeug stand. Jeden Moment rechnete er mit Personen, die sich aus dem Schatten lösten.

Da! Eine männliche Person.

»Eine männliche Person verlässt den U-Bahn-Aufgang, jetzt in der Mitte der Straßenbahngleise.«

Showdown!

Vorne löste Granny den Sicherheitsgurt.

Jetzt sah Hartmann ihn auch. Der Typ stand auffällig unauffällig im Wartebereich einer dortigen Straßenbahnhaltestelle. Und öffnete eine Getränkedose.

»Team drei stellt den Wagen ab. Wir gehen zu Fuß in die Richtung.«

»Die Eins hat verstanden«, quittierte eine tiefe, männliche Stimme, von der Hartmann wusste, dass sie zum Einsatzleiter gehörte. Hartmann konzentrierte sich wieder auf den Geldtransporter, der gerade losruckte, um …

»Männliche Person auf E-Scooter, aus Richtung Bahnstraße, dunkel gekleidet«, schnarrte es im Funk.

Das war kein Zufall! Die ganze Zeit über war die Berliner Allee menschenleer gewesen, und jetzt tauchten plötzlich gleichzeitig zwei Personen …

»Fahrradfahrer nähert sich dem Objekt. Männlich oder weiblich, kann nicht gesagt werden. Aus Richtung Stresemannstraße.«

Showdown. Showdown mit Ausrufezeichen!

01:38 Uhr.

Der Transporter setzte zurück, das Rundumlicht flackerte. Der Mann an der Haltestelle nahm einen tiefen Schluck. Der E-Scooter näherte sich, ebenso der Fahrradfahrer.

In der Zufahrt zur Kasse fuhr ein Rolltor in die Höhe.
Dircks atmete hörbar auf.

»Wir wechseln jetzt in den Haltestellenbereich«, meldete sich Team drei. Angie blinzelte, inzwischen hellwach.

»E-Scooter jetzt in Höhe der Zentralkasse.«

Gerade jetzt, wo sich das Tor öffnete?

Kein Zufall!

Granny drehte sich von vorne zu ihnen, suchte den Blick seines Kollegen. »Sollen wir?«

Der Typ in der Haltestelle vor ihnen schaute nach links, schaute nach rechts, spannte sich an. Er trat einen Schritt zur Seite, ans Wartehäuschen. Er nestelte an …

»Person an der Haltestelle pinkelt«, berichtete Team drei.

Der Geldtransporter …

»E-Scooter jetzt in Höhe des Tores.«

Granny, Dircks, Mike und Angie richteten sich im Sitz auf. Profis wussten ganz genau, wann es ernst wurde.

»Fahrradfahrer biegt ab Richtung Bahnstraße.«

Vom Objekt weg!

»Mann an der Haltestelle schließt seine Hose.«

01:39 Uhr.

Das orangefarbene Licht verschwand in der Zufahrt.

Der E-Scooter!

Hartmann hielt es nicht im Sitz.

»E-Scooter passiert die Zentralkasse, biegt dahinter links ab in Richtung Martin-Luther-Platz.«

»Typ an der Haltestelle öffnet eine weitere Dose«, meldete Team drei.

»Transporter ist im Gebäude, das Tor schließt sich.«

Hartmann japste. Total vergessen zu atmen!

»Was jetzt?«, fragte Angie. »Nix?«

01:40 Uhr.

»Abwarten«, knurrte Granny.

01:41 Uhr.

01:42 Uhr.

»Tracker jetzt stationär. Fahrzeug steht.«

Der Ausladevorgang begann. Alles hatte seine Richtigkeit. Alles normal. Granny und Dircks wechselten einen Blick. Hartmann fühlte sich unwohl. War der ganze Alarm umsonst?

01:43 Uhr.

»Hier Team zwei, der E-Scooter kommt zurück.«

»Na und?«, murmelte Granny.

»Dranbleiben!«, knurrte Team eins.

Hartmanns Hirn arbeitete fieberhaft. Wo war der Fehler? Alles hatte gepasst! Die günstige Gelegenheit, das viele Geld der Kirmes. Heute, hier und jetzt! Lag er zeitlich falsch? War er zu früh? Stimmte die Örtlichkeit? Waren sie hier falsch? Wo war der Fehler?

Hartmann blickte nach links, blickte nach rechts. Nicht die Berliner Allee? Doch! Hier waren sie auf jeden Fall richtig. Die Karte! Der Plan. Exakt der gleiche Plan, der gleiche Ausdruck! Zentralkasse Berliner Allee war die richtige Örtlichkeit.

»Gibt es einen Zugang über die U-Bahn?«, schoss es Hartmann durch den Kopf, laut.

»Wie meinst du das?«, knirschte Dircks.

01:44 Uhr.

»Vielleicht beobachten wir den falschen Eingang?«

Hartmann spürte, wie seine Hände kribbelten. Die U-Bahn, die sogenannte Wehrhahnlinie. Sie führte von der Altstadt aus Richtung Osten. Klar, die Berliner Allee lag nicht auf der Strecke, aber die unterirdische Trasse führte in unmittelbarer Nähe vorbei.

»Es gibt keinen Zugang von der U-Bahn aus, wurde abgeklärt«, beruhigte ihn Dircks. »Außerdem haben wir den Ausdruck mit genau dieser Zufahrt.«

Stimmt. Hartmann atmete durch.

Granny murmelte. »Tracker Geldtransporter sind stationär. Fahrzeug steht.«

01:45 Uhr.

Was war das für ein Geräusch?

Granny und Dircks hatten es auch gehört.

»Der Typ von der Haltestelle verlässt die Haltestelle. Er wechselt die Straßenseite. Äh. Gerade jetzt, wo sich eine Straßenbahn aus Richtung Martin-Luther-Platz nähert?«

Granny, Dircks, Mike und Angie richteten sich im Sitz auf. Hartmann erlebte ein Déjà-vu. Profis wussten immer ganz genau, wann es ernst wurde.

»Was ist das für ein Geräusch?«, fragte Granny und fuhr die Seitenscheibe runter.

Die Straßenbahn polterte heran.

»Team zwei, Standort vom E-Scooter?«

»Er biegt ... jetzt ... in die Berliner Allee, Fahrtrichtung Zentralkasse.«

Granny runzelte irritiert die Stirn und schaute aus dem Fenster schräg nach oben. »Das hört sich an wie ein Hubschrauber.«

01:46 Uhr.

»Der Pinkler von der Haltestelle hat die Fahrbahn gewechselt, jetzt Gehweg in Höhe Zentralkasse.«

»Verstanden!«

»Tracker Geldtransporter sind nach wie vor stationär. Fahrzeug steht«, murmelte Granny.

Von rechts näherte sich die Straßenbahn. Unglücklich! Sie würde ihnen den Blick auf die Zufahrt versperren.

»E-Scooter und Fußgänger sind jetzt fast auf gleicher Höhe, direkt vor der Kasse.«

Hartmann reckte sich den Hals lang. Verfluchte Bahn. Deren Gerattere überdröhnte alles, auch das Geknattere des Hubschraubers über ihnen. Ein Blick nach vorn, das Tor zur Zufahrt öffnete sich. Der Kegel vorne auf dem Dach des Transporters flackerte orangefarbenes Licht über die Berliner Allee.

»Scheiße«, fluchte Dircks.

Quietschend stoppte die Bahn, endlich Ruhe! Zischend öffneten sich die Türen.

Granny ergriff den Pyker. »Hier Team vier, wegen der Strab haben wir keine Sicht mehr auf die Kasse.«

»Steigt jemand aus der Bahn?«

Granny und sein Kollege am Steuer kniffen die Augen zusammen. »Negativ, es steigt keiner aus.«

01:47 Uhr.

»Verstanden. Team zwei, euer Standort?«

»Wir biegen auf die Berliner Allee. Kein Sichtkontakt zum Scooter, da der Geldtransporter die Zentralkasse verlässt.«

Der Hubschrauber war nicht mehr zu hören.

»Hier Team drei, der Besoffene geht quer über die Straße nach links, also vom Objekt weg.«

Zischend schlossen sich die Türen, die Strab fuhr langsam an, Richtung Bahnstraße, und gab den Blick frei auf die gegenüberliegende Straßenseite.

»Da steht ein Typ, der gerade einen E-Scooter abstellt.«

Der Geldtransporter bog nach rechts in die Berliner Allee, wie vorgesehen Richtung Bahnstraße.

»Moment mal«, murmelte Granny.

Hartmann beugte sich nach vorne. Durch die Fensterscheiben der Straßenbahn, die Tempo aufnahm, erkannte er das flackernde Rundumlicht des Geldtransporters. Das ... flackernde Rundumlicht.

01:48 Uhr.

Granny griff zum Pyker.

»Die sind zu schnell!«, rief Dircks.

Granny brüllte in den Pyker. »Der Geldtransporter hat das Gebäude verlassen, aber ... die Tracker stehen noch im Gebäude!«

»Fahr los!«, schrie Hartmann. »Das ist der falsche Geldtransporter! Der echte, der gerade mit dem Geld von der Kirmes gekommen ist, hatte zwei orangefarbene Leuchten auf dem Dach. Der, der die Zentralkasse gerade verlassen hat, hat nur eins!«

»Scheiße«, fluchte Dircks. »Die Bande war mit einem umgebauten Transporter schon in der Bank, bevor wir uns hier draußen aufgestellt haben. Im Schleusenbereich gibt es einen kurzen Abzweig zum Rangieren, wie ein Ypsilon. Die haben die Einnahmen der Kirmes auf dieser Seite der Schleuse vom richtigen in ihren falschen Transporter geladen.«

»Habt ihr kein Team in der Bank?«

»Nein. Haben wir drauf verzichtet«, knurrte Dircks. »Um nicht einen möglichen Mittäter in der Bank zu warnen.«

Den es wahrscheinlich auch gegeben hatte, dachte Hartmann.

Mike startete den Motor und gab Gas, um ihn fast sofort wieder zu bremsen, weil der hintere Waggon der Straßenbahn die Kreuzung blockierte.

»Durch den Gegenverkehr«, befahl Granny.

Mike drehte das Lenkrad nach links und steuerte das Fahrzeug in die rechte der beiden Fahrspuren des Gegenverkehrs. Vor ihnen riss ein Taxi die Lichthupe auf.

»Habt ihr kein Blaulicht?«, fragte Angie.

Hartmann fand, dass ein VW-Bus nicht das geeignetste Fahrzeug für eine Verfolgung war, aber man konnte es sich nicht aussuchen. Und für einen dicken, unbeweglichen Geldtransporter sollte das allemal reichen. Mit beiden Händen grabschte er nach Halt. Blick nach rechts. Durch die Fenster der Bahn.

Kein Licht? Kein Transporter!

»Da! Schräg vor uns!«, schrie Granny. »Was macht der denn für ein Tempo?«

Getunt, kombinierte Hartmann. Die Bande hatte keinen original Geldtransporter geklaut, sondern einen nachgebaut und dem Nachbau ein paar zusätzliche PS unter die Haube geschweißt. Das Ding jenseits der Straßenbahnschienen machte richtig Meter und zog ihnen davon.

Der VW-Bus schaukelte.

»Mir wird schlecht«, würgte Angie.

Am Funk überschlugen sich die Stimmen. Absichtlich oder nicht, die Gauner hatten die Teams auf dem falschen Fuß erwischt. Alle waren zu Fuß unterwegs, lediglich Team eins donnerte von der Königsallee kommend in ihre Richtung.

Gegenverkehr!

Hartmann schloss die Augen. Scheiße, das war knapp. Aber sie holten auf. Mike machte am Gaspedal richtig Alarm. Allerdings blieb der Geldtransporter schräg vor ihnen.

Blaulicht von hinten!

Team eins von rechts.

Bahnstraße, rote Ampel? Mike ging leicht vom Gas. Drüber!

Granny krallte sich in die Armaturen. »Verdammt!«

Mike: »Schnall dich an!«

Machte Granny. Keine Sekunde zu spät. Der Geldtransporter bog schräg vor ihnen nach links in die Graf-Adolf-Straße. Mike ging vom Gas und stieg voll in die Bremsen, alle gingen in den Gurt.

Angie würgte.

Fußgänger spritzten zur Seite, drohten ihnen hinterher.

Der Transporter gab wieder Gummi, er fuhr jetzt auf der linken von zwei Fahrspuren Richtung Osten. Mike setzte den Bus dahinter, drei Meter Abstand, vielleicht vier. Rechts flogen die Geschäfte an ihnen vorbei. Bunte Lichter, Leuchtreklamen, Schaufensterscheiben. Links der abgesenkte Schienenbereich, der die Richtungsfahrbahnen der Graf-Adolf-Straße trennte.

Gesichter starrten ihnen hinterher. Im Gegenverkehr hupten Fahrzeugführer. Sehr hilfreich!

Vor ihnen kreiselte das Orangelicht.

»Tempo 110, Graf-Adolf-Straße, linke Spur, Fahrtrichtung Stresemannplatz«, brüllte Granny in den Funk.

Auf dem Fahrstreifen rechts neben ihnen schraubte sich ein weißer Golf vorbei, ein angepapptes Blaulicht auf dem Dach. Team eins.

Mike saugte Luft.

Der Golf war schneller als sie, aber … das wurde eng! Hartmann hielt die Luft an. Der Stresemannplatz, der mit schwarzen Autoreifen ausgelegte und mit exotischen Palmen bepflanzte Kreisverkehr vorm Bahnhof, war nur noch wenige Meter von ihnen entfernt. Der Geldtransporter kachelte mit Macht auf das Hindernis zu. Viel zu schnell!

»Scheiße«, flüsterte Dircks plötzlich. »Was macht der denn da?«

Der weiße Golf vom Team eins wechselte Zentimeter vor ihnen nach links. Da war doch überhaupt kein Platz! Außerdem war er viel zu zügig unterwegs. Zum Henker, was hatte der Fahrer vor?

Mike ging in den Anker. Es riss sie nach vorne. Der Gurt schnürte Hartmann durch den Brustkorb.

Angie würgte.

Der weiße Golf rammte den Transporter hinten links, gerade als der in den Kreisverkehr einbog. Der Golf selbst brach wie weggeflippert aus, drehte sich wie ein Kreisel, hämmerte in den abgesenkten Bereich der Straßenbahnschienen. Der Geldtransporter wankte und schwankte, torkelte nach rechts, taumelte nach links. Wahrscheinlich kurbelte sich der Fahrer des Wagens die Arme knotig.

Vergeblich!

Der Geldtransporter rammte die Reifenbegrenzung und hob ab. Im Flug geriet er in Schräglage. Mit dem Aufkommen, das würde nicht klappen. Der Kastenwagen landete auf Kante. Metall splitterte, ein Reifen schoss rechts davon. Knirschend schmirgelte der Wagen über den Stresemannplatz und furchte eine Schneise aus Schutt, Dreck, Asphalt und Gummi in den Straßenbelag.

Im allerletzten Moment riss Mike den VW-Bus nach rechts in den Kreisel. Ein Fußgänger sprang zur Seite. Lenker gekurbelt. Von links schoss ein Karosserieteil des Geldtransporters durchs Seitenfenster. Splitter prasselten Hartmann ins Gesicht. Was immer das Geschoss war, es pfiff um Haaresbreite an Mikes Schädel vorbei und traf Granny auf dem Beifahrersitz am Kopf. Blut spritzte von innen gegen die Windschutzscheibe.

Mike schaffte es ... irgendwie ..., den Bus in den Stand zu bremsen.

Links hinter ihnen knallte etwas bestialisch, es stank. Menschen schrien, Martinshörner näherten sich jaulend. Vorne rieselte die Windschutzscheibe in sich zusammen.

Hartmann schüttelte sich, checkte seinen Körper. Alles noch dran, alles funktionsfähig.

Durchs Seitenfenster sah er, wie in diesem Moment der Geldtransporter links neben ihnen auf der Mittelinsel langsam komplett auf die rechte Seite kippte. Das linke Vorderrad drehte sich, der Motor des Transporters qualmte wie Ruhrgebiet 1955.

Neben ihm riss Angie die Tür des Busses auf und kotzte auf die Fahrbahn.

Dircks und Hartmann schoben sich an ihm vorbei nach draußen. Vorne kümmerte sich Mike um Granny, der übel am Kopf getroffen um seine Besinnung kämpfte.

Unfassbar!

Einfach unfassbar!

Vor ihnen kletterte ein Mann aus dem Transporter. Weil sich die Tür nicht öffnen ließ, tat er das durchs

Fenster. Dircks riss seine Knarre aus dem Holster und nahm ihn ins Visier.

Menschen schrien, duckten sich weg.

»Keine Bewegung!«, brüllte Dircks.

Der Mann war klein, schmal, hatte etwas vom Wiesel und sah aus wie Robert Carlyle. Er verharrte und hob seine Arme.

Irgendwo splitterte eine Glasscheibe.

Ein Stromstoß durchfuhr Hartmann, denn vor ihnen flüchtete ein Mann über die Fahrbahn Richtung Hauptbahnhof, der offensichtlich Sekundenbruchteile zuvor die Windschutzscheibe des Geldtransporters eingetreten hatte und nach draußen geklettert war. Circa Mitte fünfzig, auf eine sportliche, durchtrainierte Art muskulös, 1,80 Meter groß, kurze, dunkle Haare, fast Glatze. Auch ohne das markante Gesicht sehen zu können, wusste Hartmann, wer da vor ihnen davonrannte.

Brandgesicht!

»Runter! Auf den Boden!«, kommandierte Dircks.

Der weiße Golf? Team eins? Hartmann fuhr herum und sah, wie beide Polizisten benommen, aber halbwegs unversehrt aus ihrem rauchenden Wrack stiegen.

»Verdammt!«

Blick wieder nach vorn! Brandgesicht hatte die ersten zehn Meter gemacht. Wenn er jetzt nicht hinterherrannte, würde es keiner tun.

Hartmann spurtete los.

Mist. Auch Brandgesicht schien den Horror-Crash unverletzt überstanden zu haben, denn er war schnell. Hartmann biss die Zähne zusammen.

Graf-Adolf-Straße, rechte Gehwegseite. Sex-Shop, Spielhalle, die Front eines Hotels, durch die Stuhlreihen einer Pizzeria. Vor ihm kam Brandgesicht gut voran, hinter ihm schimpften Passanten. Pfandhaus, Harkortstraße, ein tiefergelegter 3er BMW mit Kennzeichen aus Solingen von rechts, Scheiben unten, laute Musik. Knapp, aber geschafft.

Ein türkischer Imbiss, der Bahnhofsvorpatz.

Hartmann konnte mithalten, machte aber keine Meter gut. Ein Meer von Taxis vor ihnen, Haube an Haube. Brandgesicht sprang einfach drüber hinweg. Hartmann glitt ihm hinterher über die Motorhaube. So schnell konnte der Taxifahrer drinnen gar nicht wach werden, gucken und maulen.

Brandgesicht riss die Tür zur Bahnhofshalle auf. Ha, das kostete ihn zwei Meter.

»Festhalten!«, brüllte Hartmann, aber niemand reagierte. Wenn hier im Bahnhofsviertel der eine dem anderen hinterherrannte, dann hielt man sich besser raus.

Auf der anderen Seite der Schwingtür ging Brandgesicht wieder in den Spurt. Brotbude, Fahrkartenautomat, Press & Books. In der Auslage der Bahnhofsbuchhandlung guckten ihnen bunte Mangamädchen mit weit aufgerissenen und wässrig-schimmernden Mangaaugen hinterher.

Hartmann stolperte in eine Fußgängerin mit Rollkoffer hinein und strauchelte. »Sorry!«

Brandgesicht stürzte rechts die Rolltreppe runter Richtung U-Bahngleise, Hartmann hinterher. Der Abstand hatte sich vergrößert. Verdammt, ausgerechnet knapp vor ihnen hatte eine U-Bahn aus Richtung Kirmes den Bahnhof erreicht und Dutzende von Bummlern auf den Bahnsteig gerülpst. Hartmann schubste und drückte sich durch betrunkene Kirmesheimkehrer und verlor Brandgesicht aus den Augen.

»Pass doch auf, Mann!«

»Alter!«

»Geht's noch?«

Mist, Hartmann stoppte. War Brandgesicht in die Bahn gestiegen? Hektisch scannte sein Blick die Sitze in der U 75 Richtung Eller. Nichts, nichts, nichts, nichts, nichts.

Den Bahnsteig weiter! Raus aus dem U-Bahnbereich! Die mit Menschen vollgestellte Rolltreppe hoch zurück ins Erdgeschoss.

»Pass doch auf, Mann!«

»Alter!«

»Geht's noch?«

Is ja gut, wollte Hartmann schreien, aber dafür fehlte die Puste.

Zu den Gleisen!

Links? Rechts! Ganz hinten erkannte er Brandgesicht, der auf der linken Seite in einen der Treppenbereiche stürzte, die nach oben auf die Gleise führten.

Los! Hartmann rannte, erreichte die Treppenbereiche, aber ...

»Mist!«

Er hatte den infrage kommenden Treppenbereich erreicht. Also quasi, nämlich beide, die infrage kamen. Gleis 15/16 oder 17/18? Hartmann entschied sich für 17/18. Auf den Stufen nach oben machten Hartmanns Waden dicht. Nur noch ein Stück, nur noch ein bisschen, bitte. Das Gleis war fast menschenleer.

Links.
Rechts.
Nichts. Kein Brandgesicht.

Auf dem Gleis gegenüber! Gleis 16, da stand er. Der vernarbte Bastard starrte ihn an. Breitbeinig. Wie bei einem Duell.

Zwischen ihnen nicht der dreckige, trockene Staub einer gottverlassenen Stadt im Wilden Westen, sondern jede Menge Steinschotter und zwei Schienenstränge.

Über ihnen die geknarzte Durchsage. »Auf Gleis 17 fährt ein der Regionalexpress 1 nach Dortmund über Duisburg, Essen und Bochum.«

Hartmann zuckte. Noch vor dem RE 1 über die Gleise? Auf die andere Seite? Einmal runter, zwei Gleise, einmal rauf, nicht mehr als sechs Meter? Keine Chance, der RE 1 war schon zu nahe.

Brandgesicht starrte immer noch zu ihm rüber, er verzog keine Miene. Irgendwo saß ein Mexikaner und spielte Mundharmonika. Gelassen formten seine Arme sich zur Geste, bildeten eine Langwaffe, ein Gewehr. Kimme und Korn visierten ihn an. Brandgesicht legte seinen Kopf schräg und schloss ein Auge. Der Zeigefinger am imaginären Abzug krümmte sich. Brandgesicht drückte ab.

Der RE 1 fuhr ein, raubte ihm die Sicht.

Hartmann fuhr herum. Zurück! Die Steintreppe runter, rechts rum, Gleis 16 wieder rauf. Jede Stufe quälte. Oben schlossen sich die Türen des Zuges.

Ein Pfiff, kein Brandgesicht.

Hartmann stolperte an die nächstgelegene Zugtür, keuchte, bekam die Klinke zu fassen, keuchte, drückte sie runter. Die Klinke schlug ins Leere, die Tür ließ sich nicht öffnen. Der RE 1 setzte sich langsam in Bewegung.

Hartmann presste eine Hand rechts in die schmerzende Seite. War der verdammte Hund in den Zug eingestiegen?

Gebückt wie Hartmann stand, quälte sich sein Blick taumelnd ganz ans Ende des Bahnsteigs. Er war nicht sicher, ob der Mann, der dort davonrannte, Brandgesicht war.

Er war nur sicher, er würde nicht hinterherrennen können.

* * *

Zwei Stunden später fuhr Alina aufgewühlt die Finger durchs blau gefärbte Haupthaar. »Unglaublich.«

Angie zuckte mit den Schultern. Sein Magen hatte sich leidlich beruhigt. Sicherheitshalber legte er dennoch einen weiteren Killepitsch nach.

Happy Hour!

Die 42 Umdrehungen des Düsseldorfer Premium-Likörs waren genau das Richtige für seinen angegriffenen Körper. Was ein Glück, dass er bei Heidi im Kühlschrank ganz hinten durch drei feine, rote Fläschlein vom guten Stoff gefunden hatte. Sicher, die Sprache litt, aber die 98 im Likör verarbeiteten Kräuter, Beeren und Früchte waren gleichwohl sehr geeignet, seine verschreckten Lebensgeister wieder freundlich zu stimmen. Mann, war das eine Horrorfahrt gewesen. Angie war hohes Tempo einfach nicht mehr gewohnt.

Komm, einer passt noch rein!

Hartmann deutete auf Heidis Fernseher, der ja eigentlich seiner war, weil er ihn Angie geliehen hatte, und fuhr die Lautstärke des Geräts hoch. »Da kommt es jetzt!«

Alina setzte sich an seine Seite. Heidi hatte ein gemütliches, breites, dunkelgrünes Sofa mit dick gestickten Kissen und bronzefarbenen Troddeln.

Zu Bildern vom Stresemannplatz, die auch wegen der Palmen an Florida und Wirbelsturm erinnerten, berichtete eine tiefe, männliche Stimme aus dem Off. »... kam es in Düsseldorf zu einer spektakulären Verfolgungsfahrt, in deren Verlauf sich das Täterfahrzeug und mehrere Einsatzmittel der Polizei überschlugen. Vier Polizeibeamte wurden zum Teil schwer verletzt, der Sachschaden ist erheblich ...«

»Wie geht es Granny?«, fragte Alina leise dazwischen.

»Ihn hat ein Fahrzeugteil am Kopf getroffen. Feiste Platzwunde. Er liegt im Evangelischen, aber mehr zur Beobachtung. Ich glaub nicht, dass in seinem Bollerschädel viel kaputt gegangen ist.«

»Du kannst so mitfühlend sein.«

Hartmann grinste böse. »In meinem Herzen ist derzeit mehr Platz für *nachtragend* als für *mitfühlend*.«

Auf dem Bildschirm wurde jetzt der Mann zur Stimme sichtbar, der nun einem Polizeibeamten ein Mikrofon entgegenstreckte. »Wie ist der aktuelle Stand der Ermittlungen?«

Der Kriminalpolizist, von dem Hartmann wusste, dass er genau jener Mann war, dem Dircks und Granny so sehr die Beförderung ins Innenministerium gönnten, antwortete: »Bitte haben Sie Verständnis, dass ich Ihnen zum jetzigen Zeitpunkt noch keine Details nennen kann, die Ermittlungen dauern natürlich noch an.«

»Aber es gab mehrere Festnahmen?«

»Ja. Gegen 01:40 Uhr hat eine fünfköpfige Tätergruppe versucht, in der Zentralkasse Düsseldorf auf der Berliner Allee die Bargeldeinnahmen der Düsseldorfer Rheinkirmes zu rauben. Vier Täter hatten sich mit einem nachgebauten Geldtransporter Zugang zum Gebäude verschafft. Ein Mitarbeiter der Zentralkasse hat ihnen aus dem Gebäude heraus zugearbeitet.«

»Ach«, sagte Alina.

»Ging ja nicht anders«, brummte Hartmann. Irgendwie musste der nachgebaute Geldtransporter ja schließlich ins Gebäudeinnere gekommen sein, damit er dort auf der Rangierfläche geparkt und später mit der Beute beladen werden konnte. Ohne einen Insider wäre das kaum möglich gewesen. Brandgesicht hatte darüber hinaus jemanden auf der anderen Seite der Schleuse gebraucht, der dort die Situation kontrollierte. Wie genau, das würden die Vernehmungen ergeben.

»Nach derzeitigem Stand der Ermittlungen wurde der Angestellte der Zentralkasse dazu genötigt. Die Vernehmungen hierzu dauern noch an.«

»Der Coup war definitiv von langer Hand geplant«, sagte Alina.

Der Reporter, um noch mehr O-Ton bemüht, fragte nach. »Wie hoch war die Beute?«

»Dazu möchte ich aus ermittlungstechnischen Gründen nichts sagen«, machte der Polizist die Summe nicht öffentlich, von der Hartmann allerdings vor Ort schon mitbekommen hatte, dass sie deutlich im Millionenbereich lag.

»Konnten alle Täter festgenommen werden?«

Jetzt kommt's, dachte Hartmann.

»Im Zuge einer Verfolgung verunfallten mehrere Streifenwagen der Polizei und der genannte, nachgebaute Geldtransporter. Diesen Unfall nutzte der Kopf der Bande zur Flucht. Aber wir sind sehr zuversichtlich, die Personalien des Mannes ermitteln zu können. Zwar schweigen die Mittäter, aber ein Passant konnte die Verfolgung aufnehmen …«

»Mit Passant meinen die dich!«, rief Angie und genehmigte sich noch einen Kurzen für den Magen.

»Der Passant konnte noch nicht vernommen werden, aber das wird gleich am frühen Vormittag geschehen. Wir sind sicher, dass diese Vernehmung dazu führen wird, den Haupttäter zu identifizieren und dingfest zu machen.«

Das war's, dachte Hartmann.

»Was sollte das denn?«, flüsterte Alina baff. »Die stellen dich total in den Fokus. Was, wenn das der Täter sieht?«

»Ähm …«, machte Hartmann.

Auch auf dem Bildschirm reagierte man sofort auf die möglicherweise etwas unglückliche Formulierung, denn von der Seite drängte sich Dircks ins Bild. »Ich bitte nunmehr um Verständnis, dass wir aus ermittlungstechnischen Gründen keine weiteren Details zum Sachverhalt bekannt geben können. Wir bedanken uns bei den beteiligten Polizeibeamten für ihren vorbildlichen Einsatz und bei Ihnen für das Interesse.«

Der Reporter drehte sich dynamisch in die Kamera, welttragender, wichtiger Blick. »Soweit brandaktuell zur spektakulären Lage hier in Düsseldorf. Wir sind für Sie vor Ort und werden weiter exklusiv auch um diese Uhrzeit vom Geschehen berichten. Bleiben Sie dran! Mein Name ist ...«

Hartmann fuhr den Ton runter.

»Gute Werbung für dich, Hartmann«, gratulierte Angie.

Alina war offenbar nicht ganz so begeistert. »Ich weiß nicht, was ich davon halten soll. Wenn der flüchtige Täter das Interview sieht, kommt der vielleicht auf die schlaue Idee, den einzigen Zeugen auszuschalten, der ihn wiedererkennen kann. Und das wärst du!«

»Ich?«, fragte Hartmann.

»Natürlich. Wie doof ist das denn?«

»Der ist bestimmt schon über alle Berge«, beruhigte Angie.

»Oder er ist abgezockt und tut genau das eben jetzt nicht«, widersprach Alina. »Ich bin nicht glücklich.«

»Wovor hast du Angst?«, fragte Angie. »Dass er gleich vorbeischaut?«

»Ist das so abwegig? Stellen die dich unter Polizeischutz?«

»Nein«, antwortete Hartmann, scheinbar gelassen.

»Also, ich weiß nicht. Du bist dem Kerl ganz schön in die Parade gefahren. Mit deiner Hilfe werden die Bullen ihm einen Mord anhängen können. Mindestens einen, vielleicht sogar zwei. Ich kann mir vorstellen, dass er alles tun wird, um das zu verhindern. Ohne eine Aussage von dir kommt er vielleicht davon.«

Hartmann schüttelte den Kopf. »Ich sehe das nicht so. Einer seiner Mittäter wird früher oder später quatschen. Es wird ein riesiges Spurenbild geben. Vielleicht Kameras. Die werden ihn auch ohne meine Vernehmung festnageln können, da bin ich sicher.«

»Ich weiß nicht ...«

»Aber wenn es dich beruhigt, also, wir können ja heute alle hier oben zusammen in Heidis Wohnung übernachten, und morgen sehen wir weiter.«

Angie winkte generös mit der Killepitsch-Flasche. »Aber gerne. *Mi casa es su casa!*«

Alina schien nicht überzeugt. »Ich fand den Auftritt gerade echt doof. Wie kann man nur so unverantwortlich in die Kamera quatschen?«

Hartmann lachte. »Es hat bestimmt seinen guten Grund, warum Dircks und Granny ihren Chef loswerden wollen.«

* * *

Alina fuhr zusammen.

Die Ziffern am Wecker zeigten 04:17 Uhr.

Sie konnte gar nicht sagen, was sie geweckt hatte. Oder wer. Sie blickte nach links. Also, Hartmann war es jedenfalls nicht, denn der Platz neben ihr auf der Couch war leer, die Stoffdecke lag gefaltet am Fußende.

In Heidis Schlafzimmer schnörkelte Angie.

Sie schwang sich von der Couch. Das Bad war leer. Da war es dem feinen Herrn neben ihr auf der Schlafcouch wohl zu unbequem gewesen. Von wegen, wir können ja alle hier oben zusammen in Heidis Wohnung übernachten. Der Sack hatte sich aus dem Staub gemacht, war heimlich runter in seine Wohnung und lag nun mit weit ausgestreckten Armen und Beinen gemütlich in seinem Bettchen.

Na warte!

Schnell schlüpfte Alina in Jeans, Shirt und Slipper. Der durchs Fenster fallende Mondschein leuchtete ihr den Weg durch den Flur an die Wohnungstür. Sicherheitshalber zog sie den Schlüssel vom Schloss und schob ihn in ihre Jeans. Leise schlich sie ins Treppenhaus und schloss hinter sich vorsichtig die Tür.

Frisch war es hier.

Auf dem Weg die Stufen runter in Hartmanns Etage fischte sie den Schlüssel zu Hartmanns Wohnung aus der anderen Tasche ihrer Jeans und spürte das warme Lächeln in ihrem Gesicht. Sie fand es toll, dass Hartmann ihr einen Wohnungsschlüssel gegeben hatte. Das hatte sich so … richtig angefühlt, so vertraut, als ob sie in sein Leben gehörte. Es war lange her, dass sie für einen Menschen so viel empfunden hatte. Und dann musste es ausgerechnet so ein Chaot wie Hartmann sein. Liebenswert, natürlich, aber eben auch ein Chaot. Komisch, dass ihr diese Gedanken gerade jetzt kamen.

Und mit einem Mal merkte sie, dass nicht Verärgerung sie trieb, weil der Kerl sich heimlich von der Couch gestohlen hatte, sondern Sorge. Dieser unsägliche TV-Auftritt lag ihr wirklich auf der Seele. Sie ging schneller und erreichte die Wohnungstür.

Mensch, Hartmann!

Sie spürte in diesem Moment mit jeder Faser ihres Körpers, wie sehr sie diesen Kerl brauchte.

Liebte?

Das gehörte auf jeden Fall schleunigst geklärt!

Sie schob den Schlüssel ins Schloss, drehte ihn und schlüpfte in die Wohnung. So, Lichtschalter, und ...

Ein Geräusch! Direkt neben ihr!

Noch ehe sie den Lichtschalter hatte betätigen können, schob ein Mann sie kraftvoll gegen die Wand des Flurs und presste ihr eine Hand auf den Mund. Sie versuchte ihr Knie hochzureißen, aber der große, breite Kerl drückte seinen massigen Körper an den ihren und raubte ihr jede Bewegungsfreiheit.

Dann erkannte sie ihn.

»Pssssst«, flüsterte Jonny und nahm Druck von der Hand auf ihrem Mund. »Kein Licht!«

Alinas Herzschlag setzte wieder ein, der Puls kam in Wallung. Was sollte das denn jetzt wieder?

»Wieso kein Licht?«, fragte sie und entdeckte Hartmann, der in seinem Wohnzimmerbüro am Schreibtisch saß und konzentriert in den Monitor seines Computers starrte.

Ihr fiel auf, dass Jonny noch immer ihr Handgelenk umfasst hielt.

»Lass mich los, Jonny!«

Der Druck wurde fester.

Unwillig drehte sie sich zum Schreibtisch. »Hartmann, was soll ...?«

Ein Knall, gar nicht laut. Die Scheibe? Das war ein Schuss. Und die Kugel zum Schuss riss Hartmann aus dem Stuhl. Der Kopf platzte. Blut und Haare spritzten durch den Raum. Hartmann sackte wie in Zeitlupe in sich zusammen, sein Arm riss eine Wasserflasche vom

Schreibtisch, die klirrend auf dem Boden zerplatzte. Der leblose Körper rutschte zu Boden.

Alina ... konnte noch nicht einmal schreien.

* * *

Treffer. Natürlich.

Er atmete tief aus und nahm zufrieden zur Kenntnis, dass die Kugel ihr Ziel auf der anderen Seite des Bahnhofsvorplatzes wie geplant in Fetzen gerissen hatte. Immer wieder erhebend, wie schnell und gründlich er das Dasein eines Zielobjektes für immer in leblose Fransen ändern konnte.

Brandgesicht ließ das Gewehr samt Zielfernrohr sinken. Langsam, sorgfältig und mit routinierten Bewegungen schraubte er mit kräftiger Hand den Schalldämpfer vom Lauf und klappte Teile des Gewehrs zusammen. Keine Hast, keine Eile. Und trotzdem wohnte seinen geschmeidigen Bewegungen die akkurate Geschwindigkeit eines Profikillers inne, der jeden Handgriff beherrschte und keine Sekunde länger brauchte als erforderlich.

Er war hier fertig.

Fertig mit dieser verfluchten Drecksstadt, fertig mit Düsseldorf. Und fertig mit diesem Hartmann, der ihm die Tour vermasselt hatte. Vollkommen untypisch hatte er für diesen halbleichten Privatdetektiv eine Art Groll entwickelt. Der langhaarige Trottel hatte ihm tollpatschig den von langer Hand vorbereiteten, simpel-genialen Coup vermasselt, wahrscheinlich ohne es überhaupt zu wissen.

Allerdings war das nur die kleinere, ärgerliche Komponente des unsäglichen Dilemmas, über die er vielleicht noch hätte hinwegsehen können, aber eine echte Bedrohung war er geworden, dieser dämliche Sack.

Die Mitglieder seiner Bande würden ihn nicht verraten. Spuren hatte er erst gar keine hinterlassen oder gründlich vernichtet, da war er Profi. Seit Jahrzehnten waren Bullen aller Herren Länder hinter ihm her, aber ausgerechnet dieser Niete hätte es fast gelingen können, ihn, seine Identität und seine berufliche Karriere auffliegen zu lassen.

Mit der Hand fuhr er sich über die verfluchte Narbe in seinem Gesicht, von der er wusste, dass Hartmann sie später am Tag bei der Vorlage von Lichtbildern hundertprozentig wiedererkannt hätte. Ein seltenes Grinsen legte sich auf sein Gesicht. Nun, das hatte er mit einem gezielten Schuss in Hartmanns Kopf verhindert.

Er bückte sich und verstaute sein tödliches Werkzeug behutsam in den mit weichem, rotem Stoff eingeschlagenen Alukasten zu seinen Füßen und ...

Was?

Jemand hatte plötzlich das Licht eingeschaltet. Die Baustellenleuchte über ihm an der Decke weckte Gefieder, in der hölzernen Balkenkonstruktion des Uhrenturmes wurden Flügel geschlagen.

Ein Geräusch. Hinter ihm!

Er fuhr herum.

* * *

Ihre Beine, die Knie. Versagten einfach den Dienst. Alina sackte in sich zusammen, rutschte haltlos in Jonnys Arme. Behutsam führte er sie zu Boden.

Watte. Alles wie in Watte.

»Alina.«

Watte.

»Alina, ich …«

Watte.

»Alina, ich kann das …«

Watte, Watte, Watte.

»Alina, ich kann das erklären«, nahm sie Jonnys Worte nur abgehackt und wie aus einer anderen Welt wahr.

Vorsichtig hatte Jonny ihren Körper gedreht. Jetzt drückte er sie an sich, hielt sie, hielt sie fest. Jonny flüsterte etwas in einer Sprache, die sie nicht verstand. Aber der melodische, für sie nicht zu verstehende Singsang beruhigte sie, legte sich warm um sie, umschloss sanft ihre Seele, die immer noch schreien wollte und es nicht konnte.

Sie drehte ihren Kopf, wollte … ihn … sehen. Sie schaffte es nicht.

Jonnys Stimme. »Du musst ihn dir ansehen, Alina.«

Ich. Muss. Gar. Nichts. Mehr.

Doch.

Sie zwang sich. Sie spannte sich an.

»Jemand hat durchs Fenster geschossen«, flüsterte Jonny mit einer weichen Stimme, die man niemals seinem massigen Körper zuordnen würde. »Der Schütze lauert vielleicht noch da draußen. Du musst am Boden bleiben, sonst schießt er vielleicht auch auf dich.«

Ich. Muss. Gar. Nichts.

Ich. Muss …

Sie blinzelte. Halbdunkel. Sie spürte, wie Leben in ihren Körper zurückströmte, sie spürte Muskeln, sie spürte Zorn.

Jonny reagierte sofort. »Du musst kriechen, auf dem Boden bleiben. Los!«

Alina ging in die Hocke, ließ sich nach vorne gleiten. Auf Hartmann zu. Sie kroch auf allen vieren, spürte die tote Feuchtigkeit auf ihren Handflächen.

Flüssigkeit. Kleine, feste Stücke.

Hartmanns Kopf. Sein bleiches, kaltes, entstelltes, zerfetztes Gesicht. Oder das, was davon übrig war, denn die Haut hing fransig...

»Am Boden bleiben!«, befahl Jonny mit harter Stimme, einer Stimme, der jetzt alles Weiche fehlte.

Sie strich über Hartmanns Gesicht, starrte dann auf ihre nassen Finger. Ihr Blick fiel auf die Wasserlache vor ihr, auf das zersplitterte Glas, auf den Arm mitten im Splitterfeld.

»Pass auf die Scherben auf!«

Das, das durfte doch alles nicht wahr sein. Ihre Fingerspitzen berührten zitternd Hartmanns Wange, seine kalte Haut. Von ganz allein wurde die Berührung inniger, kräftiger.

Noch kräftiger.

So kräftig, dass die Haut ...

Sie blickte Jonny an, der hilflos mit den Schultern zuckte.

Ihr Blick fand erneut Hartmanns Arm im Splitterfeld. Den ... linken Arm.

»Am Boden bleiben!«, befahl Jonny eindringlich.

Sie entdeckte Bindfäden, die am Arm befestigt waren. Bindfäden. Der Arm. Fäden, die den Arm wie den einer toten Marionette wirken ließen. Alina hob eine Hand direkt vor ihre Augen. Kein Blut. Ihre Finger waren nicht blutverschmiert.

Sie flüsterte. »Honigmelone.«

Ihre Finger krallten sich in Hartmanns Gesicht, kratzten ihm die Haut vom Schädel. Wie eine Trophäe streckte sie Jonny Hartmanns jetzt Falten werfendes Gesicht entgegen.

Aber es war nicht Hartmanns Gesicht. »Liam Gallagher?«

Jonny flüsterte. »Bleib am Boden! Hör mir jetzt ganz genau zu!«

* * *

»Keine Bewegung!«, bellte Hartmann, die Pistole auf Brandgesicht gerichtet und definitiv bereit, entschlossen den Abzug zu ziehen, sollte der sich rühren.

Brandgesicht blinzelte überrascht. Diese Bewegung ließ Hartmann ihm gerade noch durchgehen. »Jetzt langsam die Hände nach oben!«

Brandgesicht führte gehorsam seine Hände gen Decke, Handflächen nach außen. Es lagen willfährige Aufgabe und Resignation in seinen Bewegungen. Hartmann ließ sich nicht täuschen. Der Kerl hatte Puls, also war er gefährlich.

»Das erstaunt mich jetzt wirklich«, flüsterte Brandgesicht leise im lupenreinen Deutsch, eiskalt stechender Blick.

»Dabei war die Falle sehr simpel gestellt.«

Brandgesicht hob die eine verbliebene Augenbraue.

»Eine Honigmelone, eine Maske, eine Armprothese, ein paar Kissen, ein Sweatshirt, dazu ein kleines bisschen Marionettenspiel. Und ein sehr spontan initiiertes Fake-Interview im Fernsehen, um dich zu provozieren.«

»Aha. Aber du ... hier?«

»Deine Schießgewehr-Geste am Bahnsteig war eine Botschaft. Ich bin mit dir noch nicht fertig, ich knipse dich ab. Das Interview der Ermittler im Fernsehen nötigt dich zur zeitlichen Dringlichkeit, weil ich später bei den Cops gegen dich aussagen würde. Wir stehen hier im Uhrenturm des Düsseldorfer Hauptbahnhofs, meiner Wohnung genau gegenüber. Du bist gut am Gewehr. Die Entfernung ist für dich kein Problem, die Schussanlage eigentlich perfekt. Du brauchtest in die Falle nur noch reinzutrapsen.«

Brandgesicht legte seinen Kopf schräg. »Du hast keine Bullen mitgebracht? Du kommst allein?«

Hartmann ruckte knapp mit der Pistole. »Nicht ganz allein.«

Fast hätte Hartmann gelächelt. Aber er bremste sich. Hier war noch gar nichts in trockenen Tüchern.

Das Innere des Turms hatte Hartmann sich ganz anders vorgestellt. Über eine Wendeltreppe aus Beton erreichte man in über fünfundzwanzig Metern Höhe einen abschließenden Raum, vier mal vier Meter groß. Eine hohe Decke, schmale, längliche Mauerschlitze. Fenstern ähnlich, aber offen, damit Fliegtiere aller Art rein- und rausflattern konnten. Der Raum war viereckig, diente aber im Grunde nur dazu, einen in der Mitte liegenden, fünfzehn Meter tiefen, runden Wasserbehälter aus Beton zu umschließen. Ein hüfthohes, instabil aussehendes Geländer mit oben abschließendem Eisenring umschloss das runde, gähnende Loch. Die Öffnung des ehemaligen Wasserturms selbst war mit alten, vertrockneten Holzdielen abgedeckt, denen man kein Vertrauen entgegenbringen wollte. Das Ganze sah mächtig baubrüchig aus. Fußgänger waren deswegen auch nicht zugelassen. Vielleicht hatte Hartmann auch deshalb vorhin unten die Tür zum Uhrenturm mit einem von Angies Nachschlüsseldingern öffnen müssen.

Nicht nur Brandgesicht, auch diese Örtlichkeit selbst war lebensgefährlich!

Mit der Linken rupfte Hartmann jetzt sein Handy aus dem Hemd. »Aber ich kann dich beruhigen, wir bleiben nicht lange unter uns.«

Über ihren Köpfen raschelte es lebhaft, das eingeschaltete Deckenlicht hatte die Bewohner des Turms geweckt.

Jetzt kam der brisante Teil, nämlich Brandgesicht unter Schach zu halten. Da wären ein paar Uniformierte sicher hilfreich gewesen. Er hatte Dircks und Granny überreden können, ihren Chef den provokanten Lock-Satz in die Kamera des Reporters sagen zu lassen, aber den Rest der Falle, nämlich Brandgesicht in den Uhrenturm zu nötigen, hätten die Cops niemals mit ihm durchgezogen. Diesen Teil des Plans musste er ohne polizeilichen Beistand lösen.

»Wir sollten reden«, schlug Brandgesicht plötzlich mit jovialer Stimme eine Alternative vor. »Wir sind Profis. Also, ich bin einer. Und du solltest wie einer handeln. Wie sieht die Lage aus? Sie werden mir nichts Großartiges nachweisen können. Beim Raubversuch wurde niemand verletzt. Meine Jungs und ich, wir werden alle die Aussage verweigern, da kannst du einen drauf lassen. Und dann habe ich noch – böse, böse – auf eine Strohpuppe geschossen.«

»Genau genommen auf eine Honigmelone«, korrigierte Hartmann und tippterte sich durchs Handymenü, ohne Brandgesicht auch nur für den Bruchteil einer Sekunde aus den Augen zu lassen.

Die Anspannung im Raum war mit Händen zu greifen. Die hohen Tagestemperaturen stauten sich um sie herum zur stickigen Hitzeglocke, kein Lüftchen ging.

»Ich sitze locker die paar Tage Untersuchungshaft auf einer Arschbacke ab, und dann bist du fällig.«

Hartmann drückte das Telefonsymbol und führte sein Handy langsam ans Ohr, der Anruf ging durch. Über ihren Köpfen schüttelte sich Getier.

Brandgesichts Stimme wurde eindringlich. »Ich werde dir kein Geld anbieten, Hartmann. Geld interessiert dich nicht.«

»Das ist richtig.«

»Du lässt mich gehen, und ich verschwinde für immer aus deinem Leben. Und aus dem deiner blauhaarigen Freundin.«

Autsch, Hartmann spürte sich an einer wunden Stelle getroffen.

»Polizei, Notruf, was kann ich für Sie tun?«, fragte eine weibliche Stimme.

Über ihnen gurrte eine Taube.

»Ich gebe dir mein Ehrenwort. Ohne Ehre und ohne dass man sich auf mein Wort verlassen kann, stünde ich jetzt nicht hier, sondern hätte man mich längst weggemacht. Mein Wort ist eins, auf das du dich verlassen kannst.«

Tierzeug schlug sich über ihnen das Gefieder geschmeidig.

Hartmann schwankte, er zögerte.

»Hallo? Hier ist die Polizei. Bitte reden Sie!«

Alina. Verdammt, Brandgesichts Vorschlag machte Eindruck.

»Mein Name ist, äh, Hartmann, ich ...«

Über ihnen brach plötzlich die Hölle los. Hunderte schwarze Viecher stürzten wie auf Kommando gleichzeitig von der Decke auf sie herab. Ausgebreitete Flügel, schwarzseidig schimmerndes Fell. Fledermäuse! Vampire, direkt aus der Unterwelt.

Hartmann zog unwillkürlich den Kopf ein.

Ein höllisches, hohes Pfeifen raubte ihm die Orientierung. Ein ganzer Schwarm der unheimlichen Fledertiere flatterte im Zickzack um sie herum.

»Hallo?«, fragte die Frau im Handy.

Durch das wilde, wirre Flattern hindurch stürmte Brandgesicht mit ausgestreckten Armen auf Hartmann zu. Hartmann wich nach rechts aus, aber einer der Arme streifte seine Schulter und stieß ihn aus dem Gleichgewicht. Hartmann taumelte, das Mobiltelefon fiel zu Boden. Eines der schwarzen Ungeheuer wischte ihm mit einem der Flügel durchs Gesicht. Geistesgegenwärtig riss Hartmann die Pistole hoch, aber Brandgesicht warf sich mit voller Wucht erneut gegen seinen Körper. Sie stürzten zusammen nach hinten.

Staub, Steine, Taubendreck.

Hartmann krachte auf den Rücken. Brandgesicht lag auf ihm, holte zum Schlag aus. Hartmann winkelte das rechte Knie an, ließ die Knarre fallen, packte Brandgesichts Sweatshirt, hebelte, drückte und zog ihn über seinen Kopf nach hinten.

Grob krachte der athletische Kerl in den Staub, Gesicht voran im Dreck. Hartmann ging in die Knie, wollte sich aufrichten, tastete mit der Hand gleichzeitig hektisch nach der Pistole, die Bewegungen seines Gegners fest im Blick.

Brandgesicht rollte sich weiter nach vorne weg und richtete sich zwei Meter von ihm entfernt auf.

Verdammt, wo war die verfickte Knarre?

Brandgesicht hielt plötzlich ein Messer in seiner rechten Hand. Hartmann stand jetzt ebenfalls, hatte dem Messer allerdings nichts entgegenzusetzen. Wie im Boxring standen sie sich geduckt und schwankend gegenüber. Da, die Pistole lag direkt vor seinen Füßen! Er langte zur Knarre.

Damit hatte Brandgesicht gerechnet und stürzte auf ihn zu, das Messer zum Stoß angesetzt. Hartmann bückte sich, griff aber nicht nach der Pistole, sondern täuschte den Griff danach nur an. Er brach mitten in der Bewegung ab und wich nach links aus. Gleichzeig schnellte er hoch. Brandgesichts Messer stach haarscharf an ihm vorbei ins Leere. Hartmann bekam den ausgestreckten Arm zu fassen. Den Unterarm samt Ellbogen mit der rechten Hand nach außen auf Spannung reißend, schlughebelte Hartmann mit aller Kraft den Oberarm roh und hart nach innen.

Ein Krachen, ein Schrei.

Hartmann konnte hören und spüren, wie Brandgesichts Oberarm oberhalb des Ellbogens brach. Das Messer entglitt den Fingern und klirrte zu Boden. Der Ruck warf sie beide seitlich nach vorn. In Richtung der Eisenreling, die das begrenzende Geländer zum Wasserturm nach oben abschloss. Hartmann strauchelte nach Halt. Brandgesicht stürzte rücklings über den eisernen Handlauf. Hartmann folgte ihm hilflos mit den Armen rudernd auf die andere Seite des provisorischen Geländers. Einen Meter tiefer landeten sie grob und krachend auf der trockenen Holzabdeckung, die den alten Wasserbehälter abdeckte. Die Dielen knirschten maulend, Staub wirbelte.

Über ihnen pfiffen die Fledermäuse.

Hartmann gab Gewicht auf seinen linken Arm, wollte sich aufrichten. Trocken krachend bröselte die Holzdiele unter dem Druck in tausend kleine Stücke. Er rutschte ungelenk zur Seite, schlug mit dem Körper auf, unter sich ein mehr als faustgroßes, in die Holzabdeckung gedrücktes Loch. Durch die Lücke entdeckte er einen stabileren Konterbalken, der breit und stabil genug gewesen war, seinen Körper aufzufangen.

Glück gehabt.

Glück, das Brandgesicht nicht hatte. Der war mit den Füßen voran aufgekommen. Die stießen sofort durch die maroden Holzdielen, Splitter schossen zur Seite weg. Hartmann sah entsetzt, dass Brandgesichts Körper durch zwei der dickeren Konterbalken hindurch ungebremst nach unten in die Tiefe rauschte. Im letzten Moment winkelte sein Gegner den noch funktionierenden, linken Arm ab. Hart wurde ihm der Konterbalken in die Achsel gerammt. Brandgesicht brüllte mit schmerzverzerrtem Gesicht. Die Finger seiner linken Hand versuchten vergeblich, sich im Holz festzukrallen. Nägel schrammten Kratzer in den Staub.

Hartmann wirbelte nach vorn. Der Konterbalken, auf dem er lag, würde ihn tragen. Musste ihn tragen. Musste sie beide tragen!

Die Finger seiner rechten Hand schraubten sich um Brandgesichts vom Staub trockenes Handgelenk, bekamen ihn fest zu packen. Erst jetzt nahm Hartmann wahr, dass Brandgesicht hilflos zappelnd über einem fünfzehn Meter tiefen Abgrund hing.

»Nicht strampeln!«, flehte Hartmann, Brandgesichts Gewicht drohte ihm den rechten Arm auszureißen.

Brandgesicht ächzte. Er versuchte, mit einem seiner Schuhe einen Versatz innen in der runden Betoneinfassung zu nutzen, um den Druck aus Hartmanns Arm zu nehmen, rutschte aber immer wieder, immer wieder ab. Hartmann biss die Zähne zusammen, lange würde das hier nicht gut gehen!

Brandgesichts Bewegungen wurden nun ruhiger, waren nicht mehr so hektisch, sondern kontrollierter, zielgerichteter. Der Zug auf seinem Arm blieb allerdings konstant hoch. Hartmann spürte, dass es Brandgesicht für wenige Momente gelang, unter seinen Füßen Halt zu finden. Er spürte aber auch, wie er ihn gleich wieder verlor. Schuhe rutschten über Beton. Die Sehnen in seinem Arm standen unter Spannung, drohten zu reißen.

Verdammt! Lange. Würde. Das hier. Nicht mehr gut gehen!

Die Anstrengung drückte Schweiß durch seine Poren. Hartmann schloss die Augen. Er fühlte, dass seine Handinnenflächen feucht, seine Finger zusehends rutschiger wurden. Unter ihm glitt Brandgesicht ein weiteres Mal mit seinen Füßen von einem Absatz. Der Ruck ließ das inzwischen feuchte, umklammerte Handgelenk mehrere Zentimeter tiefer rutschen. Jede Faser in

Hartmanns Körper war zum Bersten angespannt und schmerzte. Er öffnete die Augen wieder, fixierte seine rechte Hand. Gleich, jeden Moment würde ihm Brandgesichts Handgelenk aus den Fingern rutschen und der Kerl in den tödlichen Abgrund stürzen.

Hartmann merkte, wie ihn die Kraft verließ, wie sich seine Finger von ganz allein lösten, wie ihm das Handgelenk des Mannes entglitt und durch seine Finger hindurch nach unten rutschte.

Hartmann hatte ihn nicht gehört.

Jonny kniete neben ihm, sein rechter Arm schoss an dem seinen vorbei. Im allerletzten Moment bekam er Brandgesichts Arm zu fassen, wie Schraubstöcke verschluckten seine breiten, muskulösen Finger seine Beute.

»Jonny«, flüsterte Hartmann.

»Hat etwas länger gedauert«, flüsterte Jonny. Er hatte anscheinend alle Zeit der Welt. Brandgesichts geschätzte achtzig Kilo stellten für den kräftigsten Taxifahrer Düsseldorfs kein Problem dar. »Alina ist wach geworden und war dabei, als man dir in deiner Wohnung in den Kopf geschossen hat. Ich musste sie kurz beruhigen. Glaub mir, es war wichtig, dass sie sofort und selbst feststellt, dass du noch lebst. Trauma und so.«

»Aha«, sagte Hartmann fahrig, im Augenblick ein wenig nicht ganz bei Alina.

Unter ihnen zappelte Brandgesicht.

Jonny nickte nach oben. »Sind das Fledermäuse?«

»Äh, ja, aber ...«

»Unheimliche Tiere«, fand Jonny und verzog sein Gesicht.

»Ja, äh, finde ich auch, irgendwie. Jonny, zieh ihn hoch!«
Jonny sah ihn an. »Bist du sicher?«

Hartmann blinzelte irritiert. »Was soll das heißen? Zieh ihn sofort hoch, Mann! Das hier ist ein altes Wasserbecken, da geht's über fünfzehn Meter steil runter auf Beton.«

In Jonnys Blick lagen Ruhe und Demut. Und eine nüchterne Entschlossenheit, die Hartmann eine Gänsehaut den Rücken rauf und runter jagte.

»Der Mann ist ein Killer. Ein Mörder. Ich kenne so Typen wie den. Er wird dich bei nächster Gelegenheit eiskalt umbringen.«

»Zieh mich hoch, verdammt!«, quetschte Brandgesicht schmerzverzerrt von unten zu ihnen hoch.

Hartmann schnappte trocken nach Luft. »Los, zieh ihn rauf, Jonny.«

»Er wird dich töten«, flüsterte Jonny sacht, aber mit fester Stimme. »Du tötest keinen Menschen. Damit kommst du nicht klar. Ich schon.«

»Jonny!«

»Scheiße, ich glaube, er rutscht mir aus den Fingern«, sagte Jonny leise.

Brandgesichts markerschütternder Schrei zwirbelte sich endlose Sekundenbruchteile lang den Betonzylinder herunter nach unten, immer leiser werdend. Der Aufprall war kaum zu hören. Über ihren Köpfen hatten sich die Fledermäuse beruhigt und wieder schlafen gelegt.

Manchmal musste man Dinge zu Ende bringen?

»Verdammt, Jonny, was hast du getan?«

Jonny sah ihm tief in die Augen. »Ich habe dir das Leben gerettet, mein Freund.«

6. Tag

Der Hofgarten war der zentrale Park in der Mitte Düsseldorfs. Er war bei Jung und Alt gleichermaßen beliebt und galt als die grüne Lunge der Landeshauptstadt. Die zu Beginn des 19. Jahrhunderts modellierte Anhöhe in der Nähe der Maximilian-Weyhe-Allee wurde im Volksmund »Ananashügel« genannt. Dort, wo bis zur Zerstörung im Zweiten Weltkrieg ein bekanntes Restaurant und Ausflugslokal Besucher und Gäste in den Hofgarten lockte, warnte seit 1985 *der Mahner*, eine imposante, fast fünf Meter hohe Bronzeguss-Plastik von Wadim Abramowitsch Sidur.

Im Schatten eines Baumes gleich daneben stand ein älterer Herr mit Hut. Er war immer noch ganz außer sich und wirbelte aufgeregt mit seinem Spazierstock.

Wuuuuuusch!

Zwei riesige, kanadische Wildgänse watschelten argwöhnisch einen Schritt zur Seite, mehrere grün leuchtende Halsbandsittiche flüchteten sicherheitshalber gen Himmel.

Auch der Polizist, dem Mann gegenüber, trat vorsichtig einen Schritt zurück. »Sie spazieren mit ihrer Gattin also wie üblich durch den Hofgarten.«

»Genau, das machen die Trudi und ich jeden frühen Samstagmorgen.«

»Aha«, sagte der Polizist, der Dietz hieß und keinen Vornamen hatte.

Besagte Trudi saß nicht weit von ihnen entfernt auf einer Parkbank und wurde durch einen Kommissaranwärter betreut, der seinem Kollegen Freddy zugeteilt war. Die Betreuung funktionierte gut. Der KA war pfiffig und hatte ein feines, sensibles Händchen für seine Mitmenschen. Trudi hatte damit begonnen, ihm Fotos der Enkelkinder zu zeigen.

Dietz fuhr fort. »Und dann haben Sie ...«

»Erst haben die Trudi und ich gedacht, das ist ein Kunstwerk. So was Modernes. Da gibt es ja die tollsten Sachen. Für mich ist das auch alles gar keine Kunst. Ich sag immer: Kunst kommt von Können!«

Wuuuuuusch!

»Bilder von Rembrandt und der mit dem Ohr, hier, Van Gogh, das nenne ich Kunst. Aber einfach irgendwas an den Baum binden und farbig anmalen, das ist keine Kunst.«

Wuuuuuusch!

»Ähm«, versuchte der Polizist eine steuernde Vollbremsung. »Es ist ja auch tatsächlich keine Kunst.«

»Sah aber so aus. Die jungen Leute schmieren ja alles voll und nennen das dann *Kunst im öffentlichen Raum*. So ein Unsinn! Hinter die Ohren hätte das früher was gegeben. Sind alles die Grünen schuld.«

Wuuuuuusch!

Dietz wollte jetzt nicht widersprechen, obwohl sich da durchaus einige Ansätze böten. Aber Rot-Weiß Essen hatte am Vortag das Heimspiel gegen Duisburg gewonnen, und er war in guter Stimmung. »Sie sagten, das war genau um acht Uhr?«

»Ganz genau um acht Uhr. Trudi und ich sind ganz exakt getaktet. Wir reservieren für halb neun nämlich immer einen Tisch im Steigenberger. Das Frühstücksbuffet ist da erste Klasse. Die haben alles, als gäbe es keine Not. Und die Trudi isst so gerne Spiegeleier mit Speck, die sind da großartig. Ich hab et en bisschen mit dem Magen, aber der Tee im Steigenberger ist spitze. Dat ist da keine billige Abzocke für Touristen, wie sonst überall!«

Wuuuuuusch!

»Haben Sie sonst noch jemanden gesehen?«

»Wie? Jemanden gesehen?«

»Jemanden, der zum Beispiel weggerannt ist.«

Der Mann pumpte Luft in seinen Brustkorb, der Sommerjanker drohte zu platzen. »Mensch, das hätte ich Ihnen doch sofort erzählt. Das wäre doch wichtig gewesen! Was sind Sie denn für ein merkwürdiger Polizist?«

Hm. Heimsieg hin oder her, Dietz verspürte jetzt doch ein wenig Lust, den Mann in den Hofgartenteich zu schubsen. Stattdessen verabschiedete er sich freundlich und wechselte zum Kollegen, der ein paar Meter weiter auf ihn wartete.

Mit einem Mann. Und dieser Mann und die Situation und alles waren sofort geeignet, seinen aufgekommenen Unmut davonzublasen.

»Und?«

Freddy zuckte mit den Schultern. »Der sagt nichts Brauchbares.«

»Ich muss auch nichts Brauchbares sagen«, knurrte der Mann.

»Okay, das ist richtig«, stimmte ihm Dietz zu. »Allerdings hat das nette Ehepaar Sie hier an einen Baum gefesselt gefunden.«

»Ja, und?«

»Sie waren splitterfasernackt.«

»Richtig«, räumte der Mann ein, dem Freddy aus Pietätsgründen seine Dienstjacke umgelegt hatte. Untenrum. »Sind Sie das nicht auch manchmal?«

»Ja, tatsächlich«, räumte Dietz ein. »Unter der Dusche zum Beispiel, das hat sich bewährt. Aber jemand hat Sie nackt mitten im Hofgarten an einen Baum gefesselt.«

»Kommt bestimmt auch häufiger vor«, knurrte der Mann.

»Auch das. Aber zuvor hat Sie jemand von oben bis unten pink angestrichen.«

»Dazu möchte ich nichts sagen, das ist Privatsache.«

Nun denn, Dietz war da tolerant. »Freddy, hat der Mann auch einen Namen?«

Hatte er. Freddy las den Namen aus seinem Notizblock ab.

Der Mann in Pink ergänzte knurrend: »Meine Kumpels nennen mich Tacho.«

* * *

Hartmann nippte entspannt am dampfenden Heimathafen-Kaffeebecher. Es war sein dritter. Er hatte die Fenster zum Bahnhof hin weit geöffnet und genoss auf der Couch liegend die ins Zimmer hineinwabernden, warmen Sonnenstrahlen. Vom Bahnhofsvorplatz hupten Taxis zu ihm hoch, eine Alarmanlage schrillte, eine Straßenbahn polterte über den Konrad-Adenauer-Platz. Vertraute Geräusche.

Alina lag lang und malerisch ausgestreckt auf dem Teppich vor ihm und las ein Buch. Ein Anblick, an den er sich gewöhnen könnte. Ein herrlicher Sonntagnachmittag, wie geschaffen für einen richtig fiesen Schlampentag.

Hartmanns Blick fiel durchs Fenster auf die Backsteinfassade des Uhrenturms gegenüber. Er hatte den Samstag gebraucht, um das Erlebte zu verarbeiten. Oder genauer, erst mal als Ganzes aufzunehmen, zu erfassen. Brandgesichts entsetzlichen Schrei würde er nie wieder aus den Ohren rausbekommen. Und sein Verhältnis zu Jonny galt es zu überdenken.

Jonny machte ihm Kopfzerbrechen.

Dabei hatte der ihm wahrscheinlich wirklich das Leben gerettet. Prophylaktisch. Möglicherweise. Hätte er Brandgesicht trauen können? Ihm trauen dürfen? Vermutlich nicht, denn bei ihm handelte es sich um einen russischen Kriminellen, der sich als Scharfschütze und brutaler Söldner verdingt hatte. Ein gewissenloser Killer, der auf allen fünf Kontinenten mit internationalem Haftbefehl gesucht wurde. Ein rücksichtsloser Psychopath, der eiskalt über Leichen ging.

Harry und Blümchens Herrchen mochten in der Gerichtsmedizin liegend die bittere Story erzählen, wie wenig ein Menschenleben für den Killer gezählt hatte.

Bei Granny und Dircks hatte Jonny eine kurze, wortkarge Aussage gemacht. Natürlich hatten die Ermittler seinem Nachbarn glauben müssen, dass ihm Brandgesicht schließlich aus den Fingern in die Tiefe gerutscht war.

Den Sturz hatte der Killer nicht überlebt.

Dircks hatte ihm nach seiner eigenen Vernehmung am Samstagnachmittag gesteckt, dass ihr bräsiger Chef ob der jüngsten, herausragenden Ermittlungserfolge quasi direkt ins Innenministerium befördert werden würde. Den Kopf der Bande derartig raffiniert in eine Falle gelockt zu haben, machte den entscheidenden Punkt.

Das machte Hartmann schon ein wenig stolz. Immer erbaulich, wenn gute, erfolgreiche Ermittlungsarbeit Anerkennung fand. Im September würden Dircks, Granny und er im Schumacher auf der Oststraße ein paar gemeinsame Latzenbiere trinken und die restlichen zwischenmenschlichen Überhänge wegsüffeln.

Jonny. Tja, seinen Nachbarn hatte Hartmann seit Samstagmorgen nicht mehr gesprochen, aber da würde er eine Haltung finden müssen, das brauchte Zeit.

Zu seinen Füßen klappte Alina seufzend ihr Buch zu und rollte sich, die Arme und Beine streckend, auf den Rücken. Ein mehr als anregender Anblick, fand Hartmann, dem der bunt glänzende Schmuckstein in ihrem Bachnabel sehr gefiel, der unterm hochgerutschten, knallroten Top im Sonnenlicht funkelte.

»Und? Wie war der Krimi?«

»Sehr gut. Alle, die tot gehen mussten, sind tot. Und am Ende hat der echt coole Kommissar dem Richtigen einen Satz Handschellen verpasst.«

Hartmann schnalzte mit der Zunge. »So muss das sein.«

Alina glitt in den Schneidersitz. »Und du? Bist du mit deinem Werk auch zufrieden? Alles geklärt, Sherlock?«

Hartmann schürzte das Mündchen. »Im Grunde ja.«
»Aber?«
»Zwei klitzekleine Überhänge habe ich noch.«

»Ach?«

Hartmann klatschte entschlossen in die Hände und griff nach seinem Mobiltelefon. »Da könnte ich mich eigentlich direkt drum kümmern. Sei bitte so nett und fahr kurz den PC hoch. Ich google inzwischen mal schnell eine Telefonnummer.«

* * *

Ozzy nahm Anlauf und machte einen Satz quer über den Swimmingpool. Als er landete, verschoben sich die Kontinentalplatten. Das Wasser in Hartmanns Glas schlug Wellen. Blümchen kurvte um den Pool herum und hinterließ eine Furche im englischen Rasen, um die Krüger sich würde kümmern müssen.

»Wie schön, die beiden verstehen sich prima«, lächelte Silke und nippte damenhaft an einem Cocktail.

»Und wie«, stimmte Hartmann ihr erfreut zu.

Silke trug einen bunten Badeanzug mit ganz viel Sonnenstrahlen drauf und glänzenden Trägerringen. Nachhaltige Qualität. Nicht nur bei der Trägerin, sondern auch beim teuren Stoff. Hartmann fragte sich, ob Silke überhaupt einmal was anderes machte, als chillig am Pool herumzuliegen und sich zu sonnen.

»Ich find es toll, dass du Blümchen ausführst.«

»Das wird im Tierheim angeboten. Da kann man hingehen und einen Hund leihen, um mit ihm spazieren zu gehen. Das ist für den Hund mal eine Abwechslung vom Alltag.«

»Ich liebe Abwechslungen vom Alltag«, sagte Silke. Und reckte sich, wie man sich zweideutiger nicht recken konnte. Die bequeme Stretchqualität ihres exklusiven Kleidungsstücks spielte ihr formvollendend in die Karten.

»Außerdem«, fuhr Hartmann fort, »beruhigt es ein wenig mein schlechtes Gewissen.«

»Wieso hast du ein schlechtes Gewissen?«

Hartmann streckte das Glas mit Wasser ins Sonnenlicht. Alle sechs Spektralfarben tanzten in der Kohlensäure. »Nun ja, wenn Angie und ich nicht mit Matzes Motorrad im Liefeld aufgetaucht wären, hätte Blümchens Herrchen uns nicht getroffen, und er wäre später nie auf seinen Mörder gestoßen.«

»Ah. Verstehe. Aber dass er erschossen wurde, ist nun wirklich nicht deine Schuld.«

Hartmann drehte das Glas und brachte Stimmung ins Sprudelwasser. »Nee, natürlich nicht. Also, so direkt nicht. Man kann den Gedanken aber noch weiterspinnen. Würde sein Herrchen noch leben, müsste Blümchen jetzt nicht sein Leben im Tierheim fristen.«

»Vielleicht findet er bald ein neues Herrchen. Oder ein Frauchen. Er ist ja ein feiner, lieber Kerl. Kann sein, dass er gut und schnell wieder vermittelt wird.«

Hartmann lächelte zufrieden. »Da bin ich sogar ziemlich sicher. Weil man den Sachverhalt schließlich auch in die andere Richtung weiterdenken kann. Wäre Matzes Motorrad nicht geklaut worden, hätte ich nicht danach gesucht, es gefunden und versucht, es im Liefeld unterzustellen.«

»Ah, ich verstehe, diese Geschichte. Es geht ein Nagel verloren, es geht ein Hufeisen verloren. Es kommt ein Reiter nicht rechtzeitig an, eine Nachricht erreicht den Feldherrn nicht, es geht eine Schlacht verloren. Es geht ein Krieg verloren, weil ein Nagel verloren ging.«

Hartmann stoppte im Glas das Wasserspiel bremsend in den Stand. Natürlich war in Silkes Köpfchen viel mehr los, als es ihr sonniges Hobby vermuten ließ. »Tja, in diesem Fall hat Tacho die Ursache gesetzt. Er hat einen Nachschlüssel gemacht und am Südring an der Tanke Matzes Motorrad geklaut. Ach, hast du mitbekommen, dass man ihn im Hofgarten gefunden hat? Pink angestrichen? Witzig, oder?«

»Natürlich. Alle lachen sich kaputt.«

Hartmann setzte das Glas an die Lippen. »Ich finde, da ist Matze echt gnädig gewesen. Immerhin hat Tacho ihn übel hintergangen, sein Vertrauen missbraucht. Und mit seiner Karre kennt Matze eigentlich keinen Spaß.« Hartmann spürte Silkes Blick auf seiner Haut, es prickelte. Er leerte das Glas. »Eigentlich spannend, wie Matze reagieren würde, wenn er erführe, dass du in den Diebstahl verwickelt bist.«

Silke richtete sich in der Liege auf. »Wie meinst du das?«

Hartmann nickte zum Pool, wo Blümchen und Ozzy sich vergnüglich juchzend spielerisch ineinander verbissen hatten. »Ist das nicht toll? Die beiden Hunde verstehen sich prima. Ich meine, wo du doch bei meinem letzten Besuch gemeint hast, dass Ozzy sich manchmal langweilt und einen Spielkameraden braucht.«

»Was, Hartmann? Was willst du?«, fragte Silke, durchaus mit energischem Unterton.

»Ich will, dass Blümchen ein gutes, neues Zuhause bekommt.«

»Hier?«, fragte Silke skeptisch. »Beim besten Willen nicht, Hartmann. Das ist ein Schäferhund, ein Malli. Super Rasse, aber wenn hier noch ein Spielkamerad für Ozzy ins Haus kommt, dann was Kleines, was für die Handtasche. Und nicht noch so ein großes Vieh.«

Hartmann zog die Ray Ban aus seinem Hemd und setzte sie auf. »Ozzy und Blümchen? Ich finde, das ist eine tolle Idee.«

Silke lachte. »Vergiss es!«

»Hm«, sagte Hartmann. »Die Shell-Tankstelle hat ja diese Kamera unterm Dach. Die war auf die Säule fünf gerichtet, das ist die, an der Matze seine Maschine getankt hat. Matze geht schließlich in die Tankstelle rein. Und dann ist Tacho zu sehen, wie er in seiner schicken, neuen Lederjacke ans Motorrad tritt, draufsteigt und wegfährt.«

»Es lebe die Technik«, sagte Silke und prostete ihm mit dem Cocktail zu.

»Hm, ich habe mich allerdings gefragt, wo Tacho so plötzlich herkam. Wie ist er, so mit Helm, Stiefel und Motorradjacke, angereist?«

Ozzy und Blümchen tobten um sie herum, die beiden hatten wirklich Spaß.

»Schön, wie die beiden miteinander klarkommen, oder?«, fragte Hartmann.

»Erzähl weiter!«

»Natürlich. Ähm, es gibt an der Tankstelle noch mehr Kameras. Die hatte meine Mitarbeiterin schon gecheckt, auf denen ist Tacho nicht zu sehen. Hätte ja sein können, dass er mit einem Auto angefahren wäre. Das hätte man sehen können, denn eine der Kameras filmt den Parkplatzbereich hinter der Tankstelle, da, wo auch die Tankwagen anfahren.«

»Aha.«

Hartmanns Blick streifte den azurblauen Himmel über ihnen. Ganz hinten, noch weit hinter Neuss, quellten sich allerdings erste Wolken finsterschwarz drohend zusammen. Da war heute noch einiges zu erwarten.

Er fuhr fort. »Jepp. Kein Tacho. Aber vorhin haben meine Kollegin und ich die Bänder noch mal gesichtet. Und rat mal, was ich da gesehen habe?«

»Sag du es mir!«

»Einen Fiat 500 Cabrio in Gelatoweiß, neueres Modell. Und weil das rote Stoffverdeck runtergefahren war, konnte man sogar erkennen, wer im Fiat hinterm Steuer saß.«

Silke kippte ganz undamenhaft den Cocktail in einem Zug weg und blickte Hartmann fest in die Augen. »Und das bedeutet?«

»Du hast Tacho an die Tankstelle gefahren. Wahrscheinlich war die ganze Geschichte deine Idee. Ich meine, das Motorrad pink lackieren zu lassen, ist extrem witzig. Da konnte unmöglich Tacho draufgekommen sein. Dir, dir ist die Idee aber zuzutrauen.«

»Klingt ein bisschen wie ein Kompliment.«

»Ja. Wäre auch eins, wenn sich die Sache nicht so furchtbar entwickelt hätte. Es hat drei Tote gegeben.«

»Nagel, Hufeisen, Krieg verloren. Ich wollte Matze einfach nur eins auswischen. Er ist in letzter Zeit sehr unaufmerksam gewesen. Und jetzt willst du mich erpressen? Ich soll Blümchen adoptieren?«

»Wenn du den Hund nehmen würdest, wäre mir das deutlich lieber, als Matze zu stecken, dass du Tacho zum Diebstahl der Breakout angestiftet hast.«

»So was Schlimmes würdest du tun, Hartmann?«, lächelte Silke, wissend, aber lieblich wie der unschuldige Morgen.

Ozzy und Blümchen hatten sich zu ihnen gerangelt, machten zu ihren Füßen eine Pause und hechelten mit lang heraushängenden Zungen zu ihnen hoch.

Silke griff zur Karaffe und schüttete sich gekonnt einen weiteren Drink ein. »Blümchen ... ist aber ein echt doofer Name.«

»Jow«, sagte Hartmann. »Aber so einen Namen will man dann ja auch nicht mehr ändern.«

Silke hob ihr Glas und lächelte. »Muss ja auch nicht.«

* * *

Es war richtig dunkel geworden. Nur hin und wieder gelang es dem Beinahevollmond, ein paar neugierige Blicke durch die fast komplett dichte Wolkendecke zu ihnen herunterzuwerfen.

Alina schmiegte sich enger an Hartmanns Seite. »Toll, dass wir es doch noch auf die Kirmes geschafft haben.«

Hartmann warf einen Blick nach vorn und nach hinten. Sie beide waren fast die Einzigen, die noch Arm in Arm über den Kirmesplatz flanierten. Arm in Arm fühlte sich sehr gut an. Und Schlendern war echter Luxus.

Er wischte sich eine nasse Strähne hinters Ohr. »Das Wetter könnte ein bisschen besser sein.«

Es regnete. Um genauer zu sein, es schüttete wie aus Eimern. Nasse Bindfäden ringelten vom Himmel, Regentropfen hüpften ausgelassen. Deswegen waren sie ja auch fast die Einzigen, die noch zwischen den Buden übers Kopfsteinpflaster bummelten.

»Das Wetter kann man sich nicht aussuchen«, summte Alina aufgeräumt, die genau wie er keine trockene Faser mehr am Leib trug.

Unfassbar, wo Petrus da oben das ganze Wasser herholte.

»Die Achterbahn hat auch schon zu«, murmelte Alina.

Das war Hartmann durchaus recht. Achterbahn war nicht sein Ding. Hartmann war eher der Typ Entenangeln.

Wie betrunken torkelten sie um knietiefe Pfützen herum, die Sneaker an den Füßen gleichwohl triefend nass.

Hartmann deutete nach rechts. »Das ist die Schießbude, die Jonny fast leer geballert hat.«

Alina lachte. »Hast du das Hinweisschild gesehen?«

Hartmann nickte grinsend. Auf einem Zusatzzettel hatte der Betreiber der Ballerbude den allgemeinen Geschäftsbedingungen handschriftlich eine einschränkende Bestimmung hinzugefügt.

»*Jeder Schisser nur hochstens 100 Schuss*«, gibbelte Alina.

»Die Lex Jonny.«

Schweigend legten sie die nächsten Schritte zurück. Es duftete betörend nach Backfisch und gebrannten Mandeln. Der heftige, anhaltende Platzregen hatte die übrigen Kirmesbummler in die beiden noch geöffneten Festzelte ans andere Ende der Rheinwiese getrieben. Die deutschen Schlager, deren Titel hauptsächlich aus Frauennamen und Mallorca bestanden, kannte Hartmann nicht. Mitsummen konnte er sie trotzdem.

Hoppla.

Er hatte gar nicht mitbekommen, dass Alina einen Knopf seines klatschnassen Hemdes geöffnet hatte. Allerdings bekam er sehr wohl mit, dass sie nunmehr eine warme Handfläche auf seiner Brust parkte. Beinahe hätte er wohlig geschnurrt.

Alina schob sich noch enger an ihn heran, kuschelte sich in seine Seite. Hartmanns Arm zog ihren Körper bereitwillig an sich heran. Fest. Als gehörten sie zusammen.

Hmmm. *So Scandal!* von Gaultier.

Sie gingen langsamer, troddelten eigentlich nur noch aus, fielen wie von selbst in den Stand, drehten sich einander zu. Alinas Blick. Seiner. Der Regen um sie herum wirkte plötzlich wie gleißend funkelnder Sonnenschein. Das … konnte Petrus ihnen so nicht durchgehen lassen. Er drehte den Hahn noch mal so richtig auf, ganze Wannen voller Wasser wurden da oben entleert.

Lachend zog Hartmann Alina durch den peitschenden Regen zur Seite unter eine schützende Markise. »Hier ist besser«, summte er und streichelte ihr sacht einen der besonders großen Regentropfen von der Wange.

»Besser geht nicht«, flüsterte Alina leise.

Sekundenbruchteile bevor Hartmann seine Augen schloss, um Alina endlich zu küssen, fiel sein letzter Blick auf die Deko-Figur über ihnen. Ein grässlich entstellter Totenkopf mit fleischroten Hautfetzen blickte aus totschwarzen Augenhöhlen rüde und zu aller Grausamkeit entschlossen auf sie herab.

Na typisch, dachte Hartmann. Ihr erster Kuss: an der Geisterbahn. Was für ein Omen sollte das denn jetzt sein? Aber dann verzog der Totenschädel gütig warm lächelnd sein Knochengesicht und knipste ihm aufmunternd ein Auge.

Soundtrack zum Krimi

1. Tullio De Piscopo – *Stop Bajon (Primavera)*
2. Swing Out Sister – *Breakout*
3. Ohrenfeindt – *Auf die Fresse ist umsonst*
4. Rikas – *Tortellini Tuesday*
5. Blondie – *Heart of Glass*
6. Blink 182 – *All the Small Things*
7. The Jam – *Thick as Thieves*
8. Herman Brood – *Saturday Night*
9. Armando Trovajoli – *To Catch a Thief*
10. Melodiesinfonie feat. Fiona Fiasco – *Boys Suck*
11. Gillian Hills – *Tut Tut Tut Tut*
12. Paolo Nutini – *Scream (Funk My Life Up)*
13. Paul Weller – *Peacock Suit*
14. Madonna – *Into the Groove*
15. The Wombats – *Pink Lemonade*
16. Oasis – *Some Might Say (Live at Knebworth 96)*
17. Weezer – *Happy Hour*
18. INXS – *The Trap*
19. Wilson Pickett – *Time is on my Side*
20. Neal Hefti – *Batman Theme*
21. Aerosmith – *Pink*

Danksagung

Das allererste Dankeschön geht an Casi Vollmer, der in jedem meiner Romane seine witzigen, schlagfertigen Spuren hinterlassen hat. Und ehrlich, keiner schnarcht so sexy wie Casi. Kannste am Morgen danach im Hotel immer alle fragen! Casi ist wie Harry. Nur lebendiger.

Ich danke Carrie und Doug Heffernan.

Michael Seuring und Stephan Thiele danke ich für ihre Hilfe bei meinen Harley-Szenen. So eine Harley ist ja dann doch noch was anderes als eine Vespa. Beim Betanken, beim Aufbocken, beim ... Ich hab so viel gelernt. Zum Beispiel, dass man über seine Maschine nicht spricht, ihr auch keine Namen gibt, sondern sie fährt. Danke!

Ich danke Eric Cantona für kluge Pässe, stramme Schüsse, mediterrane Weisheiten und seine intelligenten Statements.

Ein ganz herzliches Dankeschön geht an Saskia Farell, die mir für eine turbulent spannende Szene den Whirlpool der SF Lounge in Kaarst überlassen hat. Diesem Dank schließen sich Hartmann und Jonny ausdrücklich und begeistert an.

Ein weiteres Dankeschön geht an Astrid Panitz, die mir nicht zum ersten Mal mit ihren Kontakten supernett weitergeholfen hat. Klasse! Danke!

Zwei herzliche »Dankeschöns« gehen an meine Kollegen Freddy und Dietz (der Kollege, der keinen Vornamen hat). Ihr habt die heikel-pikante Situation gegen Ende des Buches sensibel, vertrauensvoll und professionell gelöst. Schön, dass ich mich wie immer auf euch verlassen konnte!

Zum Schluss danke ich Brigitte Nielsen für alles.

KLAUS STICKELBROECK

PRIVATDETEKTIV HARTMANN ERMITTELT:

Fieses Foul
ISBN 978-3-940077-01-1 · 10,95 Euro

Kalte Blicke
ISBN 978-3-940077-37-0 · 12,00 Euro

Fischfutter
ISBN 978-3-940077-83-7 · 10,95 Euro

Auf die harte Tour
ISBN 978-3-942446-37-2 · 12,00 Euro

Schrott
ISBN 978-3-95441-195-5 · 12,00 Euro

Blindgänger
ISBN 978-3-95441-326-3 · 10,95 Euro

Blondes Gift
ISBN 978-3-95441-455-0 · 13,00 Euro

Fesseltrick
ISBN 978-3-95441-541-0 · 13,00 Euro

Kickstart
ISBN 978-3-95441-649-3 · 15,00 Euro

DIE KRIMI-COPS

Stückwerk
ISBN 978-3-940077-19-6 · 13,00 Euro

Teufelshaken
ISBN 978-3-940077-49-3 · 12,00 Euro

Umgelegt
ISBN 978-3-942446-06-8 · 13,00 Euro

Bluthunde
ISBN 978-3-942446-87-7 · 9,90 Euro

Knock Out
ISBN 978-3-95441-258-7 · 10,95 Euro

Goldrausch
ISBN 978-3-95441-409-3 · 12,00 Euro

Böse Falle
ISBN 978-3-95441-564-9 · 13,00 Euro

»Nun sind die Krimi-Cops auf dem besten Weg, zu Kultautoren zu werden.«
(Westfalenpost)

KLAUS STICKELBROECK

KURZKRIMIS MIT UND OHNE HARTMANN

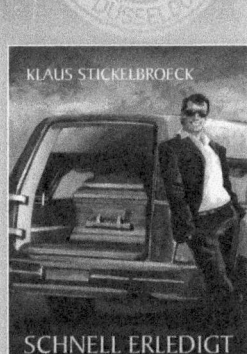

Haken dran!
ISBN 978-3-95441-392-8
10,95 Euro

Schnell erledigt
ISBN 978-3-942446-92-1
9,50 Euro

Machste nix dran
ISBN 978-3-95441-607-3
13,00 Euro

Ingrid Davis

AACHENER HINDERNISSE

Taschenbuch, 360 Seiten
ISBN 978-3-95441-645-5
15,00 EURO

Ein brutaler Mord erschüttert den Aachener CHIO – eines der wichtigsten Reitturniere der Welt

Wolfram Sander, Investmentbanker und einflussreicher Sportpferdebesitzer, wird mitten im Turnier tot auf der Geländestrecke der Vielseitigkeitsreiter gefunden. Nicht nur seine Tochter, die Privatdetektivin Britta Sander, will dringend wissen, welcher seiner zahlreichen Feinde ihn eiskalt erstochen hat. Verdächtige und Motive gibt es mehr als genug.

Britta ermittelt undercover, um gemeinsam mit ihren Kollegen und der Aachener Kripo den rücksichtslosen Killer zu jagen, der sich geschickt im internationalen Turniergewimmel verbirgt. Finden sie den Täter, ehe die Verdächtigen sich nach dem weltberühmten »Abschied der Nationen« in alle Winde zerstreuen?

Auch in ihrem 8. Fall ermittelt Britta Sander hinter den Fassaden der altehrwürdigen Kaiserstadt Aachen.

»*Spannung mit viel Lokalkolorit …*
Längst hat sich die gebürtige Aachenerin mit ihrer Protagonistin
in die Herzen ihrer Leser geschrieben.«
(Aachener Zeitung zu »Aachener Abrechnung«)

Sabine Gronover

FALKENMORD

Taschenbuch, 312 Seiten
ISBN 978-3-95441-646-2
15,00 EURO

Schmitt & Kemper unter Greifvögeln

Unweit seiner Volieren wird der Warendorfer Falkner Henry Thomas tot aufgefunden, ermordet mit einer zur Waffe umfunktionierten Greifvogelkralle. Die Kommissare Schmitt und Kemper, gerade mit einem schnöden Fall von Zechprellerei in einem ortsansässigen Hotel beschäftigt, beginnen sofort mit den Ermittlungen und stellen fest: Der flüchtige Hotelgast hatte sich noch vor dem Mord nach dem Falkner erkundigt. Es scheint einen Zusammenhang zwischen den Fällen zu geben.

Im Umfeld des Toten mischen gleich mehrere Exfrauen und eine Exgeliebte mit, und der etwas labile Sohn des Opfers, der am städtischen Theater arbeitet, spielt den Ermittlern immer wieder neue Rollen vor. Je mehr Geheimnisse des Falkners das Ermittlerduo aufdeckt, desto verwirrender wird der Fall.

Als schließlich der kleine Dackel des Hauptkommissars beinahe selbst zum Opfer eines Greifvogels wird, hat Schmitt endgültig die Schnauze voll von falschen Fährten und stellt die richtigen Fragen.

»Mysteriös, geheimnisvoll und dabei mit viel Humor und münsterländischem Flair ...«
(Westfälische Nachrichten zu »Wölfe im Münsterland«)

Sabine Friemond

BRANDMAL

Taschenbuch, 328 Seiten
ISBN 978-3-95441-627-1
14,00 EURO

Ein gefährliches Spiel mit dem Feuer ...

Am Fuß der mächtigen Gerichtslinde in Götterswickerhamm wird nach einer feuchtfröhlichen Karnevalsnacht die Leiche eines erstochenen Mannes gefunden. Zur Überraschung aller gerät der Polizist Freddie Neumann, der sich nach einer durchzechten Nacht mit seinem alten Freund Mark an nichts mehr erinnern kann, sehr schnell ins Zentrum der Ermittlungen. Als sich nämlich herausstellt, dass es ausgerechnet der Ermordete war, der ihm vor fünfzehn Jahren aufgelauert, ihn zusammengeschlagen und mit Feuer entstellt hat, ist Freddie mit einem Mal Hauptverdächtiger in der Mordsache und kommt in Untersuchungshaft.

Seine Frau, die Pfarrerin Christin Erlenbeck, glaubt fest an die Unschuld ihres Mannes und beginnt nun ihrerseits zu ermitteln. Schon bald entdeckt sie eine Spur, die in die Vergangenheit von Götterswickerhamm führt.

Freddies Kollegin, die angehende Polizistin Laura Bauer, ist ebenfalls davon überzeugt, dass er nicht der Täter ist und hofft, zwischen den Freunden des Ermordeten auf entlastende Hinweise zu stoßen. Zu diesem Zweck schleust sie sich undercover in die Duisburger Skinheadszene ein.

Stück für Stück enthüllt sich ihnen ein Drama, das sich aus Tod, Verlust und dem Hunger nach Rache zusammensetzt.